Günter Kunert

Irrtum ausgeschlossen

Geschichten
zwischen gestern und morgen

Carl Hanser Verlag

1 2 3 4 5   10 09 08 07 06

ISBN-10: 3-446-19912-8
ISBN-13: 978-3-446-19912-5
Alle Rechte vorbehalten
© Carl Hanser Verlag München Wien 2006
Satz: Satz für Satz. Barbara Reischmann, Leutkirch
Druck und Bindung: Friedrich Pustet, Regensburg
Printed in Germany

*Für M.
Das Abonnement auf Kunert
und seine Bücher gilt lebenslänglich.*

*Rekonstruktionsversuch eines
fernen Augenblicks*

Irgendwann der Anfang. Tageszeit und Jahreszeit sind nicht mehr erinnerlich. Winter jedenfalls war nicht, da ich von einem gänzlich vergessenen, damals nahen Bekannten die Schreibmaschine entlieh und das schwere alte Gerät, vermutlich eine Adler »Triumph« aus den zwanziger Jahren, keuchend die Treppen hinuntertrug, wenige Häuser von meinem Haus entfernt, wo ich sie noch atemloser emporschleppte. Nachdem ich die Maschine auf meinen Tisch am Fenster gestellt und es jetzt in Gedanken noch einmal tue, blicke ich hinaus zum Hof: ihn füllt eine riesige Kastanie aus, blühend, gespreizte Blätter wie Tatzen, im Umriß ähnlich den versteinerten Abdrücken verschwundener Geschöpfe. Also doch: Sommer. Und wahrscheinlich Nachmittag, weil ich die Vormittage verschlief. (Auf die Kastanie komme ich zurück; ihre Anwesenheit war wesentlich.) Also: Papier eingespannt: ich sehe aufs neue, es ist rückseits bedruckt, Firmenbogen eines durch Luftkrieg liquidierten Unternehmens. Meine Absicht ist, einen Brief zu schreiben, allem Anschein nach an ein Mädchen, um ein ausgeliehenes Buch zurückzufordern. Die Tasten, schwarz und nickelblechumrandet, bieten sich ohne Zurückhaltung an. Versuchsweises Tippen: einmal auf diese, einmal auf jene, das Glöckchen plingt, draußen ist Sommer, die Kastanie versperrt oder deckt das ganze Fenster, die gegenüberliegende Fassade müht sich, durch das Blätterdickicht sichtbar zu werden, unterstützt von meinem Gedächtnis, das einen fünfundzwanzig Jahre alten Augenblick gegenwärtig machen möchte. Undeutlich bringt es Verputz, möglicherweise von

Bombensplittern gezeichnet, zustande. Des weiteren mich, der einen Satz schreibt. Der Satz ist kurz und apodiktisch. Weiterdrehen der Walze um eine Zeile: neuer Satz, gleichartig, imperativisch, beschlossen von einer Perforation: dem Punkt. Auch das »o«, meines zu starken Anschlags wegen, löchert das Blatt. Die obere Hälfte des kleinen »e« ist von Schmutz versiegelt. So folgt Satz auf Satz, die zueinander in Beziehung stehen. Keine Ahnung, wie man Gedichte schreibt. Es ist keines beabsichtigt. Ich bin siebzehn und weiß von Literatur wenig. Statt untereinander- könnte ich die Sätze auch hintereinanderschreiben und gebe mit dem Untereinander nur einem Gefühl für die Ausfüllung des Blattes nach, unbewußt einem (an der Hochschule für angewandte Kunst, wo ich studierte) vermittelten überlebten Schema gehorchend, ein Blatt müsse räumlich ausgefüllt sein. Scheuten die Lehrer freie Flächen, mit denen heute die Graphik arbeitet, in Analogie zu ihren eigenen seelischen und geistigen Leerstellen, von vorhergehenden Illusionen und Ansichten verlassen, und die sie wieder aufzufüllen suchten?

Mich umgibt in dem kleinen Zimmer ein Eisenbett, eine durchgesessene Couch, ein Bücherregal mit Bänden von Ringelnatz (signiert, meine Mutter hat es ihm noch selber abgekauft) und Tucholsky, *Münchhausen*, illustriert von Doré, Malik-Erzeugnissen und den Überlebenden der Büchergilde Gutenberg in ungewöhnlichem Format: Traven, Ibáñez, Nexö. Eben sind die Balladen Villons in der Nachdichtung von Paul Zech erschienen und liegen in der »Christlichen Buchhandlung« Prenzlauer Allee, Ecke Jablonskistraße aus: mit dem Buchhändlerehepaar in der gleichen Wohnung haust ein unchristlicher, aber Nächste liebender Major der Roten Armee, der, in Uniform, die Brust voll Orden, das Buchhändlerkind im Buchhändlerkinderwagen über das Pflaster der breiten Allee schiebt. Dort im Laden bin ich abonniert auf den *Horizont* (eine Jugendzeitschrift, amerikanisch lizenziert) und auf die *Athena* (für Literatur und Kunst, französisch lizenziert), welch letztere ich sammeln werde, um sie mir zehn Jahre später einbinden zu lassen: zwei Jahrgänge, dann kommt die Währungsreform und die Pleite.

Das Blatt mit den untereinandergereihten Sätzen wirkt befriedigend (vielleicht ist doch was an der Lehre von der Ausgewogenheit optischer Gestalt?) und veranlaßt mich, der ich von einem ungekannten Gefühl großer Genugtuung belebt bin, ein nächstes Blatt unter der Walze zu drehen, erneut auf die Tasten zu stoßen, dem soeben erstmals praktizierten Prinzip ein weiteres Exempel hinzufügen. Ein Jemand etabliert sich als Dichter. Das ahnt er nicht. Oder hat in seinem Unterbewußtsein sichere Kenntnis davon und verläßt sich darauf. Dieses Entweder-und-Oder jedoch bleibt hypothetisch; ob das der aus seiner zeitlichen Versenkung bruchstückhaft heraufgeholte Moment, ein zerfallenes Gefäß, wirklich einmal barg, ist nicht zu entscheiden.

Es erscheint Wort für Wort, und ich wundere mich bei jedem einzelnen, daß es, obwohl ich es vom Lesen, Hören, Sprechen längst kannte, völlig neu ist, wie frisch aus der Stanze, glänzend und zum erstenmal wahrgenommen. Gleichzeitig aber steckt in dieser nicht ohne Erregung erfahrenen Neuartigkeit jedes Wortes ganz deutlich auch etwas vom Schreiber, etwas dermaßen Intimes trotz der geringen Individualität des Textes, daß Scham aufkommt, sich in dieser Form jemandem zu zeigen. Man tut es aber doch und fordert ein Urteil und damit sein Schicksal heraus, welches, personalisiert in einem aus meinem Erinnerungsvermögen völlig gelöschten Menschen, rät, das Produkt an eine Zeitschrift zu schicken.

Der lustvollen Erfahrung folgt wenig später die enttäuschende: daß es nicht gelingt, *den* Augenblick, seinen Inhalt von Inspiration, Außersich- und gleichzeitigem Insichsein, Lebensintensität, Aufschwung, Allumfassenheit, irreligiöser »Unio mystica« adäquat aufs Papier zu bringen. Das Niedergeschriebene ist nicht mehr identisch mit dem Augenblick, der in jenem nur noch schwach sich regt. Wieso ein Wort wie zum Beispiel das Wort »Ruhe« zwar in seinem Kontext eine gewisse Ruhe-Aura um sich breitet, aber nicht mehr diese wundervolle, welterfüllende Stille, die absolute Bewegungslosigkeit schlafender Menschenmassen, angehaltener Atem der Natur – das war und ist unverständlich. Ein magischer Vorgang, doch die Magie zauberte nicht aus Rüben Goldklumpen und aus der Hütte den Feenpalast, sondern der Prozeß verlief eindeutig umgekehrt. Die Wörter wurden zu Schemen ihrer wahren Bedeutung.

Eine Postkarte trifft inzwischen ein: »Herrn Günter Kunert, Berlin NO 55, Christburger Str. 39: 29.9.47. Betreff: Ihre Einsendung. Sehr geehrter Herr Kunert! Wir danken Ihnen für Ihren Brief und möchten Sie bitten, unseren Herrn Weyrauch gelegentlich einmal hier in unserer Redaktion zu besuchen. Es passen am besten die Tage Montag und Mittwoch, zwischen 10 und 17 Uhr. Bitte, rufen Sie vorher noch einmal an, damit ein Termin vereinbart werden kann. Mit vorzüglicher Hochachtung Ulenspiegel-Redaktion Wolfg. Weyrauch.«

Sofort entsteht Euphorie, die überliest, wie seltsam einer von sich selber in der dritten Person spricht und dabei auch gar keine Versprechen macht; sofort geht's an die Maschine, die Typen klappern, wer wollte jemals an wen eigentlich einen Brief schreiben, und kaum nachgedacht, ist der Einfall da, da ist ja die Kastanie vor dem Fenster, und nun tritt sie in den Text ein, sie wächst von Zeile zu Zeile, wird immer bedrohlicher, nimmt globales Ausmaß an, abfallende Ästchen zerschmettern ganze Städte, die Wurzeln erreichen die Antipoden, die Erdbevölkerung wird als Humus verschlungen: das Bild anonymer Bedrohung in grotesker Übersteigerung ist gesetzt, ein Topos entsteht, von dem nicht angenommen wird, er werde einer.

Nicht ein Text, eine Serie ist der Beginn, und damit sogleich eine Methode begründet, die keine Änderung mehr erfährt; wie lange das dauert, bis man sie überhaupt merkt! Grundmuster erkennt man erst aus der Entfernung – diesenfalls einer zeitlichen. Eine größere Anzahl von Arbeiten, so etwas wie »Quantität« wird nötig sein, es abzulesen. Und tut man es, findet man sich überhaupt wieder am eigenen Anfang? Diese Ungelenkheiten, Äußerlichkeiten, billige Komik, krasse Effekte, konventionelle Sprachmittel – das scheint doch eher ein unbegabter Parodist unserer späteren Arbeiten verfaßt zu haben.

Und doch: man erkennt sich selber in der Prägung, die durch alles mögliche verursacht wird, manchmal durch eine verstörte Kindheit, die man genausowenig verlassen kann wie die Schnecke ihr Haus.

Wenn die Not am größten

Segelboote hinter der Scheibe, so langsam, wie von verborgenen Seilen gezogen. Und die Seefläche voller Lichtreflexe, »flirrend« genannt, wie man sich erinnert. Vor den Naturerscheinungen kapituliert unsere Sprache. Alle Bezeichnungen wirken matt und veraltet. Wie lange hast du nicht mehr hinter einem Fenster gestanden und auf eine sommerliche Wasserfläche hinausgeblickt, Klagemann? Man vergißt, daß es Landschaft gibt, echte, wirkliche, noch dazu stadtnah. Um dieser Erfahrung willen mußte Herbert Klagemann in das Restaurant »Schifferklause« am Tegeler See gehen, obgleich das keineswegs der Zweck des Ausflugs gewesen war. Doch mit Sicherheit hätte er diesen Zweck nicht beschreiben können. Ich bin einer Einladung gefolgt. Mehr ließe sich mit Gewißheit nicht sagen. Ungewiß schon, was man von dieser Einladung zu erwarten hatte. Noch dazu, da man sie, mal ehrlich gesprochen, in betrügerischer Absicht angenommen hatte. Gerichtet war sie an einen anderen, an einen Herbert Klagemann, der wie er selber hieß. Und anfänglich wollte Klagemann den Brief auch sofort in den Papierkorb werfen und las ihn dann doch dummerweise ein zweiten Mal:

»Lieber Herbert Klagemann, es hat eine ganze Weile gedauert und auch Mühe gemacht, Deine Adresse aufzustöbern, um Dich zum 50. Jahrestag unserer gemeinsamen Konfirmation einzuladen. Allzuviele sind ja nicht mehr von unserer Klasse übrig. Daher würde ich mich besonders freuen, wenn Du am 20. d. M. zu unserem Treffen kommen könntest: Vereinszimmer in der ›Schifferklause‹ am Tegeler See. Dein alter Schulkamerad Egon Brückner.«

Eindeutig: eine Verwechslung. Vor fünfzig Jahren bin ich noch ein Kind gewesen. Und so ungewöhnlich war sein Name auch wieder nicht: neugierig das Telefon durchblättert. K, Kalpshaupt (wat für'n Name!), Kindermann, auch 'ne ganze Reihe, woher der bloß stammen mochte, Klawki, sicher polnischer Ursprung, und da: Klagemann, eins, zwei, drei, ja, sechs Stück, darunter auch er. Leichte Enttäuschung über die Vielzahl, mit der er doch gerechnet hatte. Kindisch geradezu. Aber wahrscheinlich überträgt sich die Überzeugung der eigenen Einmaligkeit unbewußt auch auf den Namen. Als ginge einem durch die anderen Gleichnamensträger etwas an Individualität verloren. Man kommt sich plötzlich vor wie von der Stange. Wer weiß, wie viele Klagemanns es noch in anderen Orten gab. Das war nahezu kränkend. Kalpshaupt – das war ein Solitär unter lauter Simili! Trotzdem: besser in der Namensmasse untergegangen, als halbtot gehänselt worden sein in der Schule, im Geschäft, im Büro.

Fatalerweise kam Klagemann der Gedanke, anstelle des tatsächlich Eingeladenen am Treffen der Uraltkonfirmanden teilzunehmen. Zuerst nur als flüchtige, erheiternde Vorstellung: Die Alten würden staunen, wie gut sich ihr Herbert Klagemann gehalten hat. Jung geblieben, Herrschaften, jawohl, durch ein gesundes Leben. Mit offenen Mündern würden sie ihn anstarren, denn daß sie ihn als den Falschen identifizierten, war ziemlich unwahrscheinlich. Nach fünfzig Jahren sind die im Hirn gespeicherten Porträts verblaßt, verwischt und haben sowieso jede Ähnlichkeit mit den gealterten Gesichtern verloren. Nach fünfzig Jahren würde mancher seine eigene Mutter nicht wiedererkennen, wenn sie ihm auf der Straße über den Weg liefe. Eigentlich könnte man sich den Spaß machen und, wie der Kalif im Märchen, inkognito, nein, eben nicht inkognito, vielmehr mit einer anderen Identität sich in fremdes Dasein einschleichen. Für ein, zwei Stunden an Schicksalen teilhaben, von denen man bis dato nichts gewußt hatte. Eine Verlockung, Klagemann merkte, während er sich seinen Auftritt ausmalte, wie sich sein Mund immer mehr zu einem gewaltigen Grinsen verzog. Ihm war nach Kichern zumute, und er gab dem Verlangen nach und lachte laut heraus. Eine tolle Geschichte, die er den Freunden und Kollegen erzählen könnte! Dergleichen war keinem von denen bisher zugestoßen! Und vermutlich hätte auch keiner den Mut für dieses Abenteuer aufgebracht!

Und während Klagemann die erst noch zu erlebende Szene durchlebte, formulierte er schon den Bericht darüber, voller Witz und Ironie, wie er die alten Herren hereingelegt hätte, haben würde, denn noch stand ihm ja die Begegnung erst bevor. Aber er hatte sich in seiner Phantasie schon so weit darauf eingelassen, daß ihm jetzt die Teilnahme an der Feier ganz selbstverständlich erschien.

Bedenken, vielleicht gewisse Fragen nach der gemeinsamen Vergangenheit in der Schule nicht beantworten zu können, wischte er weg. Er konnte damit rechnen, daß das Erinnerungsvermögen der Versammelten unter den Jahrzehnten gelitten hatte, und er selber durfte sich ebenfalls auf ein schlechtes Gedächtnis herausreden. Junge, man konnte sich doch keinesfalls noch an die letzte Kleinigkeit erinnern. Und im übrigen: Was gab es denn da zu erinnern, was nicht der eigenen Schulzeit geglichen hätte. Immer dasselbe: verhaßte Lehrer, öde Unterrichtsstunden, Lausbubenstreiche, heimliches Rauchen auf dem Knabenklo – Klagemann wiegte sich in Sicherheit. Dennoch nahm er sich vor, überpünktlich zu erscheinen, um nicht vor die »versammelte Mannschaft« treten zu müssen, sondern, erste Ankömmlinge ins Gespräch verwickelnd, unauffällig Auskünfte über die gemeinsame Schulzeit zu erhalten. Er kam sich schlau vor, geradezu gerissen. Doch angesichts der Segelboote da draußen stieß ihm plötzlich auf, daß er eine Möglichkeit mißachtet hatte. Sein Gesicht rötete sich vor innerer Hitze, längs der Rippen seitlich abwärts liefen Rinnsale unter dem Hemd bis zum Hosenbund: Wenn man nun ihn, Klagemann, reingelegt hatte? Den Grad seiner Beliebtheit im Büro kannte er ungefähr; wer tüchtig zu sein wagt, besitzt wenig Freunde und gewinnt kaum Zuneigung. Auch ein übernormales Maß an häufig präsentiertem Wissen erzeugt keine Sympathie, eher das Gegenteil. Ob seine Kollegen ihm nicht diese Einladung zugespielt hatten, diese Fälschung, damit er hier mutterseelenallein stundenlang im Vereinszimmer stünde, um auf etwas zu warten, was sich überhaupt nicht ereignete? Hockten sie nicht jetzt schon zusammen, um sich über ihn, den Idioten Klagemann, den Streber Klagemann, das wandelnde Lexikon Klagemann lustig zu machen, weil er zu blöd gewesen, die Falle zu erkennen?

Erst als er die Tür hinter seinem Rücken sich öffnen hörte, wandte er sich von den Segelbooten draußen ab und sah einen älteren Mann hereinhinken, auf einen Stock mit Gummizwinge gestützt. Klagemann ging erleichtert auf ihn zu und streckte ihm die Hand entgegen: Herbert Klagemann! Und der andere stellte sich als »Egon Brückner« vor, der Briefschreiber und Organisator des Treffens.

»Du siehst unwahrscheinlich jung aus, Klagemann!? Du hast dich gut gehalten!« Klagemann stimmte zu und verwies auf seine gesunde Lebensweise: viel frische Luft, Sport, aber mit Maßen, keine Zigaretten. Egon schüttelte staunend den Kopf, während Klagemann einen Stuhl von der langgestreckten Tafel fortzog, damit Egon sich setzen konnte. Umständlich schwenkte der sein steifes Bein unter den Tisch und hängte den Stock mit dem Griff über die Stuhllehne neben sich.

»Sicher kommen die anderen auch bald ...« Klagemann versuchte, die Konversation in Gang zu bringen, doch schien Egon die Jugendlichkeit seines Mitschülers nicht überwunden zu haben.

»Hast du denn alle erreicht, Egon? Wie war die Rückmeldung?« Nach seiner organisatorischen Leistung befragt, fand Egon zu sich selbst zurück:

»Nicht alle, Klagemann, nicht alle. Einige sind –« er machte eine doppeldeutige Geste, Mischung aus einer wegwerfenden und einer hilflosen Handbewegung, und Klagemann nickte einverständig.

»Mein Gott, wie lange ist das alles her, unsere Jugend ...« Egon schien auf eine innere Stimme zu horchen, eine Art seelische Souffleuse, von der er jedenfalls weiteren Gesprächsstoff übermittelt bekam, denn er sprach unvermittelt vom Biologielehrer Greulich und ob sich Klagemann noch an dessen Vogel erinnere. Klagemann kam die Beziehung zwischen einem Biologielehrer und einem Vogel ganz natürlich vor, merkte jedoch sofort, daß kein tatsächlicher Vogel gemeint gewesen war, sondern ein Spleen, ein Tick, eine Eigentümlichkeit des längst verstorbenen Paukers.

»Greulich machte ja seinem Namen alle Ehre!« sagte Klagemann, da jede Generation von Schülern ihre bösen Scherze mit den Lehrernamen trieb. Er landete einen Volltreffer. Egons Augen glänzten:

»Genau das sagten wir immer! Daß du das nicht vergessen hast!? Und wie er uns immer mit der Perle nervte!« Klagemann stimmte zu und wiederholte:

»Gräulich!« Egon kicherte, doch Klagemann wurde es unbehaglich: dünnes Eis, sehr dünnes Eis, unleugbar. Glücklicherweise sprudelte Egon über, Bruchstücke einstiger Erlebnisse, untermischt mit Kommentaren, aus denen die Seligkeit des Sicherinnerns klang. Unerwartet und für Klagemann überraschend sprach aus Egon eine tiefe Baßstimme, von der Klagemann sofort überzeugt war, daß es sich um die des Lehrers Greulich handelte. Als wäre der Tote in eine Hülle namens Egon Brückner geschlüpft, seine Sterblichkeit verleugnend und bereit, nach und nach ebenso die Körper seiner früheren Schüler zu bewohnen, bis keiner mehr übrig war.

»Die Perle, meine jungen Freunde! Die Perle! Das Produkt einer Verunreinigung! Bitte zu beachten, wie die Natur mittels einer kleinen, unauffälligen Muschel aus einem winzigen Dreckkörnchen eine Kostbarkeit macht! Meine Herrschaften! Die Biologie bietet uns nicht allein ein Verstehen des Werdens und Vergehens, der unterschiedlichsten Zeugungsvorgänge –« und mit seiner alltäglichen Stimme: »Bei dem Wort mußten wir uns immer das Lachen verkneifen, du weißt ja!«, um im Baß Greulichs fortzufahren:

»Die Biologie, Herrschaften, die Biologie eröffnet uns tiefe Einblicke in die Symbolik allen Seins! Symbolik! Zum Beispiel die Muschel und ihre Perle. Aus einem bißchen Schmutz wird eine Kostbarkeit! Man könnte es auch so formulieren, daß die Muschel ungewollt, ja, schuldlos ihre Reinheit einbüßt und den Verlust durch eine wunderbare Leistung ausgleicht! Sie hat ihren Fehler, dem wir keine Absicht unterstellen mögen, durch ein Werk sondergleichen gesühnt und wiedergutgemacht!« Indem er die Greulich-Kopie aufgab, fuhr Brückner kommentierend fort:

»Vermutlich redete er pro domo, und sein Muschelgleichnis enthielt die eigene Biographie. Jedenfalls denke ich mir das heute ... Bloß ist mir völlig unklar, was er dabei als Perle ansah ...« Klagemann merkte, daß eine Antwort erwartet wurde, und ließ keine Pause entstehen:

»Die Kenntnisse seiner Schüler, wahrscheinlich. Daß er euch ... daß er uns sein Wissen vermittelt hat. Was wohl sonst?«

Brückner nickte zustimmend, fast enthusiastisch, als sei ihm *der* Gedanke noch nie gekommen. Und Klagemann beschloß, sich mit der Perlengeschichte gegen eventuell gefährliche Erkundigungen zu wappnen. Eine einzige konkrete »Erinnerung« genügte vollständig, um möglicherweise aufkeimenden Zweifeln an seiner Identität von vornherein zu begegnen. Brückner hatte Klagemann unbeabsichtigt einen Rettungsring zugeworfen, mit dem man sich über jeden Strudel hinweglavieren konnte. Doch dabei blieb es nicht. Die nächste Hilfsaktion begann sofort:

»Und unser Wettpinkeln, Klagemann?! Unser Wettpinkeln in der Pause in der Hofecke! Unvergeßlich! Du warst der Beste, Klagemann, kein Wunder, du hattest auch den Längsten, was, wie man aus der Waffentechnik weiß, eine besondere Zielgenauigkeit erbringt! Die Länge des Laufes, verstehst du, Klagemann! Wie haben wir dich beneidet, wenn wir neben dir standen!« Obwohl er nicht gemeint war, empfand Klagemann so etwas wie Stolz, als beträfe ihn wirklich, was keineswegs auf ihn zutraf. Eine positive Unterstellung akzeptieren wir nur zu gern, selbst wenn sie nicht der Tatsache entspricht. Konnte nicht auch für ihn, den falschen Klagemann, gelten, was dem echten zugeschrieben wurde? Kindisch, aber am liebsten wäre Klagemann aufgestanden und auf die Toilette gegangen, ohnehin machte sich ein Bedürfnis bemerkbar, und als Egon jetzt mühselig sein steifes Bein unter dem Tisch hervorzog, es seitlich ausschwenkend, wobei der Eindruck von etwas Hölzernem, Totem entstand, angestrengt sich erhebend, da er rasch mal telefonieren müsse, wartete Klagemann nur den Moment ab, da der andere aus der Tür humpelte, um ebenfalls aufzustehen und hinauszugehen.

Klagemann, die Klinke der Toilettentür im Griff, blickte, ehe er sich in die weißgekachelte Stille des abseitigen Ortes zurückzog, Brückner hinterdrein. Irgend etwas fiel ihm an dessen Gestalt auf, die, wie von einer Aureole aus der lichtdurchfluteten Gaststube umflossen, den dunklen Gang verließ. Kann wurde Klagemann bewußt, was ihm aufgefallen war: Brückner hinkte nicht. Kein bißchen. Er war völlig normal durch den langgestreckten Korridor geschritten und hinaus in die Helligkeit des vorderen, zur Straße gelegenen Raumes.

Vor dem Urinal sinnierte er, was das wohl zu bedeuten habe. Er verglich die Bilder des Hinkenden mit dem Nichthinkenden, ohne das Rätsel lösen zu können. Der Kontrast beschäftigte ihn derart, daß er sogar sein Vorhaben vergaß und erst, nachdem er die Hose geschlossen und den Reißverschluß zugezogen hatte, sich seiner vorherigen Absicht erinnerte, das zu begutachten, wovon Brückner mit soviel Emphase gesprochen hatte. Er verzichtete jedoch auf die Kontrolle, weil ihn weitaus mehr die Überlegung beunruhigte, was es mit Egon Brückners unterschiedlichen Gangarten auf sich haben könne. Ein Simulant? Vortäuschung einer Behinderung – doch aus welchem Grunde? Oder bloß eine zeitweilig auftretende Störung von Nervenbahnen des rechten Beines? Klagemann, du bist zu mißtrauisch, witterst überall Unrat, verdächtigst jeden jeder kleinen Auffälligkeit halber. Er hinkt eben machmal und manchmal nicht. Punktum. Wer will all die physischen Phänomene kennen, die Schäden und Defekte, von denen der Mensch als solcher heimgesucht wird?

Klagemann begab sich ins Vereinszimmer zurück, wo, wie durch Zauberei, drei ältere Herren, außer Brückner, an der Tafel saßen, die ihm bei seinem Eintreten freundlich entgegenblickten. Hollah, Hollah, da ist ja der Klagemann, der Sieger aller Klassen! Händegeschüttel, Schulterklopfen, wiedermaliges Staunen über Klagemanns Jugendlichkeit, ja, gesund leben, kein Nikotin, viel frische Luft, was trinkst du, Klagemann, oder bist du auch in puncto Alkohol abstinent? Keineswegs, keineswegs. Augen zwinkern: Und in puncto puncti? Du warst uns doch immer um eine, sagen wir mal, Nasenlänge voraus!

Nach der ersten Runde Bier und Schnaps überkommt Klagemann eine angenehme Entspannung. Durch Brückner vorbereitet, halten die Anwesenden ihn für jemand, dessen Erdenwallen, pietätvoll gesagt, in Wirklichkeit vielleicht schon ein Ende gefunden hat. Sollte der wahre Klagemann bereits verstorben sein, erlaube ich ihm, in meiner Person noch einmal an der Gesellschaft der Lebenden teilzuhaben. Eigentlich ein schöner Gedanke, gewissensberuhigend, mögliche Schuldgefühle kompensierend. Was sagtest du eben? Greulich? Oh, ja, ich erinnere mich: Die Perle! Aus Dreck eine Kostbarkeit! Und die Zeugungsvorgänge, auf die er sich stets bezog! Mein Gott, was haben wir über die greulichen Zeugungsvorgänge gelacht!

Neben Klagemann ein Karl Ritter stimmt ins Gelächter mit ein, Prost, Klagemann, und weißt du noch? Das Wettpinkeln? Im Knabenklo?

»Nein«, widerspricht Klagemann: »Das fand immer hinten im Hof statt.«

Karl Ritter schweigt betreten: Tatsache! Da hat ihm das Gedächtnis einen Streich gespielt. Klagemanns scheint ja noch absolut intakt zu sein. Man tut, was man kann, Karl: kein Nikotin, viel frische Luft.

Außer dem Kellner mit einem gewichtigen Tablett treten weitere ältere Männer in Erscheinung. Stimmengewirr, vereinzelte, aus der Geräuschfolie sich abhebende Worte: Greulich! Die Perle! Zeugungsvorgänge! Nachsitzen! Strafarbeit! Hundertmal abschreiben! Wieder eine vier! Krause, du bleibst sitzen!

Und Brückner? Wo ist Brückner geblieben? Brückner steht hinter Klagemanns Rücken und beugt sich über dessen Schulter und raunt ihm zu:

»Else kommt auch! Du wirst deine ›große Liebe‹ wiedersehen, Klagemann!« Und als ob die Versammelten das Raunen gehört hätten, sind plötzlich alle Augen auf Klagemann gerichtet, alle Gesichter ihm zugewendet, voller Neugier auf seine Reaktion. Klagemann errötet. Warum hat mir dieser Schuft von Brückner nichts von Else erzählt?

Verlegenes Lachen Klagemanns: »Ach, die gute Else...«

»Na, na!« meint Brückner nun etwas lauter: »So gut war sie nun auch wieder nicht...«, als erwarte er Zustimmung von der Runde. Klagemann setzt alles auf eine Karte:

»Nun, für mich war Else gar nicht mal schlecht...« Sogleich bricht das Stimmengewirr aufs neue über Klagemann herein:

»Ja, du, ja, für dich, ja, du bist ja auch mit ihr gegangen, du hast uns ja vorgemacht, wie du sie küßt, jawohl, das hast du, das weiß ich noch ganz genau!« Und ein greisenhafter, weißbärtiger Zwerg gegenüber Klagemanns Platz hebt die Hand an die Lippen, so daß Daumen und Zeigefinger eine Öffnung bilden und steckt eine stark belegte, dem weißen Haar farblich ebenbürtige Zunge hindurch. Klagemann ekelt sich. Der Zwerg, oder doch nur ein Sitzzwerg, sonst womöglich von normaler Größe, der Mensch als solcher steckt ja voller Defekte, hört nicht auf, seine Zunge zwischen Daumen und Zeigefinger hervorzubläken, als bereite es ihm eine durch Klagemanns betroffene Miene verdoppelte Lust.

Brückner stützt sich schwer auf Klagemanns Schulter: »Genauso hast du es uns vorgemacht! Wir wollten es beinahe nicht glauben ...«

»Ich kann mich nicht mehr erinnern ...«, erwidert Klagemann abwehrend. Wann hört endlich der Zwerg auf, mir seine Zunge zu zeigen? Gutmütig will Ritter ihm auf die Sprünge helfen:

»Sowas vergißt man doch nicht, Klagemann! Wir standen alle um dich herum, in der Pause, denk mal nach, kurz bevor es läutete. Ich weiß es noch wie heute.« Und zu Klagemanns Mißbehagen hebt nun auch Ritter die Hand an den Mund, eine kaum appetitlichere Zunge zum Vorschein bringend. Klagemann muß hinsehen, es bleibt ihm nichts anderes übrig, er spürt den Druck dieser Runde, etwas unmerklich Bedrohliches. Unversehens, als bestünde eine geheime Absprache, folgen einige am Tisch Ritters Beispiel.

»Mach es uns doch noch einmal vor, Klagemann!« fordert Brückner aus dem Hintergrund, und Klagemann, seinen Widerwillen unterdrückend, setzt die Hand an die Lippen, als umklammere er das Mundstück eines unsichtbaren Blasinstrumentes, und schiebt die ihm besonders feucht vorkommende Zunge zwischen den Fingern hindurch. Beifall. Man klatscht ihm Beifall, als habe er eine spezielle Leistung erbracht, die man von ihm nicht erwartet hätte. Klagemann zieht die Zunge zurück und ergreift sein Bierglas. Eine merkwürdige Schwäche hat ihn befallen. Wie nach einer physischen Niederlage. Seine Befürchtungen wachsen: Was wird geschehen, wenn Else eintrifft? Wenn die Stimmung, beflügelt durch Bier und Schnaps, weiter derart steigt? Ihn ängstigt der Gedanke, daß man von ihm verlangen könnte, seine, nein, nicht seine, Klagemanns Kußerfahrung nach der eben vollzogenen Simulation auch noch am lebenden Objekt zu demonstrieren. Else wäre, der abfälligen Bemerkung Brückners zufolge, höchstwahrscheinlich nicht abgeneigt, ihr Erlebnis mit ihm, nein, nicht mit ihm, mit dem anderen Klagemann, angesichts dieser lüsternen Greise zu wiederholen.

Während er seinen Schulkameraden zutrank, kaum ihrer Sprüche und Bemerkungen achtend, sah er sich bereits mit einer Matrone konfrontiert, vor deren Rüstigkeit es kein Ausweichen gab. Schon sah er sich in die Zange kräftiger Arme genommen und sah den sich erwartungsvoll öffnenden Schlund.

»Weißt du noch, Klagemann, unser Biologielehrer Greulich?« tönte es in Klagemanns Ohr, denn inzwischen hatte Hans Ritter den Platz geräumt und einem anderen Platz gemacht. Klagemann gab zu, die unverwechselbare Gestalt Greulichs niemals vergessen zu haben. »Und die Perle, Klagemann?«

Man mußte sich den schlimmstmöglichen Fall vorstellen, damit er nicht unvermittelt einträte. Während Klagemann lächelte und nickte, wobei er seinen Gesprächspartner wie durch eine dämmende Glasscheibe wahrnahm, bildete er sich ein, jeden Moment müßte sich die Tür öffnen, um eine Gorgone hereinzulassen, bei deren Anblick er erstarren würde. Was ihm an Häßlichkeiten im Gedächtnis zur Verfügung stand, projizierte er auf jene fremde Frau, deren Ankunft man erwartete. Man mußte, wie eine Kindheitserfahrung ihn gelehrt, seine Befürchtungen steigern, ins geradezu Panische, um der nachfolgenden Erleichterung teilhaftig zu werden. Die Realität vermochte die Phantasie nie einzuholen. Solche Tricks setzte Klagemann gegen sich selber ein, um nicht vom Leben hinterrücks überrascht zu werden. Insofern schuf er sich eine Distanz zur Wirklichkeit, zu ihren Erscheinungen, vorausgesetzt, daß ihn ein warnendes Signal erreichte, mit dem sich die Besorgnis zur Angst ausdehnen ließ. Regelmäßig hatte diese sich als unnötig erwiesen und war von Erleichterung abgelöst worden.

»Klagemann – die Perle?!«

Allein für diesen fünfzigsten Jahrestag zeigten sich jetzt seine Vorbereitungen als grundverkehrt. Statt der erdachten

Überlegenheit (wie ein gutgetarnter Geheimpolizist unter Unwissenden und über deren Unkenntnis still amüsiert) erlebte er sich selber als Unterlegenen. Bevor die anderen eingetroffen waren, hatte er sich ausgemalt, ob er nicht auf dem Höhepunkt der Feier sich offenbaren sollte. Meine Herren – ich bin nicht der, für den Sie mich halten! Das schlüge ein wie eine Bombe, doch nun wagte er nicht mehr, sie zu zünden.

»Die Perle, Klagemann, du weißt es doch noch?!«

Mit der Erklärung, einem Drang nachgeben zu müssen, erhob er sich, vernahm noch Gelächter hinter sich beim Hinausgehen und die triumphierende Stimme von Brückner:

»Gewonnen! Wieder mal gewonnen!«

In der Toilette betrat er eine der Kabinen und riegelte sich ein und setzte sich auf den geschlossenen Deckel. Sollte er sich nicht besser heimlich davonmachen? Seine Getränke draußen beim Wirt zahlen und, Unwohlsein vortäuschend, eine Taxe verlangen? Übrigens mußte er sich dabei kaum besonders anstrengen, da ihm unwohl genug war. Sofort eine Entscheidung treffen! Flüchten oder standhalten, Klagemann! Wer spricht von siegen, überstehn ist alles. Falls er sich aber wegschliche, stünde er nicht vor sich selber als Feigling da? Vor den alten Knackern kapitulieren? Mensch, Klagemann: Die Perle! Aus nichts etwas machen! Bis zum Schluß der Fete durchhalten: Danke, meine Herren, liebe Mitschüler, es war sehr nett, bis zum Hundertsten dann ...

Warum hatte Brückner ausgerufen: Wieder mal gewonnen?

Leises Pochen an der Kabinentür. Das sind sie, verdammt. Bestimmt ist Else eingetroffen, angelangt, schon auf ihn, Klagemann, eingestimmt, die Vergangenheit zu erneuern, das Gewesene wiederaufleben zu lassen, auf Klagemanns seelische Kosten natürlich.

»Klagemann?« Das klang fragend. Und dann:

»Herr Klagemann?« Jetzt kommen die zivileren Umgangsformen, dachte der Angesprochene. Hier bin ich sicher, dachte er. Hier kommen sie nicht herein, dachte er.

23

»Kommen Sie heraus, Herr Klagemann ... Keine Sorge ...« Fast gütig der Ton, sanft: Kreide gefressen hat der da vor der Tür. Und die Stimme? Offenkundig die vom Sitzzwerg mit der weißen Zunge. Daher die Assoziation des Kreidefressens. Der böse Wolf. Ich armes Geißlein, ich bleibe in meiner Uhr, Herr Wolf.

»Ist Ihnen nicht gut, Herr Klagemann?« Also, Klagemann, du kannst nicht ewig auf der geschlossenen Brille sitzen bleiben, ohne daß dein Selbstbewußtsein zur Gänze mit der Spülung hinuntergeht.

Den Riegel zurück, mit bebenden Fingern, aufgestanden, Klappe auf, und siehe da: Der Zwerg war einen halben Kopf größer als Klagemann. Hatte ich's doch richtig eingeschätzt: Sitzzwerg, Stehriese.

»Herr Klagemann, es tut mir leid ... Ich störe Sie doch nicht? Sie haben ja noch gar nicht gespült!«

Klagemann wandte sich um, drückte den Hebel nieder: Ich wäre ein schlechter Geheimpolizist. Nicht ans Spülen zu denken!

»Herr Klagemann, wir wissen, daß Sie nicht der richtige Klagemann sind. Ich teile Ihnen das mit, weil Sie mir leid tun. Die andern ahnen nichts von meinem Verrat. Der Brückner hat das blödsinnige Spiel mit dem Jahrestag erfunden. Und er lädt dazu immer irgendeinen Fremden ein, den er mit spitzem Bleistift aus dem Telefonbuch herauspickt. Wir sind nur ein Skatklub. Und Brückner war Schauspieler, der kann's nicht lassen ...«

»Und die Schulgeschichten? Der Lehrer Greulich? Die Perle? Das Wettpinkeln?«

»Alles pure Erfindung, Herr Klagemann.«

»Und Else? Der Kuß?«

»Es gibt keine Else, Herr Klagemann.« Aufatmen. Der den ganzen Leib erfassende Entspannungseffekt. Wie gehabt.

»Und warum das alles?«

»Eigentlich Brückner zuliebe. Und weil es uns anfangs selber Spaß gemacht hat. Aber wir halten jetzt im Telefonbuch bei dem Buchstaben K. Es handelt sich um eine permanente Reprise, Herr Klagemann. Es wird langweilig. Es ist Ihnen überlassen, ob Sie weiter an der Inszenierung teilnehmen wollen oder die Segel streichen ...«

Umdrehen. Weggehen. Weg aus dieser Geruchswolke, dieser atembeklemmenden Kombination von Fäkaliendünsten und chemischem Blumenduft. Da geht er hin, ohne sich erleichtert zu haben. Sogleich hegte Klagemann den Verdacht, diese körperliche Fehlkonstruktion sei ihm nur gefolgt, um ihm den Rest zu geben. Unabweislich die Überzeugung: Das gehörte mit zum Spiel, dem Opfer mitzuteilen, daß man seine dilettantische Maskerade genossen habe. Durch solche plumpe Farce hatten sie ihm seine Naivität, seine maßlose Dummheit zu verstehen gegeben.

Reingefallen!

Er war der Reingefallene. Stumm und dennoch wie von einer unerträglichen Last befreit, wütete Klagemann gegen die Bande von Betrügern. Morgen gleich zum Rechtsanwalt, Klagemann! Anzeigen! Verklagen, die Roßtäuscher, Hochstapler, Gauner! Schmerzensgeld, jawohl, wird gefordert! Zwanzigtausend, ach was, fünfzigtausend! Und er stellte sich bereits die belemmerten Mienen der Betroffenen vor, denen bisher keiner Paroli geboten hatte, außer Klagemann, der sich nicht wie ein dummer Junge behandeln ließ. Doch neben den aus seiner brodelnden Wut geborenen Rachephantasien wußte er genau, daß er gar nichts unternehmen würde. Justitiables besaß er nicht. Keine Beweise, keine Indizien, kein belegbares Faktum. Und die Bande würden zusammenhalten wie Pech und Schwefel und alles abstreiten. In seiner widerwärtigen Hilflosigkeit blieb ihm nur die Hinnahme des an ihm statuierten Exempels, zu dem er sich auch noch freiwillig zur Verfügung gestellt hatte. Welche Blamage! Ach, Klagemann, Muschelmensch, wie wirst du mit dieser Erfahrung fertig werden?

Just auf dem Tiefpunkt seines Selbstwertgefühls, da in dem Seelenorkus, wo die eigene Minderwertigkeit Sitz und

Stimme hat, vollzog sich die Wandlung. Hatte nicht der Himmel oder sonst eine übergeordnete Instanz, ein Sankt Numinosus, ein Schutzengel ihn vor Schlimmerem bewahrt? Als er innerlich bebend und bibbernd jene drohend angekündigte Else erwartete, das Unheil in weiblicher Gestalt, eine Nachfahrin der Hexe von Endor, unter deren Berührung er zu einem Häufchen Unglück, ja, Unrat, geworden wäre, hatte er lautlos um Gnade gebetet. Laß dieses Schicksal an mir vorübergehen, du da oben oder wo du gerade weilst!

Lächerlichkeit tötet, und er hätte sich mehr als lächerlich gemacht, unter den Augen der anderen in inniger Umarmung mit einem Geschöpf, vor dessen krakenartiger Umschlingung ihn schauderte. Doch er war erhört worden. Die geheime Macht, durch Klagemanns Flehen gerührt, hatte die Gefahr abgewendet, indem sie die vordem glaubhaft echte Versammlung in eine Inszenierung verkehrt hatte. Das war die Lösung, die Erlösung, die ihm aufgrund seines stillen Bittens zuteil geworden war. Er durfte sich aufrichten, die Schultern straffen und brauchte keinen Spiegel zu fürchten. Das niederschmetternde Geschehen hatte ihm die Kraft des Glaubens bewiesen. Woher stammte der Satz: Ist die Not am größten, ist Gott am nächsten? Wieso kam ihm der Spruch jetzt in den Sinn? Der Schmerz ließ nach, und sein Gemüt, wie er es selber für sich ganz ungewohnt nannte, beruhigte sich. »Seelenfrieden« – ja, so konnte man seinen jetzigen Zustand bezeichnen: voller Seelenfrieden.

Mit fester Stimme im Gastraum: Herr Wirt, bitte zahlen! Rufen Sie mir ein Taxi! Und hinaus in den beginnenden Sommerabend, aus dem die Segelboote verschwunden waren.

Volksmärchen

Es dauerte wenig länger als zehn Minuten, zu erfahren, daß er eine unerwünschte Person war. Gründe wurden ihm keine genannt: dafür gab es ein Gesetz. Wie es für oder gegen alles ein Gesetz gab, so daß an dieser so weit von China entfernten, auf einem mittleren Globus kaum zu erkennenden Stelle ein Ausspruch des weisen Laotse verwirklicht worden war: Je mehr Gesetze, desto mehr Verbrecher. Ohne es zu wissen, zählte er nun auch dazu. Nach dem Warum der Zurückweisung zu fragen lohnte nicht. Auskunft erhielt man ohnehin nie. Soviel hatte er schon gelernt, seitdem er im doppelten Berlin lebte, einer Stadt, die ins Museum gehörte. Denn man sah sie stets mit einer Mischung aus überlegener Neugier und unüberbrückbarer Distanz. Hier lebten noch Troglodyten, und man traf sie manchmal in der Kneipe.

Was hätten ihm die Uniformierten, an denen er im Schrittempo vorüberrollte, auch erklären sollen? Undenkbar, daß eine dieser grau eingefärbten Gestalten, das Gesicht starr vor antrainierter Ausdruckslosigkeit, sich zum Wagenfenster herabgeneigt hätte, um ihm ein tröstendes Wort in den Westen mitzugeben. Etwa: Nimm's nicht so tragisch, Kumpel, oder: Sowas passiert doch seit Jahrtausenden. Seit Jahrtausenden? Erinnern Sie sich nicht an die alte Geschichte, junger Mann, erinnern Sie sich nicht, wie damals die Affäre ausging, auf die Sie sich eingelassen haben? Eine alte Kunde, die hallte dumpf und trüb. Wir wissen nämlich genau, junger Mann, Sie sind aus reiner Langeweile und wegen des Kribbeleffekts in unsere schöne, mächtig aufblühende Hauptstadt eingereist. Und weil Sie sich erst geraume Zeit in Berlin (West) aufhalten und Berlin, die Hauptstadt unserer doppeladjektivierten Republik, nur vom Hörensagen und aus Hetzsendern kennen. Das Wetter ist schön, die Parkplätze an der Havel und an den Grunewaldseen sind alle besetzt, am Müggelsee hingegen, kalkuierten Sie richtig, gibt es, vermutlich des weitläufigen Hinterlandes wegen, genügend Raum, den Sommersonnentag recht zu genießen. Sie zahlten eilig das Entree und folgten Ihrem Stadtplan.

Aus der Nähe wirkte der See unvergleichbar dem stilisierten blauen Punkt inmitten der grün gedruckten Fläche auf dem Papier. Das hat Sie überrascht, denn Sie sind ein vergeßlicher Mensch, der sich in der Wirklichkeit schwer zurechtfindet und Gedrucktes schon für die Wahrheit hält. Eine Kindlichkeit, welche hierzulande abgeschafft ist, wo keiner Gedrucktes für Wahrheit hält. Das führt zum frühzeitigen Altern. Tausend Jahre, Freund, und Sie haben alles vergessen. Sonst hätten Sie sich den Ausflug ja erspart. Wenn Sie nicht von einer derart blindwütigen Fröhlichkeit befallen gewesen wären, hätten Sie auch nicht den Kahn gemietet, oder soll ich Nachen sagen, damit Ihnen auf die Sprünge geholfen wird, wie beim Unterhaltungs-Quiz? Sie glaubten ganz einfach, das gehöre dazu: auf der stillen Wasserfläche herumrudern. Sie kamen sich zeitentbunden vor, also in einem Zustand geminderter Wachsamkeit, so daß man sich über die Folgen nicht zu wundern braucht. Das Licht war strahlend und grell, so daß Sie vor den Reflexen des Spiegels, auf dem Sie herumkutschten, die Augen dauernd zusammenkniffen. Und der betörende Duft aus dem Kiefernwald ringsum, der Harzgeruch, vermischt mit Wassergeruch, Moorgeruch, Froschgeruch aus dem Schilfgürtel: Das hätte Sie eher warnen als anlocken sollen, Sie unerwünschte Person! Kaum hatten Sie die Seemitte erreicht, die Riemen eingezogen und sich treiben und schaukeln lassen, erschraken Sie. Plötzlich schwankte Ihr Boot. Kein Gedanke an Seeungeheuer, an Walfische, an Froschmänner, trotzdem: ein gelinder Schreck. Bis Sie die beiden Hände wahrnahmen, die sich an den Bootsrand klammerten. Bis Sie pusten und prusten hörten. Bis mit einem kräftigen Ruck, der Sie zum Sichfesthalten an der Ruderbank zwang, ein weiblicher Oberkörper über Wasser erschien: die Nixe, wie Sie sogleich das Wesen bei sich nannten, der Sie über die Seitenwand und auf den Platz neben sich halfen. Ihre unverhoffte Besucherin war völlig menschenähnlich und trug einen zweiteiligen, schon leicht ausgeblichenen Badeanzug, Anzeichen dafür, daß sie sich oft in Wasser, Sonne, Natur bewegte.

Wurde eigentlich etwas zwischen Ihnen beiden gesprochen? Mir scheint es nicht der Fall. Auch nicht, als sie, die Nixe, nach der langen Schwimmstrecke wieder Luft bekam; eher entstand zwischen Ihnen und ihr jenes »beredte Schweigen«, mit dem wir protokollarisch so wenig anfangen können. Statt dessen legten Sie den Arm um ihre Schultern, was ohne weiteres akzeptiert wurde, und küßten sie, wogegen sich weder Protest noch Gegenwehr erhob, was Sie merkwürdigerweise kaum überraschte. Diese Selbstverständlichkeit hätte Sie stutzig machen sollen: Es war die letzte Warnung vor einer Wiederholung, deren Ausgang ebenso feststand wie ihr Anfang. Sie spürten nur die feuchte warme Haut durch Ihren Hemdsärmel, mein Bester, ohne daß sich in Ihrem Hirn etwas regte und an den einstigen Umgang mit den Toten erinnerte. Einmal meldete sich zwar noch ein eindeutiges Signal, doch nur, damit Sie es mißverstehen konnten. Nach dem ersten Kuß mit dem Geschmack von Lethe sprachen Sie es sogar aus:

»Als wenn wir uns seit Ewigkeiten kennen!« Lieber Fremdling: Was Sie für die Beseligung endlichen Wiederfindens hielten, war doch genau das Merkmal der Repetition. Liebe macht blind, aber Ihnen wäre, mit unserer unwiderlegbaren Dialektik gesagt, eine vorausschauende Blindheit für das Objekt Ihrer Gefühle zu wünschen gewesen. Die Götter haben eben anders entschieden, respektive: genauso wie immer.

Neben sich den kühlen, in der Sonne wärmer und nachgiebiger werdenden Körper. Sie ruhten beide schon unmittelbar auf den Planken, unter dem Kiel das friedliche Glucksen des Binnengewässers, droben nur noch ungewöhnliche Bläue. Ungewöhnlich durch die Situation, verbanden sich alle äußeren Erscheinungen dieses Augenblicks für Sie in der folgenden Umarmung. Der Kahn glitt sacht dahin, und nach einer Weile richteten Sie sich ein wenig auf, um an der fernen Bewaldung zu erkennen, daß in den wenigen Minuten des Außersichseins eine Unmasse Zeit verstrichen war, denn die Bäume bildeten schon ein schwarzes, zerfasertes Band, um die auf Dämmerkurs gehende Erde von dem schon verblassenden Himmel zu trennen.

Als die »Nixe« zu frösteln begann, ruderten Sie, ihrer Anweisung gehorchend, zu jener flachen Sandstelle, wo sie in einem Gebüsch ihre Kleidung versteckt hielt. Nachdem sie angezogen war, kreuzten Sie mit ihr zum jenseitigen Ufer, das Boot bei dem Verleiher abzuliefern. Kaum daß ein Wort zwischen Ihnen fiel. Erst als Sie die geringe Gebühr bezahlten und eine Münze in der hier besonders begehrten Währung als Obolus dazulegten, kam heraus, aus welcher unerreichbaren Ferne Sie stammten, und Sie konnten der Miene Ihrer Begleiterin auf dem Wege zum Parkplatz die aufziehenden Sorgen um künftige Komplikationen anmerken. Es mag auch sein, daß Ihre Freundin mehr ahnte als Sie, mit einem sicheren Instinkt das vorgegebene Muster erkannte. Geredet darüber wurde jedenfalls zwischen Ihnen beiden nicht. Und Sie, in Ihrer verzückten Verblendung, setzten die gleiche Ahnungslosigkeit bei Ihrer Mitfahrerin voraus, als Sie den Wagen in Richtung Innenstadt zurücksteuerten.

Hin und wieder bogen Sie in Seitenstraßen ab, keineswegs aus touristischen Gründen, denn verfallende Mietskasernen und Betonschachteln, zerbröckelnder Putz, abblätternde Farben, wie seit Äonen verrammelte Läden waren es nicht, was Sie die Stille und Leere dieser ärmlichen Wohnschluchten aufsuchen ließ, sondern Abgeschiedenheit, die Berührungen zu erneuern. Die gegenseitigen stummen Versicherungen, die Gesten und Griffe. Die Wahrheit der Leiber ist unwiderleglich. Sie erkennen einander, bevor Worte sie trennen können.

Zwar haben Sie Ihrer Begleiterin vorgeschlagen, sie bis nach Hause, bis in die Wohnung, bis ins Bett zu begleiten, dennoch sind Sie abschlägig beschieden worden:

»Heute nicht, Lieber, ich muß erst Ordnung schaffen!« Ein Satz, eindringlich wie die gefärbte Nadel des Tätowierers: Täglich seitdem auf der Innenhaut des schwer gewordenen Herzens nachzulesen. Mit aufmerksamen Augen betrachtet, besagte dieser Satz, es handele sich um weit mehr als um ein unaufgeräumtes Zimmer. Er hätte auch nie angenommen, daß ihr Leben einsam sei und nur darin bestanden habe, in einem See auf den heranrudernden Prinzen zu warten.

Darum versäumten Sie das Namensschild an einer Wohnungstür, den allerwichtigsten Hinweis. Ein Mensch ohne Namen geht einem leicht verloren. Aber Sie dachten bei Ihrem Wohnungsvorschlag ja auch an ganz etwas anderes, wobei der Name überflüssig ist. Und nun wissen Sie ihn nicht. Ihre Schuld, verehrter Besucher und Devisenbringer.

Sie nahmen in einer der brüchigen, geschichtsträchtigen, anheimelnd verstorbenen Straßen kurz vor dem Grenzübergang Abschied von der Bürgerin mit dem blauen Personalausweis, in den wiederum Einsicht zu nehmen Ihnen nicht eingefallen wäre. Abschied hinter einem Armaturenbrett, behindert von Lenkrad und Schalthebel: Die Technik hat nichts für Pärchen, geschweige denn für Liebende übrig, nur der einzelne ist ihr genehm: Jetzt, mein Herr, entsprechen Sie wieder völlig dem Entwurf, den die Maschine von Ihnen gemacht hat. Nun passen Sie wieder ins funktionale Gefüge und verdammen nicht sprachlos notwendige Bestandteile, die Sie daran gehindert haben, sich der eigenen Leibhaftigkeit hinzugeben und einem anderen Organismus auch.

Zwanzig, dreißig Meter vor dem wagenbreiten Durchlaß, locker versiegelt von einem rot-weiß geringelten Rohr, das sich auf Knopfdruck aus einem quadratischen Zementsockel hob, stoppten Sie Ihr Auto und entließen Ihren zeitweiligen Passagier. Es bedurfte merklicher Anstrengung, sich voneinander zu trennen: Glücklicherweise würde – wie Sie wähnten – diese Trennung nur kurzfristig sein. Man sähe sich ja morgen bereits wieder. Glaubten Sie ganz fest, als Ihnen mein Kamerad zuwinkte und Sie in den Grenzkontrollpunkt einfuhren.

Es ist doch nett hier: freundliche Baracken, sauber gestrichen, unter den Fenstern Blumenkästen mit rotblühenden Petunien, Behälter aus bekieseltem Waschbeton, grün bepflanzt, Eisenstreben, Querträger, hellgrau gestrichen, durchsichtiges Wellplastik als Dach, fast Bahnhofsatmosphäre, und dazu das Kabäuschen ohne Klinke, durch dessen schmales waagrechtes Maul die Pässe sowohl eingesogen wie ausgespien wurden.

Erst als Sie den Schlagbaum hinter sich hatten, vorsichtig Gas gebend, um niemandes Unwillen zu erregen, begingen Sie Ihren vorprogrammierten Fehler und schauten in den Rückspiegel: Hinter Ihnen ein Panorama aus Verlassenheit, Altbauten, Perspektivenflucht, ein kahler Platz, hinter dem weiter weg eine Straßenbahn fuhr, zwei gelbe Wagen, sonst aber nichts, kein Mensch, kein Schatten. Das hat Sie überrascht. Die Gestalt, die Sie zu sehen erwarteten, war, entschuldigen Sie die verräterische Vokabel, »verschwunden«.

Das hat Sie natürlich nachdenklich gestimmt; Sie saßen still da, über das Lenkrad gebeugt, und ich mußte Sie erst an der Schulter berühren, damit Sie Ihren visitierten Paß ordnungsgemäß entgegennahmen. Mit demselben abwesenden Ausdruck sind Sie abgefahren, die Slalomstrecke zwischen den bauchhohen Barrieren langsam hinausgekurvt, während es in Ihrem Kopf wohl eher chaotisch zuging. Enttäuschung: soweit das Grundgefühl. Obgleich Ihnen nicht klar ward, wer oder was Sie eigentlich enttäuscht hatte: daß die Dame, auf die Sie einen letzten Blick werfen wollten, sich diesem Blick entzogen hatte – oder diesem Blick entzogen worden war?

Mann, denk doch mal nach: Die alte, sich ständig wiederholende Geschichte, in der ihr umherhuscht wie die Goldhamster im Laufrad! Tausend Jahre her und noch viel länger und in jeder besseren Buchhandlung vorrätig und trotzdem: in deinem einfallslosen Schädel nicht parat! Du kennst sie längst, seit der Schulzeit, aber Schulzeit Böszeit, in den Orkus des Unbewußtseins hinabgestoßen, wo sie zur Ansicht oder Einsicht bereitliegt – könnte man nur den Deckel über diesem Abgrund heben!

Aus purem Unwissen also, junger Freund, kehrten Sie am nächsten Tage zu einem Besuch unserer Hauptstadt, dieser steingewordenen, dialektisch zu verstehenden Geborgenheit zurück. Voll tölpelhafter Illusionen: ein Mädchen wiederzufinden, dessen Namen und Adresse Sie nicht kannten. Wollten Sie vielleicht auf den Straßen herumfragen oder im Polizeipräsidium in der Keibelstraße: Ich suche ein Mädchen, schlank, feuchthäutig, triefhaarig, nixenartig? Wie ergebnislos solch Unterfangen enden müßte, davon waren Sie überzeugt; dergleichen hatten Sie auch nicht vor. Sie wollten eilig durch unsere sehenswerte, kunstschatzreiche, stürmisch vorwärtsdrängende Hauptstadt fahren und einen Kahn von einem der letzten Privatunternehmer am Müggelsee ausleihen, um sich auf Entdeckungsfahrt zu begeben. Sie waren sich gewiß, die spurlos aus Ihrem Rückspiegel Verschwundene würde erneut aus den Wellen auftauchen. Aber Sie hatten Ihre Rechnung ohne die Legende gemacht, die nur eine Einreise in den Hades zuläßt und für ein weiteres Mal Stempel und Zugang verweigert.

Aber all das teilte der Unperson keiner der Wachhabenden mit: Sie bewegten sich eckig und ungelenk, als spürten sie unentwegt die unfreundlichen Blicke der Ein- und Ausreisenden und müßten dagegen wie gegen einen unsichtbaren Druck ankämpfen. Erklärungen irgendwelcher Art abzugeben wäre ihnen nie in den Sinn gekommen. Außerdem fehlte ihnen jede Information über die innere Befindlichkeit der Besucher. Und was im Hinterland geschah, hinter der Front sozusagen, interessierte sie ohnehin nicht. Ob da möglicherweise ein Mädchen von den dafür zuständigen Aufsichtsorganen beobachtet und ob des Kontaktes zu einem Fremden von sonstwoher verwarnt worden war, ereignete sich außerhalb ihres Pflichtenkreises. Die Aufgabenteilung war streng und genau durchgeführt. Manche hielten eben Wache zwischen den Welten, durch Bezeichnungen wie »Ober« oder »Unter« nicht definiert, manche wechselten über die Trennlinie hinweg, um unvorstellbares Glück zu gewinnen und gleich wieder zu verlieren: durch eine einzige achtlose, ahnungslose Bewegung, die eine Zusammengehörigkeit kenntlich machte, welche seit dem Ureinst ein erklärlicher Bann stets aufs neue zerstörte.

Der Hai

1

Nun ist es soweit. Alles ist vorbereitet. Die Zeichen sind gestellt. Die Sicht ist frei, frei auf ein Meer, das den Atlantik darstellt; frei auf eine Stelle zwischen Amerika und Europa, die nichts kennzeichnet als Stürme und Wogen, höher als die mittelmäßigen Bauwerke im mittelwestlichen Climax City. Unter dem Sturm und den Wellen lagert reglose Tiefe, tintenfarben, lichtlos, bewohnt von paläogenem Getier, das mit kugligen leuchtenden Augen gleichgültig beglotzt, was an Denkmälern spätzeitlicher Dekadenz zur Tiefe sinkt: riesige blecherne Hüllen, gefüllt mit Ledersesseln, Worcestersauce in Flaschen, Porzellan, Eisenketten, zartem weißem Fleisch, das statt zierlicher Gräten plumpe Knochen umhüllt, sich aber hier unten nicht mehr bewegt.

Das kommt davon, wenn man sich so radikal von einem Element trennt und in ein anderes begibt. Die Rückkehr kostet das Leben.

An dieser Stelle also geschieht es. Für die Natur, die kalte und warme Luftströmungen gegeneinandertreibt, um sich auszutoben, ist die GOLDEN ARROW nebensächlich. Was die fünfundzwanzig Mann Besatzung betrifft, was den Kapitän angeht, und ihn geht alles an, für sie muß die Natur das Hauptsächlichste sein: von ihr hängt ab, wer Weizen in den Vorderen Orient bringt. Wessen Dampfer ältlich ist und wenig Wasser verdrängt, soll sich nur vorsichtig mit ihr einlassen, mit der Hure, willfährig allein in Gedichten.

An dieser Stelle.

Hier trifft man sich: Sturm und Schiff und Wellen. Die physikalischen Phänomene machen sich über die Deckaufbauten her, über die Schweißnähte, Schraube, Ruder, Füße, Köpfe. An dieser Stelle wird »Rettet unsere Seelen!« gefunkt, gehorcht, kein Echo empfangen und erneut mittels elektromagnetischer Wellen weithin das gleiche über das brodelnde Wasser geschrien, geblökt, gebarmt.

Endlich: Antwort kommt von MS HONEYBEE. Sie ändert den Kurs, sie kommt mit Volldampf, sie ist unterwegs, sie ist zu weit weg, sie schafft es nicht.

Der Sturm zerrt eine Nacht hinter sich her, gegen die sich die Schiffbrüchigen mit ein paar roten Leuchtkugeln wehren. Niemand nimmt sie wahr. Unsichtigkeit verdeckt alles Weitere; ein feiner eiliger Sprühregen wird zuletzt als Schleier über den Vorgang gebreitet, den nichts mehr aufhält.

Die Laternenaugen, die leuchtenden Pupillen der Altvordern durchmustern wenig später die GOLDEN ARROW, betrachten die reglosen Körper, entdecken jedoch nichts, was wie eine Seele aussieht. Entweder: Alle gerettet oder: Keine in der Fracht.

Am nächsten Morgen, die See stampft noch schwer, ein atemloser Leib nach heftiger Nacht, da kreuzt endlich die HONEYBEE auf: an dieser Stelle, jetzt ganz deutlich, aber vorübergehend markiert vom treibenden Stückgut, von hölzernen Teilen und anderen Resten gründlich vollzogener Auflösung.

Unter ihrer rauhen häßlichen Haut tanzt die See, wild und rhythmisch, geschmückt mit Trümmern, siegreicher Kopfjäger, der sein gelungenes Werk mit einer kleinen Ekstase krönt.

Von der HONEYBEE wird noch eine Weile Ausschau gehalten; durch Ferngläser, durch Salzwasserverkrustung der Lider. Eine Weile laßt uns noch hier weilen. Am Horizont wird etwas sichtbar, etwas steigt auf, etwas ist das Flugzeug der Küstenwache, etwas tastet die unruhige Fläche unter sich ab und verschwindet wieder hinter der Kimm. Ein plumper platter Rochen weiß mehr als jene im Sauerstoff oben; er könnte ihnen die nutzlose Suche ersparen, aber das ist wie immer: Man weiß nichts voneinander und sieht nur seinen vorgeschriebenen Weg.

Dann dreht die HONEYBEE ab, auf dringende Order der Reederei, und setzt die Fahrt nach Southampton fort. Das monströse, seit dem vergessenen Exodus fremd gewordene Wesen, auf dem man dahingleitet, verliert sein medusisches Aussehen. Die Züge glätten sich. Alles wird zu Wasser, zu kartographischer Bläue, darauf der Rechenschieber dem Schiff voranfährt. Die Piloten der Küstenwache spielen längst ihre Pokerpartie im Hangar weiter; umsonst hat die dröhnende Maschine ihr Netzwerk über die sich verändernde unveränderliche Ebene gezogen: nichts fing sich darin.

Das Pokerspiel betreibt das Vergessen. Versenkt in Betriebsamkeit, verursacht durch ein Bündelchen bunter Karten. Versenkung: zwielichtiges Wort, in dem sich Untergang und Meditation vermischen. Aber beiden eigen ist Abwesenheit. Abwesenheit ist: Nichtdasein. Kehrt nicht, wer aus irgendeiner Versenkung zurückkehrt, ins Dasein zurück und ist anwesend?

Mischt die Karten, versenkt euch: taucht nicht währenddessen ein Nichts oder fast ein Nichts, ein Nichts von einer Nußschale, eine lebensbergende Wiege, nicht doch auf den Wellen auf? Mischt die Karten: etwas ist anwesend.

2

Fünfundzwanzig Kränze werden bestellt. In Wyoming und Wisconsin, New York, Nebraska, North Dakota, in Tucson, Tennessee und Tuxedo. Zwei davon in Climax City im Mittelwesten, fern den termitären Ansiedlungen: diese beiden tragen weiße Schleifen, auf denen einmal »Meinem lieben Sohn« steht und einmal »Meinem Bräutigam«.

Eine Mutter und eine Braut, das feuchte Taschentuch zwischen leidgebleichten Fingern, begegnen sich im örtlichen Blumenladen. Zwei schwarze Vögel in einem duftenden Käfig. Still einander die Kralle gedrückt. Gehauchtes Beileid. Für den Sohn: Ich kenn ja Mitch wir sind zusammen auf Bäume war selber ein wildes Mädchen. Für den Bräutigam: Armer Harry Freund von Mitch als Kinder ja auf Bäume wilde Jungen wild alle zusammen – damals. Abenteuerlustig: Melville London Conrad statt Bibel Fibel Fachbuch. Und nun: Seemannslos.

Bitte die Schleife mit Goldfransen.

Die Trauer geht als Schneiderin verkleidet durch den Ort. Unheilsbotin, die versäuerte Miene mühsam zur tragischen Maske verformt und lächerlich bebrillt. Nicht überall schüttet sie Trübsal aus: der Bürgermeister des Geradenochstädtchens findet sich von dem fernen Unfall aufs beste betroffen. Wird ihm am Tage der Totenfeier das Wort erteilt, das er sich nimmt, hebt es ihn vielleicht aus dem Halbdämmer einer korpulenten Durchschnittlichkeit, damit er scharf belichtet vor allen stehe, die ihn gewählt, ohne daß er erwählt war:

Verehrte Anwesende, Freunde, Mitbürger, liebe Trauergäste, nein, schlecht, schlecht. Umkehren: Verehrte Trauergäste, liebe Anwesende, Bürger, Freunde! Vom Schmerz gebeugt, stehen wir heute an zwei Gräbern, welche uns wie zwei Rachen zwei junge Leben entrissen. Das hätte Lincoln nie gesagt. Die dreifache Zweiung zerstört die sonst schöne Metapher. Stehen wir an Gräbern, an Rachen, die junges Leben verschluckt. Immer ungenau, das ist präziser, verehrte Anwesende, Freunde, Mitmenschen!

Einmal doch muß ein symbolischer Blitz herniederfahren, muß ein heller Schein durch die Wolken der Tristheit brechen und ihn, den Bürgermeister, in ein heiliges Licht hüllen, holy, holy, o Lord, damit die verehrten Anwesenden sehen, wer der Unscheinbare wirklich und wahrhaft ist.

3

Noch hat der Steinmetz von Climax City mit rheumatischen Schlägen nicht die zwei Namen aus den Gedenkplatten hervorgeholt, und schon. Und da.

Da taucht auf, während schmale Florbänder um rechte Jackettärmel gesteckt werden, es. Und dieses Es, dieses Etwas, während die halbgemastete Flagge auf der Townhall den Passanten ein schlappes Memento mori zuwedelt. Indessen taucht es auf. Aus der schwankenden, der auf- und abschwellenden Flüssigkeit zwischen den Kontinenten. Indessen die Stadt sich mit Totenfeiervorbereitungen das Sterben stilisiert, gibt sich das Es, das Etwas auf der gemächlich schwappenden Grenzlosigkeit zu erkennen: als winzige Arche, als Schlauchboot. Inhalt: Harry McGuire, zweiter Steuermann der GOLDEN ARROW, und Mitchum Miller, Funker.

Von keinem erwartet, von keinem erblickt, so erscheinen die zwei auf der sonnenbeglänzten Bühne wäßrigen Lebens. Erscheinen ausgespien von ungeloteten Abgründen. Als hätten sie in sacht wallenden Algenwäldern geruht, in den Armen der kleinen Seejungfrau. Als hätte sie einer, den keiner kennt, verborgen vor den windtränenden, fernglasbewehrten Augen der HONEYBEE, vor den Teleskopen des Suchflugzeuges, vor dem scharfen Blick des Todes. Aus dem Irgendwoher treiben sie heran. Vielleicht nur aus der kurzfristigen Verbergnis einer dürftigen Nebelbank. Sie kommen auf einer grauen unförmigen schalenähnlichen Gummiblase geschwommen.

4

Strömungen bringen die luftpralle Pelle aus dem Bereich der Schiffahrtslinien. Große Einsamkeit umfängt die zwei und der weithin leere Himmel. Nichts ist da als sie beide. Und der Hunger. Und Durst. Und das zähe Zögern der Minuten, der

Stunden, die sich nicht von den Dahintreibenden trennen können. Tage steigen auf hinter der Kimm, rot mit der Sonne, bluten sich weiß und versinken verfärbt hinter der Linie, wo Oben und Unten sich trennen und treffen. Die Zeit ist fort, ist frei und geflohen, da keine Uhr, kein Kalender sie bindet.

Zurückgesunken an die feuchte aufgeblasene Hülle heben und senken sich die apathischen Leiber der beiden Männer auf niemals stillestehendem Trapez, von dem kein Sprung ins Netz geht.

Oberflächiges Glitzern sticht durch den Sehnerv ins Gehirn, bis plötzlich am Horizont dem Funker ein Kühlschrank erscheint, ein Wolkenkratzer von Kühlschrank, ein Empire-State-Kühlschrank, aus dem klirrt ein endloser Strom Eiswürfel, Eis in Gläsern voller Milch, voller Juice, voller Bier, voller Wasser Wasser Wasser.

Und die Ohren des Steuermannes fangen einen Ruf auf. Das ist der Kellner. Bringen Sie mir ein Schnitzel. Und, hören Sie, noch ein Schnitzel und dazu als Beilage ein Schnitzel. Und Wasser. Und als Nachtisch ein Schnitzel aus klarem kühlem glasigem Wasser.

Hast du es gehört, Mitch, den Kellner, Mitch, hast du? Siehst du nicht den Kühlschrank, Harry, sieh doch, die Tür steht offen, wir brauchen nur einzutreten, Harry. Harry!

Ich sehe nichts, Mitch.

Ich höre nichts, Harry.

5

»Verehrte Anwesende, Freunde, Mitbürger, liebe Trauergäste! Ganz Climax City trauert um seine beiden treuen Söhne, Vorbild künftiger Generationen für Pflichterfüllung und Heldenmut. Diese beiden Gedenktafeln an der Mauer unseres stillen Friedhofes sollen uns an jene gemahnen, die, obwohl fern von uns, für uns, ja, für uns ihr Leben im Rachen der Naturgewalt opferten.

Sehet die Weizenfelder rund um unsere Stadt, sehet das Korn auf dem Halm, mehr als wir selber je verzehren könnten; wohin mit der Fruchtbarkeit, hätten nicht unsere beiden Helden es auf sich genommen, diese in abgelegene Länder zu leiten. Das danken wir ihnen. Wir danken ihnen die Mehrung unseres Wohlstandes. Mögen unsere Glocken, mögen Schall und Hall des tönenden Erzes unseren Dank dorthin tragen, wo sie jetzt weilen in Ewigkeit. Ich danke euch, Mitbürger...«

6

In der violetten Dämmerung bröckeln Worte von den trockenen Lippen; Erinnerungen an den letzten Fisch, den sie mit angespitztem Paddel vor drei oder dreißig Tagen harpunierten; Erinnerung an den herrlichen Geschmack des blassen Blutes; Erinnerung an das lebhafte Gewimmel rings um die aufgepumpten Wände – bis er kam und sie vertrieb. Der nahrhafte lebensverlängernde Schwarm ist fort. Er ist geblieben.

Von dem sie haßvoll und hilflos reden, er umkreist pausenlos ihre weiche Barke, so daß sie seinen großen Schatten erkennen können. Seine steile Flosse folgt ihnen, nähert und entfernt sich, verweilt jedoch stets in lauernder Entfernung: er hat Zeit. Was das ist, sie wissen es nicht mehr.

Heraufkunft und Weggang des dörrenden Gestirns können sie nicht mehr zählen. Die brennende Zentrale, umkreist von Mars Venus Neptun Miller McGuire Hunger Durst, scheint ihre Gravitation zu verstärken, um See und unfreiwillige Seefahrer anzusaugen, damit sie eines Mittags verdampfen. Manchmal scheint sie aus ihrer Glut Stimmen zu entsenden, denn manchmal ist den beiden einsamen Männern, als hörten sie welche. Zeitweise kommt es ihnen vor, daß es ihre eigenen sind. Doch das ist ungewiß. Ihre Schwäche nimmt zu, der Abstand von Rückenfloß und Schlauchwand nimmt ab.

Und dann bedeckt sie eine Nacht, eine, dunkler als andre vordem. Es zieht eine Nacht auf, die sich der Stimmen und Sterne enthält; diese Nacht, Schwester der Tunnel, Abkömmling unbetretener Höhlen im Schoß der Erde, Genossin des lichtlosen Kuhmagens, sie gibt sich her, deckt und tarnt mit ihrer ungeheuerlichen Umfänglichkeit einen Punkt im Ozean, jenen besonderen, bis die endlose Drehung der bewucherten Kugel das rundliche Wasserstoffeuer über den Horizont hebt.

Da befindet sich im Schlauchboot nur noch ein Mann. Ein einziger. Sein Gesicht ist von Fingernägeln zerkratzt, die Fetzen seines Hemdes zerfetzter als gestern. Tiefe Erschöpfung ersetzt ihm den Schlaf. Über ihn neigen sich einige Wolken, stumm und Regen versprechend. Sie kommen zu spät, um zu wissen, was geschehen ist. Der es weiß, der Begleiter mit der ragenden Flosse, hat sich unsichtbar gemacht. Das Schlauchboot aber, Walimitation mit echtem schlafendem Jonas, treibt weiter. Einem Ziel zu.

7

Zeitungsnotiz vom achten Juli in der »New York Times«.

Vor der Küste von Neufundland wurde ein seit dreißig Tagen treibender Überlebender des US-Motorschiffes GOLDEN ARROW aufgefunden. Eine Untersuchung des Körperzustandes des geretteten Funkers Mitchum Miller, 32, hat ergeben, daß Miller sich in erstaunlich guter physischer Verfassung befindet. Das Schlauchboot, in dem Miller unterwegs war, wurde zwecks Überprüfung an Bord genommen. Dabei stellte sich heraus, daß außer Miller noch ein zweiter Überlebender an Bord gewesen sein muß. Miller gibt an, sein Kamerad, der zweite Steuermann Harry McGuire, 28, gleichfalls aus Climax City, sei in einem Anfall von geistiger Umnachtung über Bord gesprungen. Ein Hai habe McGuire in die Tiefe gezogen.

Gewisse Spuren im Schlauchboot und an Miller selber lassen den Schluß zu, daß zwischen den beiden Männern ein Kampf stattgefunden hat.

Hat sich vielleicht in der Einsamkeit des Ozeans eine jener entsetzlichen Tragödien abgespielt, von denen wir in unserer Zivilisation uns nichts träumen lassen? Die Untersuchung des Falles dauert an.«

Überschrift des kleinen Zeitungsartikels: EIN MENSCHLICHER HAI FRAGEZEICHEN.

8

Heimat aus der Fabrik: Climax City. Jedes Haus, Drugstore, Supermarket, Tankstelle, Kino, austauschbar mit jedem Haus jeder gleichförmigen Ortschaft hierlands. Heimat, durch nichts herausgehoben aus genormten Ansiedlungen; weder durch das Sägewerk noch durch die Wälder, Weizenfelder, Bäche, Blumen, Ameisenhügel, noch durch den Friedhof, aber vielleicht durch zwei Gedenktafeln, deren eine unversehens überflüssig geworden ist. Durch sie tanzt der Ort aus der Reihe von seinesgleichen: ein winziges Stigma schmückt ihn mit Besonderheit.

Hier ist Miller geboren und aufgewachsen: Wenn er nun mit dem Seesack über der Schulter durch die Hauptstraße geht, geht er nicht deswegen durch die Hauptstraße, auf der Schulter den Seesack. Er ist keiner, der zu seinen Windeln heimkehrt. Der, wo er hinmachte, heute Gefühle kriegt. Nein, Sir. Niemals. Seine Mutter wohnt hier. Sonst miede er diesen Ort wie ein choleraverseuchtes Hotelzimmer. Zuviel sagen die Blicke, die ihn auf der Straße treffen. Unsichtbare Transparente spannen sich von Dach zu Dach, über Tore, Einfahrten, Drehtüren zu seiner Begrüßung. Und die nichtvorhandene Schrift kann er lesen. Deutlich: Grüß Gott, Mörder... Schäm dich in den Boden, damit du rasch wieder weg bist...

Gutwillige Hieroglyphen aus Baumblätterschatten besagen: Wer dumm ist, glaubt der Zeitung. Willkommen sei, über den der Stab noch nicht gebrochen wurde.

Und aus den scharfen Runen geschäftsverbrauchter Gesichter entziffert, wer will, ein ganz besonderes Willkommen: Heil dem, der nicht zögert, der nicht untergeht, der überlebt und also nicht verachtenswürdig wie die Mehrheit ist.

Der leichte Flügelschlag des Geflüsters umkreist den Funker, dessen Gerät schon von gepanzerten Garnelen betastet wird, so daß er nicht um Hilfe rufen kann. Wie sehr er sie brauchen wird, davon noch keine Ahnung. Wenn eine andere Woge über ihm zusammenschlagen will. Aber jetzt öffnen die Häuser ihre Gardinenlider einen Spaltbreit und schauen auf den einzigen Überlebenden, Sonnenballgebrannten, Haigeleiteten. Ohne sein Gesicht zu wenden, spürt er, wie er gemustert wird. Er weiß es. Hier ist er geboren. Hier geht er entlang. Geht und geht. Der Seesack ist die leichtere Last.

9

Der Bürgermeister hat zwei Ohren, eins links, eins rechts. In beide blasen die Stürme, die der Heimgekehrte im Climaxwasserglas aufgerührt hat, Worte und Worte: Mitch Miller ist zurück. Was gedenkt ein Bürgermeister zu tun, dem viele Leben anvertraut sind? Unsere Frauen und Kinder sind keine Stunde länger sicher. Wenn der Wolf in die Hürde bricht, setzen Sie Ihre Brille ab und zucken die Achseln und sagen: Es gibt keine Handhabe, ihn fortzujagen, was soll ich tun ...

Worte und Worte:

Kein Bürgermeister hat das Recht, ihn auszuweisen, den tapferen Mann, der dreißig Tage gegen Wind und Wellen gekämpft und, als keine Rettung in Sicht, entscheidet: Besser als zwei Tote ist einer. Er rettet ein Menschenleben für die

Menschheit. Und Sie sitzen da, Bürgermeister, bohren mit der Spitze des kleinen Fingers im Ohr und sagen, was soll ich tun ...

10

Da ist eine Gasse an der bald erreichten Peripherie der dutzendhaften Stätte, verfallen und zur Hälfte vom fesselnden Pflaster entblößt überstreut mit Steinen, unter denen sich das Erdreich siegesbewußt vorwindet, um ein natürlicher Weg zu werden, hinein in die Weizenfelder, wo er sich rasch verschmälert, bis er als Trampelpfad zwischen Halm und Halm versickert.

Wo die Nase die Grenze erkennt zwischen dem Gestank der Auspuffgase und dem Ruch der Felder, da ist es angewurzelt: das kleine Haus und das kleine Herz, schier zweiunddreißig ist es alt. Da geschieht zur Stunde, was eine Unzahl von Filmen vorgezeichnet: die Heimkehr, tränenvollen Blickes, unglaubhafte Tropfen, unglaubhaft, wie die Wirklichkeit immer wirkt; schließlich die unbeholfene Umarmung, in der man sich stumm versteht, und zwar wie nie sonst vorher, und aus der man sich daher rasch wieder löst.

Die sich so nahe sind wie Mitchum Miller und die alte Frau, die ihn in die Welt gebracht, die auf ihn gewartet hat, der hinausfuhr, der zurückkam, auch sie beide geben die letzte Verborgenheit ihrerselbst nicht auf. Aus Furcht, mehr zu erkennen und mehr erkennen zu lassen, als gut ist zwischen Menschen. Angstvoll ahnen sie schon die wahren Züge, die unverstellten Gesichter, beschämende Nacktheit des Wesens hinter dem Schleier aus Angewohnheiten und falschen Bildern. Als währte da etwas, das nicht mit dem Schleier schwände. Als sei die Summe mehr als ihre Zahl. Als gäbe es da etwas sehr Ungewisses, das durch Berühren zum Antimagneten würde, und um einander nahe zu bleiben, trennt man sich hastig. Der Griff zur Tasse rückt die Seele grade. Hinsetzen in den abgeschabten Ledersessel mit geübter Drehung des Hinterns bringt die schwankende Ordnung ins Lot. Syntaktisches Gewebe hüllt ein, bekleidet, verdeckt mehr und mehr. Mit Worten stößt man immer weiter fort, was man benennt:

Du brauchst mir nichts zu erzählen, Sohn, Junge, ich weiß, du hast es nicht getan, du nicht, Mutter, glaub mir, ich habe wirklich nicht gemacht, was sie behaupten, nur ruhig, ich weiß ja: Mein Sohn nicht.

Sie, die nicht dabei war, weiß es besser als jene Stelle im Atlantik, gekennzeichnet von Stürmen und hungrigen Haien; sie weiß es sicherer als Herr Johns, ein Bürger der Stadt, eine männliche Erinnye, unter dessen Schritt Haß aufstiebt, wandert er von Nachbar zu Nachbar, weil, sagt er, wir nicht unter uns einen Kannibalen dulden wollen. Nicht mehr sicher sind Frauen und Kinder. Er muß aus der Stadt. So oder so!

Aber sie, die Herstellerin eines arbeitslosen Bordfunkers, besitzt größere Gewißheit, was da geschah, da im Kohlenkasten der Nacht. Hüte dich vor dem Tier, das vorm Schlaf aufs Kopfkissen springt, wenn man nicht aufpaßt: das Zweifel heißt. Doch man paßt auf. Eine Falle aus Worten, ein Netz aus Silben ist aufgestellt: hier kommt keiner durch.

II

Hinter einer bleichen Gardine, hinter einem bleichen Gesicht gehen andere Gedanken um: Ich, seitdem er hier ist, wage mich nicht auf die Straße. Ich will es nicht sehen, das wandelnde Grab meines Bräutigams. Ich mag nicht sehen die lebende, die mobile Gruft. Den Sarg auf zwei Beinen. Ich harre aus im Schatten der Vorhänge.

Und dort bleibt sie auch im Schutz der Anrichte, behütet von der Standuhr, die manchmal tröstende dumpfe Laute ausstößt; gegen Abend begibt sie sich näher zur wachsamen Lampe, eine schwarzverhüllte Figur mit Namen Grace, ach, Grace, welchen nie wieder Harrys Stimme rufen wird, heiß erhofft, unerwartet verklungen. Zweiter Steuermann, hast du ihn zuletzt, ach, noch einmal geschrien, bevor...? Vielleicht schon aus dem anderen heraus? Doppelmündliche Nennung, in Seufzer und Rülpser vereint? Durchaus denkbar, wiederholt denkbar, ausgeschmückt denkbar, weil das denkbar Abscheulichste am schwersten zu löschen ist. Darum. Vergessensbarriere. Darum.

Nicht nur Grace, die Trauernde, hat sich eingehöhlt in die elterliche Wohnung, auch Mitchum verhockt die Tage am Fenster, aus dem er den Rauch unzähliger Zigaretten bläst, damit die Dämmerung sich schneller verdichte. Er raucht und glotzt auf die Weizenfelder, über die der Wind in unregelmäßigen Stößen hinflutet, daß sie seeartiges Aussehen bekommen: gelbe Wellen. Nie erscheint ein Schiff am Horizont der Halme. Nie erleben die Mäuse, die Hamster Marder Krähen Dohlen Elstern den Anblick eines düsteren Dampfers, der auf sie zu- und über sie hinweggleitet. Das kommt davon, wenn man das Wasser verläßt.

Erst in der Dämmerung gibt Mitchum seinen Ausguck auf, wenn der brotwarme Tag in die reifenden Körner zum Schlaf einkehrt; irgendwo muß er ausruhen, nachdem er zwischen Nacht und Nacht mißbraucht und geschändet und vertan worden ist. Bricht wenig später Lautlosigkeit in der Stadt aus, bewegt sich der dienstlose Funker aus dem Haus, durch die Felder, wo er zu einer unkenntlichen Gestalt wird, die sich weit draußen niederwirft, seitwärts des verendeten Weges. Zwischen die Zähne ein Halm gesteckt. Die Augen umfangen den Himmel. Von Osten her werden große Mengen dunkelblauer Soße ausgegossen, in der die Spreu der Sterne schwimmt.

Wann wohl wird endlich die Nachricht kommen, das briefliche Fallreep, über das Davonturnen, Davonkommen möglich ist.

Auf den niedergedrückten Halmen liegend, spürt der Funker: eine ungeheure Woge rollt auf ihn zu, auf ihn aus Climax City, um ihn hinunterzudrücken ins Nichts. Da hilft kein Korkring, keine Luftweste. Er spürt es. Eine Woge von Seelenschlamm, von Lava ausgebrochener Hirne, die er für erstorben gehalten.

Dann endlich, endlich: der Brief, farbig aufgepreßtes Signum der Reederei, endlich die Nachricht, die frohe Botschaft funkerischen Heils, wie es sich zuerst darstellt. Doch ist dem Umschlag nichts Frohes zu entnehmen. Geschrieben in klarer Maschinenschrift steht, daß die Dienste des Funkers Mitchum Miller, zuletzt GOLDEN ARROW, nicht mehr benötigt werden. Und zwar aus Gründen, die er selber am besten kennen würde. Hochachtungsvoll wird gegrüßt, trotz allem, wir sind schließlich zivilisiert.

Du aber, Wilder, bist jetzt gefangen. Weil keiner mit dir fahren will: als würde er Schiffbrüche verschulden, um anschließend Überlebende – was gemein und verleumderisch ist, aber die Reederei weiß alles besser, genauer, exakter, detaillierter als die Mutter, als Grace, als der hochachtungsvoll zeichnende, sich selber heiligende Jedermann.

Und nun?

Einfach rennen retten flüchten. Jetzt. Sofort. Wegfahren ins Ungezielte. Abhauen. Der Impuls peitscht hoch, bringt auf die Beine, doch fünfzehnhundert Gramm graue Masse unterm nicht aufklappbaren Schädeldeckel erweisen sich als zu großes Gewicht, das jeden Schritt verlangsamt und zögernd werden läßt.

12

Wieder liegt der Funker im Weizen, den schlimmen Brief in der Jacke, liegt er am Rand des Pfades.

Himmel, Sterne, der Schrei eines Tieres, fern wie kaum vorher. Er hält sich am Boden fest. Das ist keine feste Erde unter ihm, das Meer ist unter ihm. Eines, für das keine Rettungsboote gebaut sind. Glotz auf die Requisiten der Erde. Glotze mit den vorgewölbten Augen, mit den leuchtenden horngetragenen, die du hattest, bevor du aus dem Wasser kamst.

Mit jedem Herzschlag steigen und fallen: Wiege, verlassen, ein Mensch zu werden. Zu sein. Zu bleiben. Ohne Gebrauchsanweisung. Und hat man eine, ist es die falsche. Das konnte nicht gutgehen.

Er hält die Hände still, weil er ein Geräusch empfängt. Ganz in der Nähe. Ein Schritt, lang, kurz, lang, der plötzlich stehenbleibt. Ein Lauern ist draußen vor den Halmen. Ein stummes Abwägen. Ein vorsichtiges Rascheln. Mit einemmal schwebt groß die Silhouette eines Frauenkopfes über dem Funker.

Tintenrabenschwarz: Grace. Hinausgelaufen in den Abend, atemknapp vom Staub der heimischen, treusorgenden Möbel. Hinausgelaufen in den Weizen. Hingelaufen und hier ein Tier vermutet. Hier dann über die Halme hinweg sieht sie etwas Schattenhaft-Personelles vor sich liegen, das sich mit den Halmen zu ihr aufrichtet.

Plötzliches Erkennen, wer vor ihr steht. Ein Stromstoß lähmt sie: fluchtunfähiges schlangenblickgebanntes Karnikkel. Angewachsen. Verwurzelt die bleiernen Füße im Boden. Die Sekunde dehnt sich ins Endlose aus. Wie er, der sich aufgerappelt hat, begonnen, ist unklar, unmerklich sicherlich. Und leise vor allem. Zaghafte Worte entstehen. Bruchstücke von Sätzen fügen sich zusammen. Die Sekunde reißt nicht entzwei. Das Kaninchen horcht.

Mitchum berührt ihren Arm beim Sprechen, und sie erwacht irgendwann, und die unruhige Hand auf ihrer Haut ekelt sie nicht: erstaunlich. Erstaunlich ferner, wie der Wolf vor ihr zum Pudel schrumpft, dressiert vor ihr aufgerichtet in bittender Haltung. Kein Untier, ein armer Hund, dem übel mitgespielt worden ist. Alles andere: Gerüchte, Lügen. Zeitungsverdrehungen. Effekthascherei eines billigen Journalisten. Die beiden haben sich doch als Kinder gekannt, der Harry und der Mitch, der ist gar nicht schlecht, sondern die Welt ist es, weil sie ihm solchen Greuel andichtet.

Als Mitch sie aus ihrer schlafwandlerischen Verhaltenheit wachrüttelt, geben ihre schwächevollen Beine doch nach: sie muß sich hinsetzen. Zuerst einmal hinsetzen in das verborgene Nest unter dem mächtigen funkengespickten Baldachin.

Bald empfiehlt sich eine lässigere, bequemere Haltung beim Zuhören: Schiffsbruchsnöte Schrecken der Einsamkeit Todesangst Verzweiflung tropfen wortwörtlich in sie, bis sie vor Mitleid überläuft. Hat der Schiffbrüchige im Kornfeld nicht Anrecht auf Glück wie jeder, wie auch das Mädchen, das Grace heißt, das sie selber ist?

Schweigen herrscht bald und das gefährliche einleitende Gefühl des Immersichgekannthabens: Als wir noch nicht geboren waren, sind wir einander schon begegnet. Als wir in den Korallenbänken hausten, Grace, du und ich, ja, Mitch, in der heimlichen neolithischen Höhle, in den unbemerkt vorbeigeschlichenen Jahrhunderten: immer zusammen, immer gekannt, immer einer des anderen Nähe, noch näher, so nah wie nur und am Schluß ineinander in eins. Der früheste Zustand ist wieder erreicht: der der ungeteilten Amöbe, Tastfühler habe ich vier, arm- und beinähnlich, unbeholfen von Bewegung, rege ich mich kräftig, aber nicht vom Fleck, nicht von der Stelle, nicht vom natürlichen Pfühl, das erst gegen Morgen der Wind leer findet.

13

Im hinsinkenden Licht, im aufgelösten Schein des nächsten Abends, da Mitchum erneut zum Aufbruch rüstet in die Felder, wo er erwartet wird, wo die Hingebung schon dringlich bereitliegt, in dieser verdämmernden Kurzfristigkeit umringt ein Grüpplein Ortsansässiger das kleine hölzerne Haus. Die beiden Ohren des Bürgermeisters sind geschlossen. Der Kannibale muß weg, das ist entschieden und beschlossen. Ab mit ihm. Dahin, wo er den Kameraden hinbesorgt hat, ins Nirgendwo.

Mitch, die Woge erreicht dich. Schwimmen ist zwecklos. Aufklaffende Mäuler und Rachen branden gegen Türen und Fenster. Verfluchungen schlagen über den Schindeln zusammen. Knirschen und Schmatzen und Schlingen wird ahnbar. Geheul an Backbord. Hämmernd wird an die Hecktür gepocht. Die Strudel kreisen lärmend ums Haus. SOS. SOS. Ist keine Antenne auf Climax City gerichtet?

Die alte Frau, aufgelöst, das graue Haar in Strähnen, das Gesicht vor Angst gefältelt, die ihren Sohn unschuldig nennt, sie spricht nun mit Gott, der nicht antwortet. Sie ruft ihn an, er ist nicht da. Oder gerade über Saigon tätig, über Léopoldville, über dem unheilen Berlin, über den vierundzwanzig Dächern eines vergessenen Gebirgsdorfes. Draußen schwillt die schreiende Flut, drinnen die Angst. Es kracht und rumpelt an die Wände des Bauwerks, des dürftigen Bollwerks, dröhnt und grollt, daß das Gehäuse in seinen Fugen zu schwingen anfängt: Damm vorm Hochwasserschwall.

SOS! Ist keine HONEYBEE in günstiger Entfernung? Kommt kein Deus ex machina von der Küstenwache, kein Helikopter, von dem eine Strickleiter herabstürzt, daran ein silbernes Täfelchen baumelt: »Reserviert für Mitchum Miller, Climax City«?

Bitte um Bitte jagt Mutter Miller aufwärts, daß ein einziges Mal das Unmögliche Ereignis werden möge. Es muß. Sie schreit stumm den Adressaten da oben im abendlichen Ungewissen an:

Rette ihn! Es muß sein!

Einer muß gerettet werden, damit sich der eingefressene Glauben an die Ausnahme erhält, von der jeder überzeugt ist, grade mit ihm werde sie gemacht. Ausnahme zu werden, damit die Regel ungebrochen bestehen kann, ist Mitchum Millers Chance und Urteil in einem. Und naht schon.

Und kommt bereits herbeigelaufen aus den Feldern mit mänadischen Haaren und tönt warnend mit dem Mund von Grace: »Aufhören! Hört auf, wollt ihr meinen Verlobten umbringen, nachdem ich Harry verloren, auch noch den zweiten, Miller ist unschuldig, seine zukünftige Frau, ich, weiß es genau. Verschwindet oder ich reiße euch die Haut vom Gesicht.«

So spricht die Tigerin zum Schutz ihrer Beute.

14

In der Dunkelheit melden sich Stimmen, durch die vollständige Finsternis nicht mehr zu identifizieren. Wer sagt da: Erlauben Sie mir, völlig sprachlos zu sein. Ich verstehe die Welt nicht mehr. In Erfolg seines gesunden Appetits wird der Anthropophage zum Altar geführt. Ich gehe.

Wer sagt da: Wir wollten Ihnen nicht zu nahe treten, Fräulein Grace. Wir dachten, wir tun Ihnen einen Gefallen, weil wir es Ihretwegen tun wollten.

Wer sagt da:

Erlauben Sie mir, Ihnen zu gratulieren, Grace. Die Welt wendet sich zur Vernunft hin. Sie erkannten, Fräulein, was Sie an Mitch Miller haben, wenn Sie ihn kriegten: einen Mann, der zu überleben versteht. Das sichert auch seiner Frau eine Chance dazu. Herzlichen Glückwunsch!

Da die Beglückte und Beglückwünschte nichts deutlich ausmachen kann, spricht sie in die fußgetrappelerfüllte Nacht:

Ich lade Sie alle zu meiner Hochzeit ein. In vierzehn Tagen vor der Kirche – auf Wiedersehen! Ein leicht enttäuschtes Hurra antwortet ihr.

15

Sie hat ihn gerettet, sie durfte die Hochzeit verkünden und den Termin setzen: sie hat ihn gewonnen. Er ist von nun an ihr Eigentum.

Und die vierzehn Tage werden in wechselnden Weizennestern zugebracht, wo sie, Grace, hinterher jedesmal gesättigt und träge versichert, sie wisse, es war der Hai. Auch sie. In die Zukunft zu schauen fordert sie, wenn sich die Amöbe wieder geteilt hat, und vor allem: das Vergangene muß vergangen sein. Gleichgültig wie es auch war.

Mitch liest aus ihrem liebenden leuchtenden strahlenden feuchten Kugelblick ihre Gedanken, liest von der Skala die zuckenden Ströme ihres Bregens. Entsetzen befällt ihn wie eine alte stickige Wolldecke, wie ein frisches Leichentuch, als er vernimmt:

Alle Zeit über war ich einsam, jetzt bist du da, für immer da, für jeden Tag. Jetzt liebe ich dich. Wer war der Schatten, der Harry hieß? Wer das belebte Fleisch bei dir im Boot? Sein einziges Verdienst, daß es dich überleben ließ. Für mich.

Die Wahrheit ist heraus. Der wirkliche Gedanke. Und seinerseits? Gewißheit des Niemalssichgekannthabens. Kälteempfindung vor diesem Antlitz: Morgen heiraten wir, Medusa.

16

Mit Bimm und Bumm wackelt der angekündigte, der vierzehnte Tag glockenschwer über unsere kleine Stadt, über unsere innige Polis her und hin, her und hin. Es ist ein gewaltiges Warten in der Kirche. Die Braut. Die Mutter des Bräutigams. Prall von eingeübter Rede der Bürgermeister und Brautführer. Und Johns, James', Jeans und Joyces: summa summarum verehrte Anwesende und Mitbürger.

Nun ist es soweit. Alles ist vorbereitet. Die Zeichen sind gestellt. Einen Augenblick ist es angebracht, die Augen zu schließen und ein Stoßgebet emporzusenden, Dank, daß das glückliche Ende sich doch noch eingestellt hat. Wer wohl hätte das gedacht? Aber während die Augen noch geschlossen sind, bricht das Geläute ab.

Unerklärliches scheint sich in diesem Moment der Unaufmerksamkeit ereignet zu haben, denn die Braut, den

Schleier zerfetzt, flüchtet durch die Straßen in Richtung ihrer Möbel. Hastig schafft sie ihren Weinkrampf heim, dessen Herkunft unbegreiflich ist.

Unbegreiflich auch, warum Millers Mutter sich eilig in ihren Holzkasten und für immer ins Schweigen zurückzieht wie eine Schnecke in ihr Horn.

Der Bürgermeister, allerverehrtester, aber einziger Anwesender in seinem Büro, säuerlich von ungeredeter Rede, verriegelt hinter sich die Tür, an welche ehrenwerte Mitbürger wild klopfen, ohne daß verständlich würde, was dieses Geschehen hervorgerufen hat.

Und da ist das Nest im Weizen. Die Halme haben sich nicht wieder aufgerichtet. Die leere Lagerstätte im Feld erscheint gegenwärtig wie der Schauplatz eines nichtverjährten Verbrechens. Der Wind, sosehr er sich müht, kann sie nicht verdecken. Eine kahle Stelle, hoffnungslos allein gelassen. Wundmal aus Ödnis und Vergessen.

Die Augen waren einen Moment geschlossen, nun, da sie offen sind, erblicken sie alle Beteiligten bis auf einen: die Hauptperson des vierzehnten Tages. Mitch, wo bist du?

17

Suche in den Straßen und Kneipen, in Hinterhöfen, Abfalltonnen, entleerten Apfelsinenkisten, in den Verstecks der Katzen und Ratten, der Kinder und Säufer. Zuletzt auf dem schäbigen Bahnhof nachgeschaut: kein Mitch. Vor einer Stunde ist der letzte Zug abgegangen. Zur Küste.

Wer fragt, erfährt sogleich, ein Mann in Matrosenkleidung, den Seesack auf der Schulter, ist hier entlang, dort hindurch und ins Abteil dritter Klasse. Pacific Line. Morgen steigt er in Matrosenkleidung, Seesack über, in San Francisco aus, das auch nur eine Durchgangsstation bedeutet für getragene Marinemonturen, für Seesäcke, für durchgegangene Bräutigame.

Da steht er an der Mole; das verhaßte Element blendet ihn mit gleißenden Sonnenreflexen; den Hafengestank atmet er ein, das Opium der Heimatlosen erweitert den Rauminhalt des Schädels, treibt ihn auf, bläht ihn brisig, bis die ganze Kugel darin Platz hat, auf der man für gewöhnlich steht oder fährt oder schwimmt oder versinkt.

In dieser monumentalen Halle, die den dünnen Hals krönt, schallt die eigene Stimme weithin, wenn sie ruft:

Nein und nein und nein! Ich bin nicht, für den ihr alle mich haltet. Ich kann dich nicht ehelichen, Octopus vulgaris, Weib Weizenfeld, die mich für das Ungeheuer hält, das ich nicht bin. Ich, hier in mir stehend, klage mich der Unschuld an. Daß ich Harry zurückhalten wollte, als er in seinem Wahnsinn über Bord ging und mir Gesicht und Brust mit seinen Nägeln zerriß, dessen klage ich mich an. Daß ich ihn ins Fischmaul springen ließ, statt dahinein, wo ihn sowieso jeder vermutet, dessen bin ich schuldig. Schuldig des Abweichens von der fröhlich fressenden Norm. Und schon verurteilt und beinahe aufgehängt durch verehrte Anwesende, liebe Brüder und Schwestern.

Falls ich fernerhin unter ihnen leben will, im Stande ihrer Unschuld, frei wie sie frei, muß ich mich sputen, zu tun, was ich versäumte, was man mir zuschreibt, was mir in Ewigkeit anhängt, amen.

Hier stehe ich im tiefsten Innern der steinernen Stadt, an ihrem Aus- und Einfluß, ihrem ausreisigen Hafen: unter dem Goldenen Tor der weitgespannten Brücke schiebt sich eine metallene Krippe heran, heulend und qualmend, um kurz darauf ihre hohe Wand am Molengefüge zu schaben. Für Mitch ist es soweit. Er ist vorbereitet. Erneut sind die Zeichen gestellt.

18

Die Sicht ist frei: der Seemann kommt an Bord und zeigt sein biederes Gesicht. Er ist angeheuert.

Der Zahlmeister nimmt ihn gleichgültig wahr: ein neuer Matrose, dazu ein nagelneuer Seesack, der keine Falte über den sechs Dynamitstäben verzieht, über den Zündschnüren, die er in sich birgt: um zu vollziehen, was für vollzogen gilt. Auf einer gebeugten Schulter tanzend, kommt er schweigsam wie sein Träger an Bord.

Fahrt mit der S-Bahn

1

Außen sind sie von einem schwärzlich gebrochenen Weinrot bis zur Scheibenhöhe; von da bis zum pechfarbenen Dach von unsauberem Ocker. Preßluft öffnet und schließt ihre Türen, und man steigt ergeben in sie, wie in ein lange erwartetes Verderben. Mit ihnen rolle ich von Bahnhof zu Bahnhof, nichtsahnend und nicht aufmerksamer als sonst. Und weiß nicht: es hat sich ein Fenster aufgetan als eine Wunde. Und wartet auf mich.

2

Obwohl an der Brandmauer oft genug vorbeigefahren, bemerkte ich ein Fenster nie. Vielleicht entwuchs es auch erst später den düsteren Ziegeln; vielleicht auch saß ich nur immer auf dem falschen Platz. Oder es rüttelte mich, der ich auf Rädern schwankend dahindämmerte, eines Tages der überalterte Wagen gemeinsam mit den ausgefahrenen Schienen überraschend wach. Vielleicht.

3

Nur die Namen unterscheiden die Stationen, deren Gleichartigkeit die Leute einfärbt, daß sie sich auf einmal kaum noch unterscheiden lassen. Und weil sie das wissen, halten sie während der Fahrt die Blicke hinter Zeitungen verborgen oder senken sie auf den Boden, der sich ständig fortbewegt. Man weiß, wie man selber ausschaut, wie man geworden ist, und man erspart sich, in den lebenden Spiegel gegenüber zu glotzen, der bloß während der Fahrt einer ist.

4

Auf dem Grund verflossener Ströme, von dem aus kaum die Dächer der Stadt sichtbar sind, poltern wir dahin. Oder wir bringen in Höhe des zweiten Stockwerks in den Straßen alle Scheiben zum Klirren. Hoch durch die Alleen oder sie kreuzend. Einblicke. Unerwartete Einsichten. Der Kanal: rot vom Licht der sinkenden Sonne für die Uneingeweihten; für uns aber, die wissen und wissen, ist es von Blut. Das hat sich untrennbar mit dem immerwiederkehrenden Wasser vermischt, damals, als es aus dem zerstörten Körper Rosa Luxemburgs lief. Dessen erinnert sich an manchen Tagen unter seiner Ölschicht er, der da schweigend durch die Stadt zieht. Wir weniger. Wir sozusagen gar nicht. Wir betrachten hingegeben unsere Stiefelspitzen. Wir zählen die Tropfen an der Scheibe. Wir fahren und fahren.

Und ahnen nicht, daß hinter einem unerwarteten Fenster ein Licht aufgegangen ist. Und daß alles andere nur noch eine Frage der Zeit ist und der Perspektive.

5

Hinter Häusern entlang. Lärm des Fahrens, zurückgeworfen auf die Reisenden. Unvorsichtig nähern sich die Brandmauern dem aufgebockten Gleiskörper, daß der Fahrgast fürchten muß, sogleich schaffe es ihn in Wohnungen Räume Säle, durch Badestuben Aborte Kammern und lade ihn unversehens in einem Hinterzimmer aus, von wo kein Zug ihn je wieder abholen würde.

Brandmauern, Brandmauern. Sie rücken gegen mein Gesicht an, das ich an die verfleckte, betränte Scheibe lege, und zeigen mir ihre verlöschenden Inschriften, bevor sie sich hinter meinen Rücken zurückziehen. Manche künden von der Zeit, da ein Anzeiger sich humanitär aufs LOCAL beschränkte, wie abblätternde Buchstaben verraten. Ganz vereinsamte Lettern kommen mir hilflos entgegen und entschwinden unenträtselt mit der rhythmischen Bewegung, die mich trägt und schaukelt, und ohne sie zu verstehen, verstehe ich sie: die Überlebenden verschwundener vielsagender Schriften.

6

In Hinterhöfe von Fabriken, darinnen nichts mehr produziert wird als einförmige Tage, schaut man hinab, wenn man hinabschaut, als in unbekannte Abgründe dieser Stadt, dahinein unsere Brüder gestürzt sind, diese drohenden Gestänge verrosteten Metalls, unsere Schwestern, die Autowracks; wo unsere Väter ausruhen, die behauenen Steine, unsere Mütter, die lädierten Granitfiguren.

Von hier oben, und von Augenwinkel zu Augenwinkel, machen sie den Eindruck langen Bekanntseins mit ihnen; als hätten wir in den Höfen da unten während unserer Kindheit zwischen ihnen und mit ihnen gespielt, da sie und wir, wir allesamt etwas weniger mitgenommen waren.

7

Zwischen zwei Bahnhöfen dann. Eines Abends.

8

Aber eines Abends zwischen zwei Bahnhöfen geschieht es, daß ich mit voller Wucht in ein erleuchtetes Fenster hineinsehe. Das scheint nachträglich in eine rabenfederfinstre Brandmauer geschnitten, und es strahlt als einzige Unterbrechung der Fläche heraus, da ich an diesem Abend zwischen zwei Bahnhöfen daran vorbeifahre.

Sehr kurz der Augenblick des Einblicks.

Aber ich renne sofort durch den langen, fast leeren Waggon gegen die Fahrtrichtung an, um wenigstens einen Zeitbruchteil länger zu sehen, was ich gesehen habe. Die Geschwindigkeit ist zu hoch. Derweil ich renne und renne, halten meine Augen nur die Ecke einer dunkelgebeizten glänzenden Anrichte fest, auf der ein Körbchen aus weißem Porzellan steht, Weidengeflecht nachahmend und gefüllt mit rotfleckigen Äpfeln.

Im Zimmer selber, das so schnell an mir vorbeigeschossen und das so freundlich erhellt war von einer Deckenlampe, innen mit orangefarbener, außen mit grüner Seide bespannt, da hatte kein anderer am Tisch gesessen als ich selbst: fröhlich lachend, einen Apfel in der Hand, ein lustiges Wort im Mund, das sah ich genau, halb hingewendet zu jemand neben mir, einem Freund, der eigentlich tot war und von mir vergessen. Mehrere Gestalten hatten sich im Zimmer befunden, die ich aus dem schwindenden Eindruck auf meiner Netzhaut zu identifizieren versuche, als sich die Fahrt verlangsamt und in einem jener Bahnhöfe zur Ruhe kommt, die so wenig erwähnenswerte Wahrzeichen unserer Lage sind.

9

Ich eile über die Fläche aus festgetretenem Zement, zerstampften Zigarettenresten, Papierfetzen, Schmutz, seit Bau des Bahnhofes ausharrend und bewahrt für die Stunde der

Archäologen, die noch längst nicht geboren sind. Schnell über die Fläche und in den Zug, der auf der gegenüberliegenden Seite zurückfährt. Die Wange ans Fensterglas gepreßt, sehe ich zitternd die schwarze Brandmauer mit dem rechteckigen Lichtfleck näher kommen. Immer näher. Näher. Und bin schon heran und bemerke als erstes, daß ich inzwischen den Apfel aufgegessen habe. Vorbei.

Unter den Anwesenden fanden sich ausschließlich bekannte Gesichter, kein Fremder war dabeigewesen. Nur waren viele von ihnen seit je verschollen oder verbrannt oder erschlagen oder weggewandert oder zu Greisen geworden; dort aber waren sie alle versammelt. In jenem Zimmer stand die Tür hinter meinem vertrauensvollen Rücken offen und ließ ein weiteres Zimmer sehen, ebenfalls erleuchtet, in dem sich ebenfalls Menschen bewegten, etwas undeutlicher zwar, doch mir genauso bekannt wie die anderen. Eine Stimmung ruhiger, gelassener Heiterkeit herrschte in den beiden Räumen, und mit dem Licht zusammen brach eine ungewöhnliche Friedlichkeit aus dem Fenster hervor, wie ich sie niemals kennengelernt hatte.

Die ganze scheppernde Wagenkette ist schon an der Brandmauer vorüber, doch ich habe das Bild klar vor mir, das sacht vergehende, wie ein mehr und mehr vergilbendes Foto aus dem Familienalbum, das aufgenommen worden war, als es noch Spaß machte, sich Erinnerungen zuzulegen.

10

Tagelang und abendelang suchte ich das Haus, das seine Schmalseite den Zügen zukehrt. Oft inmitten von Gerümpel lauerte ich, ob über mir die Wagen kämen; mag sein, ich war einfach unfähig, es zu entdecken, mag sein, es ist so gelegen, daß ich es nicht erreichen konnte, so bleibt: ich gelangte nie hin.

Den Zug auf freier Strecke anzuhalten gilt mir zu gefährlich und auch zu unsicher, denn zwischen Gleiskörper und

Hauswand ist eine Kluft von mehreren Metern – unüberwindlich für mich.

So kann ich nichts tun, als, sooft es mir möglich ist, mit der S-Bahn zu fahren. Einmal jede Woche bin ich unterwegs auf der Strecke, hin und her und hin, und jedesmal beim Vorbeihuschen nehme ich auf, was das Zimmer mir bietet, wo wir alle heiter und wahrhaft bei uns und beisammen sind, Lebende und Tote, und wo wir uns über lauter lautere Nichtigkeiten unterhalten.

11

Wieder und wieder weiß ich, trägt mich der Zug vom Fenster fort: Könnte ich ein einziges Mal dort eintreten und mich vereinigen mit mir, der ich das apfelvolle Porzellankörbchen nie leer essen kann, so wäre alles ungeschehen, was die Wagenladungen von Worten niemals zudecken werden.

Einmal im richtigen Moment eintreten, und ich wäre erlöst. Und die Stadt dazu.

*Alltägliche Geschichte einer
Berliner Straße*

Fertiggebaut ist sie im Oktober neunzehnhundertundzwei: Da fängt ihr Leben an, bedächtig und fast farblos, unter dem Schein fauchender Gaslaternen, unter dem Patronat einer noch wenig verhangenen Sonne; erst später nimmt der Rauch mehr und mehr zu.

Ihre eigentliche Geschichte aber setzt ruckhaft ein: Im Januar neunzehnhundertdreiunddreißig mit Herrn D. Platzker, der kein Herr ist, eher ein Mensch und durch seinen Namen keineswegs charakterisiert und keineswegs durch seinen Beruf, den er mit »Technologe« angibt.

Alles Weitere wird dadurch bestimmt, daß D. Platzker nicht auf das Ende wartet; auf das einer Ansprache, die ein anderer hält, Volksbesitzer von Beruf, ein Anti-Mensch eher, der im Gegensatz zu Platzker durch seinen Namen hinlänglich gekennzeichnet wird. Man weiß, wer gemeint ist.

In dieser Ansprache ist lautstark, doch sehr indirekt auch von D. Platzker die Rede, und zwar drohender Art. Und während noch die gigantischen blutrünstigen Worte aus dem schnurrbartgeschmückten Mund hervorkollern, steckt indes daheim Platzker seine Zahnbürste zu sich, etwas kleine Münze aus Mangel an großer und zuletzt des Menschen wichtigstes irdisches Teil: den Paß.

Den Hut ins Gesicht gezogen, tritt er auf die Straße, fertiggebaut im Oktober nullzwo. Er sieht, wie sie so daliegt: arm, aber erfüllt von reichen Versprechungen, hundert anderen ähnlich und ganz einmalig, und er bringt es nicht über sich, sie einer Zukunft zu überlassen, dunkel wie das Innere eines Sarges. Er nimmt sie mit einem, mit dem erwähnten

Ruck einfach auf. Rollt sie zusammen, als hätte er einen dünnen Läufer vor sich, knickt die Rolle in der Mitte zusammen und verbirgt sie unter dem Mantel. Immerhin: Er ist Technologe. Leider gehen ihm einige Einwohner dabei verloren, unter ihnen die Greisin aus dem Tabakwarenladen, spurlos, und alle Vögel über den Dächern, mitten im Flug und Gekreisch.

Als er über die Grenze fährt, ruht die Straße unter seinem Sitz; bei der Grenzkontrolle beachtet man sie nicht weiter, sucht nach Wertvollerem, zieht Platzker den Mantel aus und lugt ihm unter den Hut und entlarvt vor seinem Namen das D Punkt als David und Ausreisegrund. Man hindert ihn jedoch nicht, sein Heil vor dem Unheil in der Flucht zu suchen. Außerdem: Jeder Goliath ist am mächtigsten allein.

Hinter der Grenze verlangsamt sich das Tempo der Reise; sie erstreckt sich und dehnt sich, reicht bald über Europa hinaus, um fern irgendwo zu verklingen. So fern, daß genaue Kenntnis der äußeren Umstände von Platzkers dortiger Existenz überhaupt nicht gewonnen werden kann. Nicht einmal ihm selber wird je ganz klarwerden, wohin er geraten ist und was ihn wirklich umgibt. Das rührt daher, daß man ihn rasch interniert, als deutschen Spion oder als antideutschen oder als beides zusammen, wodurch er den Kontakt zu den ihn umgebenden ethnologischen Besonderheiten verliert, bevor er ihn geschlossen haben kann.

Zum anderen rührt seine Umweltsfremdheit natürlich von der Straße her, die er gleich nach seiner Ankunft im Lager hervorholt, eines eisigen Tages, um sich zusätzlich zum Mantel in sie einzuhüllen, was ihm nur zu gut gelingt. Er entdeckt ihre präventive Wirkung gegen Unbill unangenehmster Sorte; das macht ihre absonderliche Schönheit, diese unerklärliche anziehende gefährliche Schönheit des Häßlichen. Von ihr ist David Platzker vollauf in Anspruch genommen. Nichts erreicht ihn, wenn er sich in den Zierat der Häuserfronten vertieft, in die scheinbar gleichgültigen Mienen der falschen Amoretten, der zementenen Karyatiden, in den Ausdruck der gipsernen Fratzen, die von Tag zu Tag vieldeutiger werden und immer ähnlicher den grauen Gesichtern der Straßenbewohner. Bei trübem Wetter verschließen sich die Züge der Lebenden und der Stuckgeformten, als dächten sie darüber nach, was sie so weit fortgeführt aus der heimatlichen Stadt. Bricht aber Sonne durch und streift ein wandernder Lichtfinger über sie alle hin, leuchten sie auf wie die Hoffnung selber. Dann werden in den Fenstern Gardinen beiseite gezogen, lassen sich vollbusige Gestalten sehen, die die Betten aufschütteln; oder in halbdunklen Zimmern, deren weinrote Tapeten ahnbar sind, deuten sich Bewegungen nackter Leiber an.

Unverändert verkünden die Plakate an den Litfaßsäulen Jahr um Jahr das gleiche; unverändert die Männer, die immerwährende blauemaillierte Blechkanne in der Hand, auf dem Weg zur Arbeit oder von ihr her. Unverändert die Brüste der Mädchen, die unentwegt Mädchen bleiben. Pünktlich erhellen sich abends die verhangenen Scheiben. Mit sausendem Geräusch springen zu ihrer Stunde die Lampen auf dem Bürgersteig an, um ein mäßiges Licht zu verstreuen.

In solchen Augenblicken wirft Platzker sich selber auf seinen Strohsack und die Straße unter die Pritsche, von wo er sie immer wieder vorholt.

Nur so ist zu verstehen, daß er nicht genau weiß, wieviel Zeit er in dem Hörselberg des Lagers verbracht hat, als ihm das Ende jenes Mannes mitgeteilt wird, dessentwegen er fortging; dazu das Ende des Krieges und damit vor allem das seiner Internierung. Er sitzt bereits im Schiff, beziehungsweise Zug, beziehungsweise in der Vorortbahn, als ihm überhaupt erst bewußt wird, er sei gleich daheim. In den Resten seiner Stadt wandert er umher, und es dauert und dauert, bis er den Bezirk findet, in dem er gewohnt hatte. Er beabsichtigt, die Straße dort wieder hinzulegen, woher er sie einst genommen: schließlich gehört sie ihm nicht. Außerdem mangelt es der Stadt an unzerstörten Straßen, und man würde diese zurückgebrachte gut gebrauchen können.

An gewissen Überbleibseln in der Nähe der Frankfurter

Allee, an denen er sich orientiert, erkennt er exakt die Stelle, wo die Straße hingehört. Als ihn niemand beobachtet, nimmt er sie hervor, rollt sie vorsichtig auf und breitet sie zwischen dem brandigen Ziegelwerk der Umgebung aus. Sie will sich aber nicht einfügen, wie er sie auch zurechtrückt und hinpreßt. Sie paßt nicht mehr.

Platzker hat keine Ahnung, was er mit der Straße anfangen soll; er war doch nur zeitweilig eine Art Kustos für sie gewesen. Er fühlt sich nicht berechtigt, sie zu behalten. Und weil er ein Mensch und als solcher in Unglaublichkeiten befangen ist, glaubt er, gäbe er sie nun unbeschadet und gerettet zurück, leiste er möglicherweise einen Beitrag zu dem, was so schön nebelhaft und verschwommen »Verständigung« genannt wird; vielleicht dankt man ihm, Platzker, einmal dafür.

Schweren Herzens läßt er die Straße liegen, wo sie liegt, und läuft in sein Hotel zurück. Nachts kann er nicht schlafen. Leere umfängt ihn, eintönige Dunkelheit. Einsamkeit. Die Straße fehlt ihm.

Am nächsten Morgen, nachdem er nachts einen schwerwiegenden Entschluß gefaßt hat, geht er ganz früh zur Frankfurter Allee und trifft wieder auf die Überbleibsel, die die Straße markieren. Vom zerlöcherten Putz schreien Kreideschriften: WO IST ERNA? WIR LEBEN NOCH! DIE KINDER SIND ...

Trümmerschutt wölbt sich auf, Eisenträger stechen daraus hervor, unkenntliches Gestänge, daran farblose Fetzen flattern. Platzker hält nach seiner Straße Umschau, bis er merkt, daß er längst in ihr steht. Die Fensterrahmen sind leer, keine nackten, keine vollbusigen, sondern gar keine Gestalten regen sich dahinter. Einzig und allein der gestaltlose Himmel steht reglos hinter den offenen Rechtecken.

David Platzker bewegt sich sacht aus der Straße zurück, die er oder die ihn einstmals besessen. Genau das ist nicht mehr festzustellen. Beim Weggehen stößt sein Fuß gegen eine blauemaillierte Kanne, die fortrollt, während aus ihr eine Flüssigkeit rinnt, die wie frisches Blut aussieht.

Geschichte einer Neurose

Träume, auf die kein Licht fällt. Pläne: Produkte der Schlaflosigkeit und zugleich ebendieser Schlaflosigkeit Grund. Immer farbiger ausgemalt, erhöhte Pulsfrequenz, welche die Möglichkeit, sogar die Nähe der Verwirklichung vortäuscht, erst nach Stunden normalisiert, um morgens als stumpfe Erschöpfung, als lähmendes Unausgeruhtsein nachzuwirken – als habe man praktisch ausgeführt, was die sich selbst überlassene Phantasie getrieben hat. Nicht genug, daß sie zügellos die große Linie rächender Aktionen und deren moralische Rechtfertigung entwarf, sie stellte auch detaillierte Anweisungen über anzuwendende Mittel zur Verfügung.

Zuerst konstruierte die Phantasie ein viel zu kompliziertes Gerät, das Tatinstrument, wie man es nennen könnte, das aus dem Lauf, dem Federmechanismus und dem Abzug eines Luftgewehres bestehen sollte, geschickt in einen massigen Krückstock eingebaut, und zwar so, daß man durch das verborgene Rohr einen Bolzen abschießen konnte. Den Bau einer solchen Kombination aus Gehstütze und Schußwaffe hätte sich der Rentner Michaelis als gelernter Schlosser zugetraut, und während seiner immer exakteren Vorstellungen im nächtlichen Dunkel der Wohnküche wußte er genau, wie er zu Werke gehen müßte.

Am besten nähme man einen Besenstiel, aber Pflasterbesen, überstarkes Kaliber, den man der Länge nach aufschnitt, rund ausfräste, um den daumendicken Gewehrlauf wie Belag in ein Butterbrötchen zu betten, natürlich nachdem Kimme und Korn entfernt worden waren: die benötigte er sowieso nicht. Nur der Knickhebel, der die Feder spannte, war schwer unterzubringen, vielleicht sogar überhaupt nicht, und dann würde der Stock zu auffällig sein! Michaelis brütete abendelang vor sich hin, die Arme auf der Decke, den Blick auf die verfließenden Lichtflecke an der Wand gerichtet: Wie könnte er diesen Mechanismus nur unsichtbar machen?! Bis ihm eines Nachts (so daß er sich sofort hellwach in seinem Bett aufsetzte) die Erleuchtung kam. Die ganze Konstruktion war Unsinn! Es gab eine viel einfachere Möglichkeit. Michaelis erkannte sie deutlich in der flauen Düsternis um sich herum, und die geisterhafte Aura, die ihn wie eine Tiefsee-Atmosphäre umfloß, ängstigte ihn weniger als sonst. Solch Dämmerschein herrscht in Grüften, dachte er stets. Erwachte er aus seinem unruhigen, traumgeplagten Schlummer, meinte er, sich im Kern einer Pyramide aufzuhalten. Das lag am zweiten Hinterhof, ironisch Gartenhaus genannt, lag an der Straße, die nur Seitenstraße war im Norden der Stadt und noch dazu dicht an der Grenzmauer, also verkehrsfern, so daß kaum Geräusche bis zu ihm drangen. Es dauerte jedesmal eine Weile, bis ihm klar wurde, daß er eigentlich noch lebte. Aber sein jetziger Einfall verdrängte das Unbehagen, lebendig und eventuell doch tot zu sein, und machte ihm seine Existenz eindringlich bewußt. Du bist noch da, Michaelis! Die Aufregung, immerhin eine freudige, trieb ihn, aufzustehen und seinem Bewegungsdrang nachzugeben, Arme und Beine funktionierten ungewöhnlich zuverlässig, die Hände holten ein Glas aus dem Schrank, drehten den Hahn gegenüber dem Bett auf, der trockene Mund empfing Kühlung, die Nase Chlorgeruch: Daß er nicht gleich darauf gekommen war?! Die simpelsten Erfindungen sind doch die wirksamsten! Und für seine Traum-Absicht oder Absicht, zu der ihn seine Träume verführen wollten, genügte ein ganz alltäglicher Krückstock mit Gummizwinge. Letztere freilich mußte beseitigt und durch einen schwarzgefärbten Schaumstoffpfropfen ersetzt werden, der sich leicht zusammendrücken ließ. Dann brauchte man in das untere Stockende nur eine scharfe, von Schaumgummi verhüllte Spitze einzuarbeiten, wodurch das

Gerät bereits gebrauchsfähig war. Setzte man es dann mit dem armierten Teil an einen nachgiebigen Gegenstand, konnte man unauffällig das angeschliffene Metall in ihn hineindrükken oder sogar stoßen und zurückziehen, wobei die Schaummasse sich gleich erneut über die Klinge schob, ja: Klinge. Das klang stärker, ermutigender als »geschärfter Nagel«, drohender und eben damit der Absicht entsprechender. Passend zur Rache, zu der sich sein langmütiger Haß anschickte: Jetzt war er reif. Die Ernte, durch Träume vorgeahnt und vorbestimmt, würde, in die Scheuer der Wohnküche eingefahren, diese aufhellen. Besonders nachts. Dabei war Michaelis trotzdem klar, daß er die wahren Urheber seines ärmlichen, verfehlten Lebens niemals würde erreichen können. Doch wie im Kriege (das wußte er aus dem, an dem er teilgenommen hatte) der gegnerische Generalstab stets außerhalb der Schußweite bleibt, kann der Gegner nur indirekt durch Vernichtung seiner Soldaten getroffen werden. Und mangelte es einem an ebenbürtigen Mitteln, an entsprechenden Armeen und Waffen, dann blieb einem die Guerilla-Methode. »Nadelstichtaktik« hieß das im Jargon der Hauptquartiere, und Michaelis wiederholte das Wort kichernd mehrere Male: Es traf ganz auf seinen Einfall zu.

Aber über die Ausführung würden sie eine Nachrichtensperre verhängen; man kannte das. Es sollte ihm gleichgültig sein; er benötigte keine Reklame, da er ja keineswegs für eine Allgemeinheit handelte, sondern in einer persönlichen Angelegenheit. Eine Abrechnung: so konnte man es nennen.

Beschäftigungslose Abende, nun ausgefüllt, indem er sorgfältig, wenn auch mit zitternden Fingern, immer wieder von imaginierten Vorwegnahmen seiner Taten überwältigt, seine Waffe fertigte, aufgeregt wie ein Kind vorm Ausprobieren eines neuen Spielzeuges. Unmöglich, ihren Einsatz länger abzuwarten.

Obschon die karge Behausung kaum genügend Platz bot, hielt ihn seine Nervosität nicht auf dem blanken Küchenstuhl. Er mußte aufstehen und sich recken. Es zog ihn hinunter, die beiden leeren Höfe zu durchqueren, ihre ungleichmäßige Dämmrigkeit, die eine viel spätere Stunde als die tatsächliche vortäuschte, und hinaus auf die Straße, wo noch eine allerletzte Helligkeit regierte. Angesichts der von ihrer Arbeit Heimkommenden, zog sich Michaelis etwas tiefer in den Schatten der Toreinfahrt zurück, den wunderlichen Krückstock gezückt, und geriet beinahe außer sich, als hinter ihm eine weibliche Stimme sagte:

»Nanu, was haben Sie denn, Herr Michaelis, krank oder was…?« Er fuhr herum, stierte starr und panisch einer Hausbewohnerin ins Gesicht, daß diese wirklich ängstlich wurde und ihm Hilfe anbot. Es bedurfte rasender Überlegungen, sich die simple Lüge vom verstauchten Knöchel einfallen zu lassen. Mein Gott, Michaelis – nimm dich bloß zusammen, wie soll das sonst weitergehen mit dir?! Und er nickte bloß noch stumm und schicksalsergeben zu den Tröstungen, unter denen die infamste der Hinweis auf sein Alter war, das ihn zu größter Vorsicht veranlassen sollte. Als wäre er nicht sein ganzes Leben lang viel zu vorsichtig gewesen. Darum stand er ja derart beschissen hier herum und mußte sich blöd kommen lassen!

Rückzug in die Hofregion: sowieso noch viel zu hell! Außerdem, und damit verkehrte sich der Schock der Begegnung ins Positive, hatte sie ihn darauf gebracht, daß zu dem Stock etwas gehörte, das er ganz vergessen hatte: das Hinken!

Während er durch das hallende Tonnengewölbe der zweiten Durchfahrt ging, durch eine bereits beachtliche und erfreuliche Lichtlosigkeit, probierte er, ein Bein steif zu halten, erst das linke, dann das rechte. Problematisch erwies sich dabei der Anlaß der ungewohnten Gangart. Man durfte sich ja nicht auf die hölzerne Laufhilfe stützen, wollte man nicht die »Klinge« verbiegen oder gar abbrechen. Es mußte zwar so aussehen, als stütze man sich beim Humpeln, ohne jedoch die Geheimwaffe wirklich dazu zu benutzen. Insofern dankte Michaelis dem Himmel für das Zusammentreffen mit der eifrigen Samariterin: Sonst wäre er wie immer durch die Straße spaziert, den Stock unterm Arm oder in der Faust schwingend, ein ungewöhnlicher Anblick, der möglicherweise gerade das hervorrief, was unbedingt vermieden werden mußte: Argwohn.

Da sein Hof von Dunkelheit fast unkenntlich geworden war, hinkte er versuchsweise das enge Quadrat auf und ab, der Mülltonne ausweichend, den Pfosten der Klopfstange, bis er annahm, ohne aufzufallen und erneute Fragen hervorzurufen, die Straße benutzen zu dürfen. Aus dem Schutz des Gebäudes betrat er den vereinsamten Bürgersteig und tat, als schleppe er sich gemächlich dahin, ein alter Mann, kein Sonderfall, leicht zu übersehen, weil an solchen Gestalten kein Mangel bestand. Seine Kleidung, seine graue Durchschnittlichkeit ergaben eine natürliche Mimikry, eine mühelose, unbeabsichtigte Anpassung an die bröckelnden Fassaden, abblätternden Farben geschlossener Läden, Triefwasserspuren, schwarz von Luftverschmutzung, aufgerührtem Staub.

Fünf Querstraßen weiter, am dunkelsten Punkt zwischen den kreisrunden Lichthöfen zweier matter Laternen, entdeckte er sein erstes Objekt: den Lastwagen jener Kohlenhandlung, von der auch Michaelis beliefert wurde. Bebend erinnerte er sich der bierdunstumwölkten Träger, an ihr vehementes: Na, Opa, soll'n wir etwa verdursten? und wie sie aus den Körben die Briketts einfach durchs Kellerfenster abkippten, wo Michaelis sie eigenhändig in dem ihm zugeteilten Kellerwinkel aufstapeln mußte, wenngleich der überwiegende Teil durch die rabiate Prozedur schon zerbrochen und zerkrümelt war. Darum und aus keinem anderen Grunde setzte er die weiche Zwinge an den Reifen, genau zwischen Felge und dem auslaufenden Profilmuster, und drückte fest zu. Das laute Zischen erschreckte und irritierte ihn. So durchdringend hatte er es nicht erwartet. Der Wagen sackte sacht an der hinteren Ecke auf den Bordstein zu. Das Zischen ließ nach. Niemand zeigte sich. Die Straße lag verlassen wie zuvor. Und war doch eine andere geworden. Beim Herausziehen klemmte die Klinge ein bißchen, verschwand jedoch ohne verräterisches Blinken im nachrückenden Schaumstoff.

Das erste Opfer! Unfaßlich, wie leicht sowas ging!

Und kaum beschleunigt, eher geruhsam und voll Stolz und ohne nochmals einen Blick auf das schwarze Monstrum zu werfen, dieses Vehikel zur Belieferung mit Brennmaterial, Ärger und lähmender Verdrossenheit, zog sich der Täter zurück, um in seinem Bett die Nacht unterbrechungslos zu genießen.

Trotz aller vernunftbegründeten Gegenargumente schien ihm zeitweise, als hätte er nicht eine Sache beschädigt, sondern etwas tatsächlich Lebendes, Ungeheuerliches, dessen man sonst nie gewahr wird und von dem er häufig genug gequält und verletzt worden war. Nachdem er nun zurückgeschlagen, war das Unsichtbare sichtbar geworden. Er hatte sich gewehrt – zum ersten Male! Endlich.

Seit langem hatte er sich mit seiner Wehrlosigkeit abgefunden, und wenn er jetzt genau sein Verhalten überlegte, so verstand er überhaupt nicht, warum er nicht bereits früher zur Selbsthilfe übergegangen war. Obgleich von Kindheit an jedem Gottesglauben entfremdet, erinnerte er sich beim Frühstück, das ihm schmeckte wie schon lange nicht, an einen frühen Kirchenbesuch mit seinem Vater: Besonders beeindruckte ihn, weil er selbst mit Ritterfiguren aus Elastolin spielte, die Statue eines silbern gepanzerten Heiligen, der mit gesenkter Lanze von oben herunter den Drachen traf. Das Blut schoß dick heraus: Blut oder Luft, alles Lebenselixiere! Plötzlich begriff er den Vorgang als Gleichnis, denn in Wirklichkeit gab es ja keinen Drachen, hatte es nie einen gegeben – ein bloßes Bild menschenverschlingender irdischer Gewalt, die sich anders gar nicht darstellen ließ. Aber einen Stich konnte man ihr schon versetzen! Auch wo sie sich als Gegenstand tarnte, um Michaelis hinters Licht zu führen. Er brannte darauf, nach dem gestrigen Anfang seinen Feldzug fortzusetzen, und während er seine leere Tasse und den Frühstücksteller unter dem Wasserhahn abspülte, fragte er sich, ob sich in ihm ankündige, was die Radionachrichten als »kriminelle Energie« bezeichneten, oder ob es sich um eine späte Aufwallung seines nahezu abgestorbenen Gerechtigkeitssinnes handelte. Früher, als er noch in der Maschinenschlosserei gearbeitet hatte, war er sich selber eindeutiger vorgekommen. Die Herkunft der Empfindungen war immer erklärbar und eindeutig gewesen. Seine Unsicherheit entstand erst nach dem Ausscheiden aus dem Arbeitsprozeß und wuchs und wucherte immer stärker. Von »Weisheit des Alters« kein Funken, vielmehr entdeckte er in sich ein völlig zerstückeltes Bild seiner Person, lauter Einzelteile, ein zerbrochener Spiegel, den zusammenzusetzen nicht gelingen wollte.

Manchmal, in gemurmelten Selbstgesprächen, versuchte er, seinem einstigen Selbst wie einem flüchtigen Bekannten näherzukommen, sich mit ihm zu verständigen, doch der ehemalige Michaelis, ein Wesen voller zufriedener Gleichgültigkeit, versagte sich dem alten Mann und verweigerte jede Antwort.

Ja – alt, verbraucht, abgeheftet. Mit so einem lohnt eben kein Gespräch mehr, dabei hätte er sehr wohl noch seinen Beitrag leisten können. Doch wenn sie ihn nicht wollten, dann würden sie schon sehen. Auch er konnte schlau sein wie die Schlangen und sanft wie die Tauben; zumindest diesen Eindruck erwecken. Und um solche Sanftheit, ja, Unschuld augenfälliger zu demonstrieren, beschloß er, für Unternehmungen außerhalb seines Wohnbezirkes sich entsprechend zu maskieren.

Er kaufte eine Sonnenbrille, heftete drei runde schwarze Punkte auf eine gelbe Armbinde, rasch übergestreift im Schutze eines Hausflurs, und trug damit sogleich etwas an sich, das Laurins Mantel glich. Niemand schien ihn, den vorgeblich Blinden, zu sehen. Sein Anblick, mitleiderregend und zugleich Erleichterung, selber nicht betroffen zu sein, erzeugte wegen der damit verbundenen Schnödigkeit ein schlechtes Gewissen, das den Passanten den Blick trübte, so daß sie ihn wahrnahmen, ohne ihn jedoch zu beachten. Auf diese Weise wird jene auffällige Figur mit ihrer besonderen Gestik, ihrem abweichenden Benehmen inmitten der Fußgänger, die ihr sorgsam ausweichen, gänzlich unkenntlich. Sie kann sogar im Gedränge belebter Hauptstraßen unbedenklich mit ihrem hölzernen Ersatzorgan Karosserien berühren, an Stoßstangen und Kotflügel klopfen, zwischen Wagen stehend, als warte sie auf eine verkehrsfreie Minute, und doch dabei die Lanze an das schwarze runde Genick eines Drachen setzen, dessen wütendes und hilfeheischendes Zischen niemand hören wird.

Michaelis ging keineswegs wahllos vor. Durch die schirmende Sonnenbrille musterte er eingehend seine möglichen Opfer. Der Regierungsbeschluß, der alle Betriebe verpflichtete, auf beiden Vordertüren ihrer Personenkraftwagen den Firmennamen anzubringen, um ihnen das private Aussehen und den Fahrern die Chance zu Schwarzfahrten zu nehmen, vereinfachte die Selektion. Noch simpler die Identifikation bei Last- und Lieferwagen. Beispielsweise verrieten den Fischwarentransporter stilisierte ultramarinfarbene Wellen. Und weil Michaelis seit über einem Jahrzehnt keine feineren Delikatessen mehr gekostet hatte, Aal etwa, frisch oder geräuchert, Krabben, Krebse, Muscheln, Getier heimischer Gewässer immerhin, sondern bis zum Erbrechen mit Makrelen abgespeist wurde, wollte er sich dafür nun revanchieren – aber gleich doppelt, damit der Fahrer durch Aufziehen des Reserverades nicht auch noch eine zusätzliche Arbeitspause erhielt.

Von Mal zu Mal wurde der luchsäugige Blinde sicherer. Die Hand erlangte beim Ansetzen des Stockes Routine, die benötigte Zeit verkürzte sich auf Sekunden. Aber als Folge dieser automatischen Selbstverständlichkeit seines Tuns fiel die innere Spannung ab und eine gewisse Enttäuschung ließ sich nicht länger leugnen. Obschon er inzwischen wählerisch geworden war, gab die Hydra noch keinerlei Anzeichen von

Beeinträchtigung von sich. Michaelis vermochte weder Folgen noch Erfolge seiner Aktionen festzustellen. Ein deprimierendes Resümee.

Ob der Gedanke falsch gewesen ist, daß der Drache, träfe man seine landläufigen und beiläufigen Materialisationen, Betroffenheit zeigen würde; zumindest eine Ahnung, daß er nicht ungestraft tun und lassen könne, was ihm beliebte?

Falsch gedacht, ganz falsch. Der Drache hatte ein zu dickes Fell, eine im Grunde undurchdringliche Panzerung, und nur in den alten Legenden, möglicherweise von ihm selber erfunden und ausgestreut zwecks Tarnung und Täuschung, galt er als sterblich. In Wirklichkeit war er durch äußere Wunden nicht umzubringen. Man mußte seine schwache Stelle herausfinden, gewiß besaß er eine, und überlegte man es genau, so war er als Verkörperung des bösen Prinzips vermutlich auch als Prinzip angreifbar und verletzbar. Also mußte man sich ausschließlich an die konkreten Verkörperungen des Prinzips halten, damit man ihn bis ins Mark, bis ins Zentrum traf! Zentrum? Deckte nicht eine Institution dieses Namens sich mit dem drachigen Wesen?

Heimlich lächelnd ließ sich Michaelis von zaghaften, doch durchaus freundlichen Händen zum S-Bahnsteig hinaufgeleiten, durch auseinanderklaffende Türen ins Abteil schieben, um durch die ganze Stadt bis zum Bezirk Adlershof zu reisen, wo er sich halbe Tage umhertrieb, bis es ihm gelang, einen Übertragungswagen des Fernsehens vor dem Gelände des Senders verlassen anzutreffen. Wahrscheinlich hatte die Besatzung noch einmal in die Kommandozentrale gemußt, allerletzte Direktiven zur weiteren Vorspiegelung einer phantasielos erfundenen Welt einzuholen – als sie später den Wagen bestieg, war er nicht mehr fahrtüchtig. Das überschwere Gefährt stand mit den scharfen Felgen auf platten Reifen.

Der Blinde, der abends fernsah, erwartete nicht, daß jener versäuerte Typ mit der schwarzgefaßten überstarken Brille, hinter der die Augen wie Glasaugen wirkten, den Vorfall auch nur andeuten würde. Klug genug waren sie, um sowas nicht zu erwähnen. Haben Angst, das macht Schule. Trotzdem bildete er sich ein, der Schemen auf dem Bildschirm sei zorniger als sonst. Bestimmt war er das! Das merkte man dem Kerl direkt an, der wußte es, daß etwas im Drachennest in Unordnung geraten war. Da herrschte jetzt ganz sicherlich schöner Trubel in der Gegend, Stasi und so, Polizeihelfer und andere Arbeitsscheue, die klapperten atemlos den Bezirk ab und suchten die klassenfeindlichen Diversanten des Imperialismus oder die von westlichen Massenmedien vergifteten Jugendlichen – die waren die wirklich Blinden, nicht er!

Und den ganzen Abend hindurch meinte er, unter den dort Agierenden, den Ansagern, Kommentatoren, Moderatoren habe sich die Aufregung gesteigert. Jedesmal mußte er kichern: Das war ein Meisterstück gewesen! Hätte er nicht auf dem Heimweg die halbe Flasche Korn gekauft, zur Feier des Tages, und vor dem Zubettgehen auch ausgetrunken, er hätte kein Auge zugemacht vor guter Laune: Bombenstimmung nannte man das einst. Sollte seiner Hochstimmung jenseits des Grabens ein Tief entsprechen, dann lag der Drache jetzt in Trübsal und Depression darnieder.

Richtig, ganz richtig: Sich nicht von Panzerplatten täuschen lassen, von Rückenzacken, hornigen Buckeln, Tatzen oder Krallen, ausgespienem Feuer, Glutaugen und was dergleichen Äußerlichkeiten mehr waren, im übertragenen Sinne, versteht sich. Ein Einzelkämpfer wie Michaelis durfte nur auf Gleichartige zielen, den Trägern des konträren Prinzips. Nach lange erwogenem Entschluß konzentrierte er sich auf mehrere Personen, fand einige zu gut behütet, unerreichbar, bei ihrem öffentlichen Auftreten derart abgesichert, daß jeder Ansatz, auch nur in die Nähe ihrer Wagen zu gelangen, aussichtslos blieb. Aber reine Eingebung flüsterte ihm einen Namen ins Ohr, der ihn erheiterte und hoffnungsvoll stimmte.

Jene Polizisten, die, teils uniformiert, teils zivil gekleidet, in der Hannoverschen Straße die »Ständige Vertretung der Bundesrepublik Deutschland« sowohl bewachten wie beobachteten, Besucher registrierten, fernhielten und zwecks Personalienfeststellung verfolgten, ignorierten den Blinden, der von der Friedrichstraße herantappte. Jetzt schlurfte er dicht an dem hellverputzten Eckgebäude mit dem ovalen, adlertragenden Schild vorm Tor vorüber und verschwand langsam in Richtung des Veterinärmedizinischen Instituts. Selbst mehrmaliges Erscheinen am Tag führte zu keiner Reaktion seitens der verstreut und wie zufällig herumstehenden Anwesenden, zu keiner vorbeugenden Kontrolle des Ausweises, zu keiner Erhöhung der Wachsamkeit. Ein Blinder existiert jenseits von Gut und Böse, jedenfalls nach Überzeugung der Posten, sonst hätten sie kaum derart ungenügend ihre Pflicht erfüllt.

Michaelis aber erwartete keinen anderen als den Vertreter der anderen Seite persönlich, dessen Physiognomie er aus den Bildmeldungen kannte. Sobald eine der schwarzglänzenden Mercedes-Karossen von der Invalidenstraße, vom Grenzübergang, heranrollte, bewegte sich der Blinde schneller, mit rascherem Herzschlag, knapperem Atem und in der beflügelnden Hoffnung, jener bekannte Herr würde dem Fond entsteigen: fröhliche blaue Augen hinter schmalgerandeten Gläsern, eine graue Strähne in der Stirn, mit jungenhafter Geste zurückgestrichen, agil, behende. In dem kurzen Augenblick, bevor der Wagen in die Sicherheitszone des abgesperrten Hofes einschwenkte, gerade dies dem Fahrzeug unmöglich machen. Nicht daß Michaelis gegen den Mann eine Aversion gehegt hätte, das nicht, doch er war der erreichbare Exponent der hochmütigen Fehlüberzeugung, daß sie dort die deutscheren Deutschen und Michaelis und seine Mitbürger die weniger deutschen Deutschen wären. Geistige Früchte der Drachensaat, eindeutig. Sowas durfte man nicht hinnehmen. Es gab überhaupt keinen Zweifel, daß die allerdeutschesten Deutschen hinter der Mauer hausten, nicht davor; das bildete ja gerade die Voraussetzung für ihr Deutschtum. Nur in strikter Abgrenzung konnte ein Deutscher sich bewahren. Jede andere Daseinsweise lieferte ihn der Selbstentfremdung aus, der Verwechselung, dem Identitätsverlust. Man kam sich ja vor wie'n Neger! Ganz unter sich bleiben oder ethnisch untergehen: das war die Alternative. War sonst alles, was lebenswert hieß, vom Drachen verschlungen, dies letzte hielt stand. War offenkundig unverdaulich. Also sprach Michaelis zu sich selber, ehe er seine bis dahin kühnste Tat vollbrachte, welche zudem sein erst kürzlich entdecktes schauspielerisches Talent zu gesteigerter Entfaltung brachte. Während alle amtlichen Augen wie hypnotisiert dem leichtfüßig hinter seiner Glastür verschwindenden Diplomaten folgten, ließ er dessen Dienstwagen die übliche Behandlung zuteil werden.

Fast übermütig und kräftig mit dem Zwerchfell atmend und bereits weit hinten in der Chausseestraße, stellte sich Michaelis die Reaktion des Betroffenen vor. Da dieser ganz genau weiß, daß so ein Stich von Feindseite niemals erfolgen würde, um das zwischenstaatliche Verhältnis nicht zu stören, mußte er auf eine individuelle Handlung schließen. Persönliche Rache? Gleichfalls zu verneinen, da direkte Kontakte mit den deutscheren Deutschen so gut wie nicht bestanden. Der Diplomat würde, falls er diese Bezeichnung verdiente, ohne Mühe darauf kommen, daß es sich bei dem Vorgang (der notfalls wiederholt werden könnte) um eine verschlüsselte Botschaft handelte, und was sonst könnte sie enthalten, wenn nicht (durch ihre maßvolle Aggressivität leicht dechiffrierbar) eine Betonung des eigenen Volkstums. Kein: Wir sind wie ihr! Sondern: Wir sind echter als ihr, weil wir so sind, wie ihr nicht sein dürft!

So und nicht anders wäre Michaelis' Botschaft an den zweiten deutschen Staat zu verstehen. Ein Beginn, über das passive Sein eines unbrauchbar gewordenen Gesellschaftsgliedes hinaus an der großen Politik teilzuhaben, Einfluß auszuüben – wie etwa aufgrund des soeben Geschehenen mit einer Meldung an den Bundeskanzler: Hier sitzen die national Bewußteren! Schuf man damit nicht Entscheidungshilfen?

Schlug man dem Drachen nicht ein Schnippchen, dem bösen, zerstörerischen Prinzip, das darauf hinauslief, uns einzuwickeln, einzuspinnen, zur Leblosigkeit, zur Reglosigkeit erstarren zu lassen, damit er uns um so geruhsamer fressen könnte?

Spät in seinem Dasein, offenkundig jedoch nicht zu spät, meinte Michaelis, hatte er doch noch einen Weg gefunden, persönlich ins unabänderlich verlaufende Schicksal einzugreifen, mehr zu sein als Drachenfutter. Und während er den Dorotheenstädtischen Friedhof betritt, begrüßt von beifällig applaudierenden Blättern an Bäumen und Büschen, um in der Geborgenheit gehäufter Philosophen- und Dichtergräber Brille und Armbinde für den Heimweg abzulegen und sorglich in seiner Jacke zu verstauen, fühlt er sich den hier Ruhenden zugetan. Auch sein Name würde eines Tages unvergessen sein. Der Anfang dazu war jedenfalls gemacht.

Irrtum ausgeschlossen

Einem anderen hätte ich nicht geglaubt. Aber Alwin war zum Lügen völlig unbegabt. Sobald er es dennoch versuchte, verriet sein Gesicht alles. Die Pupillen weiteten sich, wie unter dem Einfluß von Belladonna, und der Blick wurde starr. Alwin unterwarf sich der nirgendwo bestätigten Behauptung, einem Lügner sei es unmöglich, anderen in die Augen zu sehen. Von diesem volkstümlichen Ausspruch habe ich nie etwas gehalten, weil gerade die richtigen, die durch und durch von ihren eigenen Schwindeleien überzeugten Lügner den Eindruck reinster Unschuld hervorrufen. Selbst wenn man sie überführt...

Alwin erzählte mir, ohne daß sich die maskenhafte Starrheit seiner Miene einstellte, er habe seinen Großvater getroffen. Er sprach davon so ruhig und beiläufig, als sei der alte Mann nicht bereits vor zehn Jahren verstorben. Als Ort der Begegnung nannte er einen Trödelladen in der Nähe des Savignyplatzes, dort, ob über den verwitterten gelblichen Backsteinwällen die S-Bahn-Züge hinpoltern. Eine Gegend, von der ich stets annahm, sie sei speziellen Epiphanien, insbesondere Geistererscheinungen, kaum günstig.

Es war ja auch kein Geist, stritt Alwin die erwähnte Substanzlosigkeit der Gestalt ab. Um den Ernst seiner Erklärung zu konterkarieren, fragte ich, ob er jetzt eine psychologisch wirksame Methode gefunden habe, seine Schwindeleien ohne äußere mimische Anzeichen an den Mann zu bringen. Er verneinte sachlich und bewies erneut, wie unfähig er für Erfindungen phantastischer Art war.

Warum denn ausgerechnet beim Trödler, Alwin?

Wieder Schulterzucken. Er habe da in dem schmalen Gang zwischen dem Vorderraum und dem Hinterzimmer gestanden und in antiquarischen Büchern geblättert. Ich kannte den Gang, eher Durchgang, zu dem hinteren Raum, den alte defekte Möbel fast unbetretbar machten. Alwin ließ sich durch Einwürfe nicht beirren und sprach vom Geruch des Papiers, der so eigenartig und dumpfig den Seiten entsteigt, und er gestand, daß er manchmal, wenn er sich vom Trödler unbeobachtet wisse, die Nase direkt zwischen die Blätter stecke und inhaliere. Die Vergangenheit, sagte er etwas verlegen, die Vergangenheit hat einen merkwürdigen Geruch.

Als er so dagestanden sei, gedankenlos, wie außerhalb des Zeitablaufs, nur in den Seiten blätternd, hätte er, wohl mit Verzögerung, Stimmen vernommen. Sein Bewußtsein habe sich verspätet eingeschaltet. Im Verkaufsraum wurde geredet. Als er zur Seite sah, erblickte er im Türausschnitt erst den Trödler und dann als zweiten den Großvater. Dieser trug wie immer seinen Paletot und auf dem Kopf, auch wie immer, einen Homburger, diesen unmodernen Hut, weißt du, mit der rundum auf- und einwärts gebogenen Krempe. Darunter weißes Haar. An einem Finger der Linken jener breite Siegelring, den Alwin schon als Knabe bewundert hatte.

Alwin berichtete ruhig weiter, ohne die Stimme zu heben, daß er zwar verblüfft gewesen sei, aber nicht erschrocken. Er habe das Buch sorgfältig ins Regal zurückgestellt, doch als er sich wieder dem Laden zuwandte (»Da war das Gespenst verschwunden!« warf ich ein), wäre der Großvater gerade aus dem Geschäft gegangen. Alwin wollte ihm folgen, nur hielt ihn der Trödler einen Moment auf, und als er endlich hinauskonnte auf die Straße, war kein Großvater mehr da. Alwin kehrte in den Laden zurück, um den Trödler nach dem eben verschwundenen Kunden zu befragen, erhielt jedoch keine befriedigende Auskunft. Der Trödler konnte sich nicht erinnern, den »alten Herrn« vordem gesehen oder gar bedient zu haben. Laufkundschaft, wissen Sie. Und sich die Gesichter aller Leute merken, die zwischen dem Kram herumstöbern, mein Gott, da hätte man viel zu tun ... Freilich verlangte er noch zu wissen, ob mit dem »alten Herrn« irgend etwas nicht stimme, so daß er fürs nächste Mal vorgewarnt wäre, aber Alwin mochte ihm nichts von dem Wiedererkennen sagen. Man wird in dieser verrückten Welt heutzutage selber leicht für verrückt gehalten, nicht wahr? Und so verließ er den Laden »tief in Gedanken versunken«, wie solch Zustand in diversen antiquarischen Büchern bezeichnet wird.

Nach zwei Tagen war Alwin überzeugt, einer optischen Täuschung aufgesessen zu sein. Bis ihm am dritten Tage erneut beim Trödler, und wieder im Durchgang in den Büchern stöbernd, dasselbe begegnete. Im Laden stand der Großvater und beugte sich über eine Vitrine mit Porzellanfiguren und Wiener Bronzen.

Diesmal zögerte Alwin nicht, noch mit dem Buch in der Hand eilte er auf den Großvater zu, der sich ob der ungestümen Annäherung zu ihm wandte. Alwin fand sich einem Fremden gegenüber, der erstaunt aufsah, als da ein junger aufgeregter Mann mit einem Buch in der Hand vor ihm erschien, den Mund schon halb offen, aus dem dann doch nur eine Ausrede erklang, gepaart mit dem starren Blick, der reglosen Miene, was den »alten Herrn« vermutlich etwas verstörte.

Also doch ein Irrtum! Heimlich atmete ich auf, denn im Verlauf seiner Erzählung kam er mir immer nervöser, ja, krankhaft vor. Nun war ich beruhigt. Aber die Beruhigung hielt nicht vor. Denn nachdem Alwin sich mit dem Buch wieder in den Durchgang zurückgezogen hatte und noch einmal umwandte, sei der Fremde erneut zu seinem Großvater geworden, der ihm nun freundlich und vertraut zulächelte und auch eine kleine Geste des Erkennens zeigte. Unversehens, als habe er sie vorher nicht beachtet, seien ihm, Alwin, jetzt auch einige der Möbelstücke bekannt vorgekommen, auch einiges von den Gegenständen schien ihm altgewohnt, als befände er sich an einem Ort seiner Jugend, als wäre er seitdem nicht gealtert, und als er das Buch in seiner Hand anschaute, meinte er, es früher schon einmal gelesen zu haben. Es war die Geschichte von »Rip van Winkle«, fuhr er fort, du weißt doch, von dem Menschen, der in einer Höhle einschläft, um erst nach hundert Jahren aufzuwachen, in einer gänzlich veränderten Welt, in der er sich nicht mehr zurechtfindet.

Ich kannte die Geschichte, eine moderne Variante der christlichen Legende von den Sieben Schläfern in Ephesus, und protzte sofort mit meiner Kenntnis. Alwin hingegen blieb beim Thema: Er habe das Buch als letzte Warnung verstanden und den Laden verlassen, ohne ihn je wieder zu betreten.

Es war bestimmt der Muff aus den Büchern, schlug ich vor, ein Bestandteil des Papiers oder des Buchbinderleims, irgend etwas Toxisches, das unter gewissen Umständen freigesetzt wird: Das hast du eingeatmet, Alwin! Ein die Sinne betäubendes und täuschendes Gift! Es gibt für jedes Phänomen eine rationale Erklärung!

Alwin stimmte mir zögernd zu, und ich merkte, daß er nicht sehr froh darüber war. Du kannst mir glauben, Alwin! Du glaubst mir doch!

Ja, ja, sagte Alwin, wobei sein Gesicht maskenhaft wurde, die Pupillen die Iris fast zur Gänze abdeckten. Ferner hätte ich noch etwas über die Projektionen unserer Phantasie in Augenblicken der Bewußtseinstrübung hinzufügen können, aber da ich wußte, wie sehr er seinen Großvater geliebt hatte, verkniff ich mir weitere aufklärende Sprüche, mit denen ich ihn um etwas betrogen haben würde, das, wie ich merkte, ihm viel wichtiger war als eine jener Wahrheiten, die uns ärmer zurücklassen, sobald wir sie einzusehen gezwungen werden.

*Eine Geschichte, die ich nicht
schreiben konnte*

Sehr wahrscheinlich aus Mangel an Mut. Aus berechtigter Sorge, von den eigenen Empfindungen überwältigt zu werden. Darum bin ich dieser Geschichte wieder und wieder ausgewichen, trotz einer zunehmenden Anzahl von Notizen, Pfeilern der Konstruktion des zu Erzählenden, von dem ich eine feste Vorstellung hatte. Aufrichtig bedacht, entzog ich mich einer möglichen seelischen Beunruhigung; die sonstigen Bedrückungen reichen aus, angesichts der blutüberströmten Leichen, die über den Bildschirm gezerrt werden, der beinamputierten Kinder, deren krappe Verbände einem elektronisch entgegenleuchten. Insofern erscheint mir meine Geschichte nichtssagend, zumindest für ein von abendlichen optischen Horrortrips abgestumpftes Publikum. Sie ist auch viel zu undramatisch, nur ausgedacht aufgrund eines wissenschaftlichen Artikels über neue Hilfsmöglichkeiten für Querschnittsgelähmte, deren Bewegungsunfähigkeit die untere Körperhälfte übersteigt. Für die Bedauernswerten, die weder Arme noch Hände zu regen vermögen, böte die Verhaltensforschung, wie es hieß, anstelle menschlicher Unterstützung die von dressierten Rhesusaffen an. Zwar sei solche Assistenz für den Dauerpatienten ungewöhnlich, doch habe man bereits beste Ergebnisse mit den entsprechenden Tieren erzielt. Kaum hatte ich den Artikel gelesen, sah ich den Gelähmten vor mir, in einem Selbstfahrer, einem eigentlich überflüssigen Gerät, da er es zu bedienen gar nicht imstande war. Und ich trat, unsichtbar, doch gemeinsam mit dem behandelnden Arzt und einem Zoologen in seine Wohnung, wo der Kranke neugierig und aufs Kommende vorbereitet die beiden erwartete. Eine Transportbox mit Luftlöchern wurde auf den Tisch gestellt und dem unheilbaren Patienten genau erklärt, wie er mit dem Tier, von dem man keinen Laut vernahm, umzugehen habe, damit es, auf Zuruf, einfache Handreichungen vollführe. Solche werden, nachdem das Tier ans Licht geholt worden ist, sogleich demonstriert. Der Gelähmte betrachtet abgelenkt und nur halb hinhörend die kleine Gestalt, die aufgeregte und rasche Regsamkeit der knopfartigen Augen, die aufmerksame Kontrolle des Raumes und der Anwesenden. Eine seiner winzigen Hände hält kindlich den Finger des Zoologen umklammert, letzte Sicherheit in fremder Umgebung, und es löst sich nur zögernd von der gewohnten Person, um, wie angekündigt, durch Zuruf sich vom Tisch zu schwingen und den Hörer vom Telefon auf der Kommode abzuheben und abwartend in den Raum zu halten. Dem Gelähmten wird bedeutet, das Tier sei fähig, jede gewünschte Nummer zu wählen und danach ihm, dem Telefonierwilligen, die Hörmuschel ans Ohr zu halten: Das sei vor allem wichtig für Notfälle. Die ganze Palette der Leistungen wird geschildert: Rita – so heiße die Äffin – könne zum Beispiel ohne weiteres ein Glas Wasser aus der Küche holen, könne Licht an- und ausschalten, ebenso den Fernseher oder das Radio und was derlei simple Künste mehr seien.

Nachdem die beiden Männer gegangen sind, mustert der Gelähmte in aller Ruhe seine neue Wohnungsgenossin; ihr lichtbraunes Fell, das von einem Backenbart gerahmte, wie mit dunklem Saffianleder bezogene Gesicht, und er ist sich unsicher, ob er über solche Gesellschaft erfreut sein soll oder ob man ihm damit nicht ungeahnte Schwierigkeiten und Probleme aufgebürdet hat. Er ruft, wie es ihm der Zoologe geraten hat: »Fernseher an!« und schaut zu, wie Rita vom Tisch, den sie anscheinend gleich zu ihrem Dauersitz erkor, herunterspringt, mit einem schwankend unsicheren Gang, die Ärmchen zwecks Balance hoch erhoben, zum Fernseher mehr torkelt als geht, wo sie den Apparat anschaltet. Vermutlich fände der Gelähmte den Vorgang erstaunlich, »phantastisch«, mit einem seiner Worte ausgedrückt, und ich stelle mir vor, wie er anfänglich Rita in Bewegung halten würde, um sich der zugesicherten Leistungen zu versichern. Bis zu diesem Zeitpunkt hatte ich mir selber wenig Gedanken über das Zusammenleben dieses biologisch ungleichen Paares gemacht. Mich hatte ja der Einfall solcher seltsamen Partnerschaft überwältigt und genauere Überlegungen verhindert. Erst als sich Rita im Anschluß an ihre Übungen wieder auf den Tisch begeben hatte, ahnte ich, daß meine ursprüngliche Idee, nämlich eine Art »Education social«, eine Erziehung des Tieres zum Menschen, nicht mechanisch durchzuhalten wäre. Ich spürte schon die Verselbständigung der ungleichen Figuren, da ich merkte, wie ich über beiläufige und für die Geschichte selber unwichtige Dinge Überlegungen anstellte. Die Fütterung des Tieres war ungeklärt: Versorgte es sich selber mit vorbereitetem Futter? Was war mit der Defäkation? Für den Gelähmten war die Frage durch die entsprechende, von der Raumfahrt für Astronauten entwickelte Ableitungsanlage gelöst, doch was war mit Rita? Hatte man ihr, wie einen bedingten Reflex, beigebracht, auf die Toilette zu gehen? Mein Nachdenken glitt in eine insistente Realität und beschäftigte sich mit Nebensachen, die zwar für die Wirklichkeit von entscheidender Bedeutung sein mochten – nicht aber für Geschichten. Und dennoch belasteten mich ungewollt diese völlig überflüssigen Komplikationen. Das war jedoch erst der Anfang.

Ich versuchte, die Gedanken des Gelähmten zu erraten. Ob er nicht, angesichts der Flinkheit und leichten Beweglichkeit des in seinem Blickfeld umherturnenden Wesens seine Körperbehinderung doppelt bedrückend empfand? Oder amüsierte ihn Ritas Treiben und lenkte ihn von der eigenen Tragödie ab? Je länger er ihm zuschaute, desto seltsamer kam ihm das Geschöpf vor, eine Mischung aus Puppe und Zwerg, behaarter Liliputaner, ungelenk am Boden, gelenkig bei den Sprüngen auf Hochsitze, von denen aus es den Raum überschaute, sich unter dem Arm oder den Kopf kratzend, die

Greiffüße knetend oder auch nur müde vor sich hin mümmelnd wie ein zusammengeschrumpfter Greis exotischer Herkunft. Am meisten verblüffte den Gelähmten, wenn Rita in die Küche taumelte und mit einem Glas Wasser, ohne einen Tropfen zu verschütten, zu ihm zurückkehrte, wo sie es an seine Lippen setzte, dabei selber ihre Lippen aufmerksam spitzend, als erledige sie eine ihre gesamte Konzentration erfordernde Aufgabe – was im übrigen ja auch stimmte. Sacht veränderte sie den Neigungswinkel des Glases, bis der Durstige es zur Gänze geleert hatte. Aufatmend dankte er ihr, ohne eine Gegenreaktion hervorzurufen. Das wäre wohl auch zu menschlich gewesen, sagte er sich. Danach sprang sie zu Boden, von dort auf den Tisch, von wo aus sie ihn anhaltend ansah. Und es dauerte nur wenige Momente, bis sie erneut auf seinen Schoß sprang, auf die seinen Unterleib bedeckende Wolldecke, wo sie sich zusammenkuschelte, um umstandslos einzuschlafen. Er sah vor sich den kleinen atmenden Leib, das Heben und Senken des bepelzten Brustkorbes, die Zartheit des Fells, die wohlausgebildeten Fingernägel, die Finger mit sehr faltenreicher ockerfarbener Haut überzogen, und ihm wurde bewußt, wie durch diesen Vertrauensbeweis eine bisher noch unerkannte Sympathie für sie immer mehr in ihm Platz griff. Er konnte den Blick nicht von der Schlafenden wenden, und er fühlte sich auf lächerliche und traurige Weise an seine einstige Lektüre erinnert, da ein berühmter französischer Autor seine Empfindungen beim Betrachten einer menschlichen Schläferin beschreibt. Wie lange das schon her war...

Von diesem Tage an, wußte ich, würde Rita jeden Nachmittag auf dem Schoß ihres Herrn sich zur Ruhe begeben, und daß er es auch erwartete, schien ihr klar zu sein, da sich die Etappen ihres Aufenthaltes auf seinen taub gewordenen Schenkeln ständig verlängerten. Zeitweilig kletterte sie an ihm empor, hockte sich auf seine Schulter und spielte mit den Fingern in seinem Haar, ihrem Instinkt gehorchend, wie er wußte, und trotzdem nahm er es als eine bewußte Geste der Zuneigung, zumindest wollte er es so verstehen, und er hatte damit vielleicht sogar recht, da ihr Verhältnis über den reinen Zweckdienst, die pure Funktionsbindung hinausging. Was Wunder, daß er, wie ich es geplant hatte, mit Rita sich zu unterhalten begann. Zuerst mußte er sich an die eigene, ihm fremd gewordene, weil zu selten gebrauchte Stimme gewöhnen. Rita schien der Klang zu behagen, weil sie mit leicht geneigtem Köpfchen und ohne sich zu kratzen lauschte. Für ihn bestand der Vorteil darin, daß er alles, was ihn erfüllte, gestehen konnte, ohne Frucht vor Verrat, vor Mißverständnissen, vor Scham, was die Gespräche zwischen Menschen von vornherein fast unmöglich macht. Lange Monologe, die ich für die Geschichte würde erfinden müssen, wozu wiederum die Erfindung einer Biographie für den Gelähmten notwendig wäre. Ich würde ihn seine Kindheit und Jugend erzählen lassen, den Unfall selbstverständlich, demzufolge er vor Rita saß und von sich sprach, von den Verlusten an Menschen, an Zuwendung natürlich, und der einfachen physischen Möglichkeit, dem deprimierenden Zustand zu entfliehen: ins Nichts, ins Nichtmehrsein.

Rita würde hin und wieder einen dunklen Uh-Laut von sich geben, mal ein leises Schnattern, als bestätige sie nachdrücklich, was sie vernähme. Daß der Gelähmte nach seinen Selbstbekenntnissen sich erleichtert fühlte, das war absolut begreiflich, und durch die psychische Entlastung wurde, so würde ich ihn vielleicht selber sagen lassen: der Kopf freier für andere Dinge, wieder weltzugewandter, offener für die Umgebung, für neue Erfahrung. Nun würde eintreten, worauf ich von Anfang an abgezielt hatte: auf die Idee des Gelähmten, Rita das Sprechen beizubringen. Gut: Ich wußte, daß er wußte, daß der Sprechapparat von Primaten sich grundlegend von unseren unterscheidet, Kehlkopf und Stimmbänder, Zunge und Zäpfchen gänzlich divergent von der Evolution konstruiert worden sind, doch lag es in meiner Absicht, das Fiktive der Geschichte zu nutzen und damit der Natur ein

Schnippchen zu schlagen. Warum sollte der Gelähmte, angesichts einer schier endlosen, doch ihm wie statisch erscheinenden Zeitspanne, nicht diesen Versuch unternehmen? Die menschliche Irrationalität ist derart gewaltig, daß solch Unternehmen ganz vernünftig wirkt. Gedacht, getan: Der Gelähmte, wissend, daß bei ersten Begegnungen zwischen Angehörigen fremder Sprachstämme zuerst die primäre Unterscheidung von Ich und Du getroffen wird, wiederholte mit sich steigerndem Nachdruck Ritas Namen, auf den sie gebannt horchte, worauf er den seinen nannte: Rolf! Ich bin Rolf! Rolf! Rolf! Zehnmal, fünfzigmal, hundertmal mit Eindringlichkeit artikuliert, die Aussprache exakt, da sein »Sprechwerkzeug« das einzig unbehinderte Organ war. Entgegen allen genetisch belegten Fakten hoffte der Gelähmte, hoffte Rolf auf einen Erfolg seiner Mühen. War nicht Wissenschaft immer wieder einmal von Amateuren, die ihrer Sache sicher und des Glaubens daran voll waren, widerlegt worden? Konnte Rita nicht die Ausnahme von der Regel darstellen?

Grammatikalisch ließe sich eine Entwicklung vom unartikulierten Gestammel, von undeutbaren Lauten zu einem allereinfachsten Sprechen im Schriftbild fraglos herstellen. Am Schluß der Geschichte spräche Rita wie ein kleines Kind, der Wortschatz wäre gering, aber, was ja viel wesentlicher sein würde: Sie würde diesen Wortschatz nicht papageienhaft, sondern logisch richtig einsetzen, so daß wahrhaftig ein Gespräch zustande käme. Gewiß wäre das ein glücklicher Augenblick für Rolf, ein Triumph, nicht bloß über die hochmütige Wissenschaft, vielmehr ein ganz persönlicher, mit der Geduld eines Engels die Verwandlung eines Tieres in einen Menschen geschafft zu haben. Freilich bliebe der Triumph geheim; er würde sich hüten, anderen davon Mitteilung zu machen. Jedes Bekanntwerden würde das Verhältnis von Rolf und Rita zerstören, und das war ihm wichtiger, als es den Zeitungsschreibern zu opfern. Das sogenannte »Licht der Öffentlichkeit« erhellte sowieso nichts von dem, was menschlich bedeutsam war. Wenn ich mich zu den beiden versetzte, gelang es mir, Ritas Stimme zu vernehmen, zögernd oder zaghaft ausgestoßene Worte, beinahe Baby-Sprache, doch verständlich als Part innerhalb der akustischen Dualität. Wie auf telepathische Verabredung hin schwiegen beide, sobald morgens (oder abends) der Pfleger erschien, um Rolf zu waschen, beziehungsweise für die Nacht vorzubereiten. Rita saß während der Prozedur auf dem Schlafzimmerschrank und beobachtete genau, was da vorging, und wofür Worte wie »Auf*stehen*« oder »Zubett*gehen*« keine Gültigkeit hatten. Den Pfleger malte ich mir als einen robusten Sportstyp aus, muskulös, geschickt, voll von Klischees, welche er bei seiner Tätigkeit absonderte: »Na, wie geht's uns heute? Gut geschlafen bei dem schönen Wetter, was? Nun wollen wir aber auch was Schönes träumen, nicht wahr? Und nun sitzen wir wieder auf unserem Thron mit Rädern ...« Rolf ließ es über sich ergehen, einerseits aus Angst, den Mann zu verärgern, worunter die Behandlung, also er, zu leiden hätte, und andererseits aus der resignativen Einsicht, daß jeder Einwand gegen den Phrasenstrom diesen sowieso kaum gestoppt hätte. Rita konnte den Pfleger nicht leiden. Sie blieb während seiner Anwesenheit auf ihrem Hochsitz, ohne einen Ton von sich zu geben; auch der Pfleger tat so, als nähme er sie nicht wahr, wobei Rolf sofort gewiß wurde, daß der Pfleger von derlei Experimenten, die seinem Weltbild widersprachen, nicht das geringste hielt. Er fragte Rolf niemals nach den Funktionen Ritas, beendete seine Arbeit meist rasch und verließ ohne Umstände und nach kurzem Abschied die Wohnung. Das Zuklappen der Tür war für Rita das Signal: Sie sprang auf Rolfs Schoß oder, falls er im Bett lag, auf seinen Bauch und schnatterte eifrig und, wie es Rolf schien, erlöst auf ihn ein.

Nur einmal geriet Rolf nahezu in Panik, nämlich als der Pfleger, nachdem er den Gelähmten mit geübten Handgriffen auf die Spezialmatratze gebettet hatte, dabei ironisch sagte: »Nun, Doktor Dolittle, überlasse ich Sie wieder Ihrem Privatzirkus ...«

Unerwartet krampften sich beim Anhören dieses Satzes Nervenstränge zusammen. Der Mann konnte und durfte doch gar nichts bemerkt haben! Rolf versuchte nicht erst, freundlich zu lächeln. Daß dieser Fleischkloß mit ihm, Rolf, dasselbe Kinderbuch teilte, war seltsam enttäuschend. So als hätte Rolf ein ausschließliches Recht auf Hugh Lofting, als wären die Abenteuer des weltdurchquerenden Doktors – von dem in einer gräßlichen Verfilmung auch noch gesanglich herausgeschrien wurde: »He talks with the animals ...« – einzig und allein für den Gelähmten geschrieben worden, als für seinen künftigen Leibesschaden noch keine Vorahnung bestand. Doch der Zauber früherer Leseerlebnisse besitzt Langzeitwirkung, »von der niemand nichts weiß«, was nicht bloß auf heimliche Liebe zutrifft, deren Hitze dem bekannten Lied zufolge jene von Kohle und Feuer übertrifft.

Rolf wurde nach dem Weggang des Pflegers unabweislich klar, was der Ursprung seiner zahllosen Lehrstunden für Rita war. Die halb witzig, halb verächtlich gemeinte Bemerkung des Pflegers zog mit einem Ruck den dichten Schleier von der Vergangenheit, hinter welchem der kleine Rolf am elterlichen Tisch hockte, Seite um Seite seiner Lieblingsbücher in sich einsaugend. Vermutlich würde ich in meiner Geschichte jedoch auf die Schilderung von Rolfs Kindheit verzichten müssen; es wäre dazu ein Kommentator nötig, eine Notlösung, auf die man besser verzichtete, wenn sich auch damit ein Motivverlust verband. Es mußte für den Leser genügen, daß Rolf durch bloße Langeweile, durch erzwungenen Mangel an Beschäftigung sich mit dem Tier eingehender befaßte. Außerdem würde der »aufgeklärte« Leser sofort begreifen, daß Rolf mittels des Äffchens etwas wie Selbsttherapie betrieb, nach dem Prinzip, daß die Sorge um andere die eigenen mindert. Ablenkung – das mußte beim Lesen jeder kapieren.

Von Mal zu Mal schlossen sich die beiden enger zusammen. Als Nichtmensch blieb es Rita versagt, ihre Gefühle zu verbergen, und wenn sie vorsichtig auf ihm herumturnte, ihm in ihrem gutturalen Idiom fragmentarische Botschaften aus dem tiefsten Inneren instinktiven Daseins ins Ohr raunend, wußte er unzweifelhaft, was sie meinte und wie sie es mit ihm hielt. Und er gab ihr alle die kurzsilbigen Worte zurück, die er einst Frauen gegenüber verwandt hatte, als er noch ein Mann gewesen war, und sie leckte ihm das tränenfeuchte Gesicht ab: als Tröstung oder weil der Salzgehalt ihr schmeckte. Ich nahm mir vor, eine rührende Szene zu schreiben, und merkte, wie mich dabei selber Rührung ankam. Weil ich auf den Kommentator verzichtet hatte, müßte Rolf selber, mit Rita redend, den Vorgang reflektieren. Aber es ergab sich gleich der Zweifel, ob damit nicht die Außerordentlichkeit des Moments zerstört würde, da die sonst unübersteigbare Barriere zwischen den Gattungen überwunden schien. Ist nicht in solchen Minuten nur Schweigen angebracht, Scheu vor dem verbalen Eingehen auf solche luftige Konstellation, von der man schon weiß, sie kehre nie wieder? Unangemessene, mit Uhren kaum meßbare Zeiteinheiten von schmerzlicher Kürze und fruchtbarer Gewißheit ihrer Einmaligkeit: Wie sollte man daran rühren, um völlig Fremde daran teilhaben zu lassen?

Glückliche Nächte, die beide in Stille und Dunkelheit verbrachten. Manchmal, wenn Rita ihre Lage wechselte, wachte Rolf auf und spürte an seiner Wange das seidige, warme Fell, die schwache Bewegung ihres atmenden Brustkorbes, beruhigend und besänftigend, den Schlaf erneuernd, aus dem er kurz aufgetaucht war.

Es fällt mir schwer, die Schlußphase der Gemeinschaft aufzuschreiben, den wahren Grund, der die Geschichte nicht zustande kommen ließ. Es handelte sich um den Tag, da der behandelnde Arzt mit dem Zoologen bei Rolf aufkreuzte. Sie hörten sich aufmerksam Rolfs etwas wirren Bericht an, während Rita auf seinem Schoß saß, von wo sie, als der Zoologe sich ihr näherte, zuerst auf den Tisch und dann auf den Schrank floh. Sie besaß ein besseres Gespür als Rolf für die drohende Gefahr. Der Arzt suchte seinem Patienten zu erläutern, weshalb man das Experiment mit dressierten Affen einstelle, und da erst erkannte der Gelähmte den Zweck des Transportbehälters, den der Zoologe gleich nach dem Eintreten an der Tür abgesetzt hatte. Weil der Arzt dicht vor ihm stand, leicht hinabgebeugt, an den Fingern die gegen das Experiment sprechenden Argumente aufzählend, vermochte Rolf nicht zu kontrollieren, was hinter seinem Rücken geschah. Er hörte Rita aufgeregt kreischen, dann den Zoologen fluchen, und es gelang ihm nur aus den Augenwinkeln wahrzunehmen, wie das strampelnde Tier, am Nackenfell gehalten, zum Gitterkorb getragen wurde. Es hatte den Zoologen in die Hand gebissen, man sah Blut, vernahm mitleiderweckendes Fauchen und Quarren und den Wutausbruch des Einfängers. Rita hatte kein einziges Wort gerufen, hatte vielleicht alles in ihrer Angst vergessen, was Rolf ihr beigebracht hatte. Er mußte die Augen schließen, um künftig nicht nachts aufzuwachen, die beiden Männer erblickend, wie sie das Knäuel aus Fell, aus winzigen Armen und Beinen, in den Korb stopften. Auch ich, offen gesagt, wagte nicht hinzuschauen. Was man zu hören bekam, reichte schon zum Unglück aus, zu einer Verzweiflung ohne Maß und Ende. Darum mußte ich mich ebenso von Rolf abwenden, weil ich seinen Gesichtsausdruck kaum ertragen hätte. Schon die Vorstellung, wie dieser reglose, zu keiner Gegenwehr fähige Mensch mit dem Tier und mit sich geschehen lassen mußte, was man nur ein Herausoperieren der Seele bei lebendigem Leibe nennen kann, diese Vorstellung genügte, um den Plan der Geschichte fallenzulassen. Ich weiß, es gibt schlimmere Höllen auf Erden, grausigeres Tun zwischen Personen, es gibt ein Entsetzen, jenseits dessen die Beteiligten abstumpfen, um niemals mehr dieselben von ehdem zu sein. Doch bereits eine Geschichte wie die von Rolf und Rita entzieht sich der Darbietung vor Publikum, wollte man diese Geschichte in all ihren Aspekten wiedergeben. Man kapituliert vor dem Leid, vor der Qual, der kein Gott je das Wort erteilen kann.

Abfall

Immer dienstags. Gewöhnlich um halb acht Uhr morgens. Herr Claudin, weil er bereits in der Küche frühstückt, hört den schwerfälligen Motor des Fahrzeugs näher kommen. Er wendet das Gesicht zum Fenster: Da steht der Mülltransporter, das rotierende, orangefarbene Licht wird von den Kacheln über der Spüle zurückgeworfen. Ein Mensch im ebenfalls orangefarbenen Overall springt von einem Tritt am Heck des Allesschluckers, ergreift den schwarzen Sack, von Herrn Claudin sorgfältig mit einer Schnur zugebunden, und wirft die Fracht in einen Schacht auf der Rückseite des Gefährtes. Herr Claudin wendet sich ab, der Motor dröhnt zum Abschied, das orangene Licht verschwindet, Herr Claudin ist zufrieden und widmet sich weiterhin seinem Kaffee und dem Toast mit zuckerfreier Marmelade. Gegenüber von Herrn Claudin, der jetzt auf die Uhr schaut, der Platz am Küchentisch ist leer. Frau Claudin schläft noch. Herr Claudin schließt die Thermoskanne und stellt sie in die Mitte des Tisches, damit Frau Claudin nach dem Aufstehen sich mühelos bedienen kann. Da muß sie sich nicht erst den Arm ausrenken. Und Herr Claudin verläßt die morgendliche Idylle, um sich seinen, zum Erhalt ebendieser Idylle notwendigen Geschäften, zu widmen.

Immer wieder dienstags.

Claudin verschließt den Abfallbeutel, zurrt die Schnur fest und fragt sich, warum diese Säcke eigentlich schwarz seien. In einer farbigen, ja, vor Buntheit strotzenden Welt wirken solche Säcke deplaziert. Claudin kommen sie vor wie die Leichenumhüllungen, wie man sie aus diversen Kriegen im Fernsehen kennt. Doch jene Beutel hatten Reißverschlüsse, waren länglich, den Körpergrößen der Toten entsprechend. Claudin, sonst vor dem Frühstück keiner Nachdenklichkeit geneigt, überlegt, ob nicht die Schwärze des Abfallbehältnisses dem Abfall, dem unbrauchbar Gewordenen, dem der Friedhof einer Deponie bevorsteht, symbolisch gerecht wird. Die Farbe des Todes. Und der Trauer. Freilich – wer trauert schon um den zu beseitigenden Abfall? Höchstens bedauert man die vorangegangene Geldausgabe für das nun Überflüssige und Unnütze.

Viertel nach sieben. Herr Claudin stellt den schwarzen Sack auf den Bürgersteig am Straßenrand und kehrt in die Küche zurück, wo es in der Kaffeemaschine verlockend brodelt. Während Herr Claudin Brot schneidet, ist ihm, als hätte draußen ein Wagen gehalten und sei wieder abgefahren. Da die Straße wenig belebt ist, sind derartige Geräusche zu unpassender Zeit ungewöhnlich. Also tritt Herr Claudin ans Küchenfenster und schaut hinaus. Nichts. Oder doch. Da neben seinem schwarzen Müllsack steht jetzt ein Pendant.

Verblüffung als erstes. Wieso stellt jemand seinen Müllsack neben den Claudins. Herr Claudin fühlt sich in seiner individuellen Aura unangenehm berührt. Als sei ein Fremder auf Claudins Toilette gewesen, ohne um Erlaubnis gebeten zu haben. Was bezweckt die Verdoppelung der Säcke? Etwas ungehörig Intimes geht da vor. In dem geordneten Ablauf der kleinstädtischen Randsiedlung ein ungewöhnlicher Vorgang. Sowas ist Herrn Claudin noch nie passiert, und er kann derlei nur auf die Unverschämtheit eines in der Siedlung Fremden zurückführen. Der Kaffee sickert durch den Filter, aber Claudin ist unruhig. Erneut verläßt er das Haus, weil er es nicht ertragen kann, daß jener fremde Beutel direkt den seinen berührt, ein fast körperlich zu verspürender Kontakt von Haut zu Haut. Zumindest will Herr Claudin den Fremdling aus der allzugroßen Nähe des Claudinschen Eigentums entfernen. Das abgelegte »Gut« ist gewichtig und nachlässig mit einem Blumendraht verschlossen. Später bereut Claudin seine

Neugier bitter, doch es könnte sich ja etwas in dem Sacke befinden, das, ökologisch nicht einwandfrei, eine Anzeige gegen Unbekannt rechtfertigte.

Der Draht ist leichthin abgewickelt, die Plastikhülle geöffnet, und vor Herrn Claudin befindet sich ein aus Knüllpapier, Holzwolle und dreckigen Lappen ragender Unterarm nebst Hand, vermutlich von einer Frau stammend, denn die Nägel sind grellrot lackiert. Die Haut ist wachsbleich. Ein widerwärtiger Anblick, der Herrn Claudin erstarren läßt. Was er erblickt, ist unbegreiflich. Alle Empfindungen, außer der des überwältigenden Ekels, sind abgeschaltet. Das Claudinsche Gehirn steht still. Hinterher weiß er nicht mehr, wieviel Zeit er über dem Fund verbracht hat. Seine erste Reaktion besteht darin, daß er sich umschaut, ob jemand ihn bei seiner Entdeckung gesehen hat. Nichts. Kein Mensch auf der Straße, die Fenster und Gardinen der Nachbarhäuser dicht geschlossen.

Herr Claudin wickelt sorgfältig den Draht um das Sackoberteil, es erneut verschließend, und kehrt ins Haus zurück. Der Kaffee ist fertig und wartet auf der Warmhalteplatte auf seinen Verbrauch. Herr Claudin schneidet Brot, schiebt die Scheiben in den Toaster, schraubt das Marmeladenglas auf und weiß nicht, wie ihm zumute ist. Es kann nicht wahr sein, was ihm da vor Augen kam. Er streicht die Marmelade auf den Toast und würgt an einem kleinen Bissen und bringt ihn nicht herunter. Er geht ins Bad und entnimmt dem Fach hinter dem Spiegel ein Tablettenröhrchen. Ein Seditativ. Diesmal schiebt er sich zwei Pillen in den Mund und trinkt laues warmes Wasser und schluckt angestrengt das Medikament. Zurück in der Küche will ihm scheinen, daß Unterarm und Hand eigentlich kaum menschlich gewirkt hätten, eher wie der Teil einer Schaufensterpuppe. Natürlich! Da hatte irgendwo ein Konfektionsfritze den Rest einer Schaufensterpuppe entsorgt. Aber warum ausgerechnet vor Claudins Tür?

Um ihn zu erschrecken – klar doch! Man hat so wenig Freunde, im Grunde gar keine, dafür Neider und Übelwollende im Übermaß, vielleicht auch Feinde, Leute, die man einst gekränkt, beleidigt oder angeschmiert hatte. Aus dieser unübersichtlichen Schar rächt sich nun einer an ihm. Vielleicht ein Kunde, dem er ein überteuertes Grundstück angehängt hat? Ein Mieter, dem er eine miserable Wohnung als Wertsteigerungsobjekt verkaufte? Die Möglichkeiten, sich unbeliebt zu machen, sind zahllos.

Der orangefarbene Lichtreflex wandert durch die Küche, Claudin springt auf, beide Säcke verschwinden in dem tonnenförmigen Transporter. Gott sei Dank, denkt Claudin. Gott sei Dank! Und er fragt sich, ob er seiner Frau diesen Vorfall mitteilen solle – oder besser doch nicht. Sie würde sich bloß aufregen und sein passives Verhalten lautstark anklagen. Aber was hätte er denn unternehmen sollen? Die Polizei anrufen: Man hat mich mit dem Stück von einer Schaufensterpuppe erschreckt! Finden Sie den Übeltäter?

Man wußte doch, daß die Polizei selbst in wesentlicheren Fällen untätig bleib. Wahrscheinlich hätte man ihn am Telefon sogar ausgelacht oder für geistesgestört gehalten – die Folgen kaum auszudenken, falls sich herumspräche, der Immobilienmakler Alexander Claudin sei nicht mehr ganz bei sich. Wer würde noch mit ihm in Geschäftsverbindung treten wollen? Schweigen ist Gold, Alex, laß die Sache auf sich beruhen. Nach diesem Entschluß schmeckt der Toast wie täglich, und der Kaffee belebt seine Sinne, und nachdem er die Kanne ins Zentrum des Tisches gerückt hat, verläßt er pünktlich wie stets das Haus. Und auf dem Weg ins Büro verblaßt der schwarz umhüllte Abgrund, Arm und Hand, und als allerletzte funkeln die rotlackierten Nägel noch ein Weilchen in seinem Gedächtnis, bis der alltägliche Bürokram, die Gespräche mit potentiellen Interessenten, die Briefdiktate, die Telefonate das Erinnern überdecken.

Als Herr Claudin heimkehrend in seine Straße einbiegt, nimmt er an einer Ecke Betrieb und Unruhe wahr. Sich im Schrittempo nähernd, erkennt er einen Funkwagen und einen Polizeibus. Da muß ja allerhand passiert sein, denkt Herr

Claudin, bis er merkt, daß die Wagen vor seinem Grundstück stehen. Ob bei uns eingebrochen worden ist? Hoffentlich ist meiner Frau nichts passiert... Er stoppt hinter dem Funkwagen, und als er aussteigt, wundert er sich darüber, daß in seinem Garten drei oder vier Polizisten mit langen, dünnen Metallstangen im Boden stochern. Und von der Terrasse steigt ein Hundeführer mit einem Dobermann die Stufen hinunter. Herr Claudin ist fassungslos. Herrn Claudin, sonst im Umgang mit Kaufinteressenten eloquent, fällt nichts ein, was er entgegnen könnte, als ein Zivilist, eine Blechmarke in der erhobenen Rechten, ihn ins Haus bittet, als sei er, der Beamte, der Eigentümer und Claudin nur ein ungebetener Besucher.

Claudin tritt also ein, betritt sein ihm plötzlich seltsam unbekannt erscheinendes Wohnzimmer, wo am Eßtisch eine Frau sitzt, die Claudin erst nach Momenten als seine Frau wiedererkennt.

Nehmen Sie Platz, Herr Claudin.

Sowas pflege sonst nur ich in meinem Hause anderen anzubieten. Was ermächtigt den Mann mit der Blechmarke, sich als Hausherr aufzuführen?

Ja, Herr Claudin, Sie haben uns da eine merkwürdige Geschichte erzählt, wie Sie diesen Frauenarm gefunden haben! Warum haben Sie nicht sogleich die Polizei verständigt? Warum haben Sie Ihrer Frau gegenüber geschwiegen? Sie müssen mir schon erlauben, Ihnen einige Fragen zu stellen. Wenn die Müllwerker nicht wegen des unzulässigen Gewichts den Abfallsack kontrolliert hätten, wäre für immer verborgen geblieben, daß ein Verbrechen stattgefunden hat – und daß es sich um ein überdeutliches Anzeichen für ein Verbrechen handelt, müssen Sie doch zugeben, Herr Claudin?! Also – welches Interesse hatten Sie daran, ein Verbrechen zu decken?

Herr Claudin ist um eine Antwort verlegen. Zögernd meint er, er habe keinesfalls in irgendeine Sache hineingezogen werden wollen.

Irgendeine Sache, Herr Claudin? Ist Mord irgendeine

Sache? Und Ihre Angaben. Sie hätten das Leichenteil für das Relikt einer Wachsfigur gehalten – wer soll denn das glauben?

Herr Claudin schüttelt den Kopf. Er versteht jetzt sein Verhalten selber nicht mehr. Und weil er es sich nicht zu erklären vermag, ist ihm klar, daß der Beamte, einzig von auf Tatsachen basierenden Schlußfolgerungen ausgehend, für Claudins geistige Abwesenheit, für das Aussetzen logischen Denkens kein Verständnis aufbringen würde.

Entschuldigen Sie, Herr Claudin, aber Sie müssen doch selber einsehen, daß dieser Verweis auf einen Unbekannten, *den* Großen Unbekannten, der ein Leichenteil ausgerechnet vor Ihrer Tür ablädt, einen unwahrscheinlichen Eindruck macht. Überlegen Sie einmal, mit welcher Skepsis Sie selber einen solchen Bericht anhören würden. Ja, hätten Sie gleich Alarm geschlagen! Doch durch die Verheimlichung des Fundes haben Sie zwangsläufig Verdacht erweckt ...

Claudin empfindet ein ungewisses Schuldgefühl. Er hat mit dem Fall nichts zu tun, und hat dennoch auf vertrackte Weise damit zu tun. Und Frau Claudin sitzt stumm und blaß dabei und überhört die Aufforderung ihres Mannes, etwas über seinen Leumund auszusagen. Der Kriminalbeamte wendet sich ihr zu und wartet einige Sekunden, bis er mit einem Nicken, als habe er eine wichtige Information erhalten, sich aufs neue dem Verdächtigen widmet.

Herr Claudin, der Bürger ist verpflichtet, über Gewalttaten Anzeige zu erstatten und als Zeuge auszusagen, und darum bitte ich Sie, morgen in mein Büro zu kommen, wo wir ein Protokoll aufnehmen werden.

Herr Claudin spürt einen Druck in der Magengrube. Herr Claudin sieht, als sei er von seiner Person abgelöst, wie draußen im Garten die Polizisten sich sammeln, die Eisenstangen wie Speere aufgerichtet, der Hundeführer krault seinem tierischen Kompagnon den Kopf, es ist nichts gefunden worden. Ist das nun ein gutes Zeichen? Oder denkt der Beamte, der Arm sei das letzte Stück von der Leiche gewesen, deren Hauptbestandteile Claudin vorher auf gleiche Weise beiseite geschafft haben mochte?

Claudin beteuert noch einmal das Unbeabsichtigte seiner fehlerhaften Reaktion und wie erschrocken er gewesen sei, wobei er während des Sprechens auf dem Gesicht des Beamten dessen aus langer Erfahrung entstandenes Mißtrauen registriert. Der glaubt mir nicht, weiß Claudin.

Und er versucht, nach dem Abzug der Truppe, seinen gewöhnlichen Tonfall angestrengt kopierend, etwas wie alltägliche Konversation zu machen, nach Telefonanrufen zu fragen, nach dem Abendbrot, für das es wohl an der Zeit wäre, doch merkt er, wie jede seiner Fragen als Ablenkungsmanöver verstanden werden muß. Eine wahnsinnige Affäre, nicht wahr? Und er probiert ein unglaubwürdiges Lachen, das keine entsprechende Erwiderung findet. Frau Claudin schüttelt den Kopf: Sie begreife nicht, wieso er ihr nichts von dem schrecklichen Erlebnis berichtet habe, gleich hinterher, so daß sie gemeinsam Maßnahmen hätten beraten können. Herr Claudin kann bloß mit den Schultern zucken. Jedenfalls, stellt seine Frau fest, sitzen wir ganz schön in der Patsche! Warum denn das? Ich bin doch nicht der Mörder! Nun, sagt Frau Claudin, indem sie sich erhebt, um in die Küche zu gehen, das will ich auch nicht hoffen!

Hätte sie statt dessen ihn nicht umarmen müssen, überzeugt von seiner Unschuld, in Gewißheit, ihr Mann wäre nie einer Untat fähig? In solch einer ernsten Lage nicht mehr als eine beiläufige, noch dazu fragwürdige Bemerkung? Bestehen irgendwelche Zweifel ihm gegenüber? Sie muß ihn doch gut genug kennen, um zu wissen, daß er keiner Fliege und so weiter...

Appetitlosigkeit. Glücklicherweise enthält der Kühlschrank verschiedene stärkende Getränke, und nach dem dritten Doppelten betrachtet Herr Claudin seinen Fall, ach was, Fall, schon gelassener. Zu seiner Zufriedenheit hat sich nach dem ersten Glas Frau Claudin ins Schlafzimmer zurückgezogen, so daß eine weitere Diskussion der dummen Angelegenheit entfällt. Es wird sich schon alles klären, redet sich Herr Claudin zu, nach einer Weile ist alles vergessen... Darauf trinke ich noch einen!

Was ihm am nächsten Tag bei der Behörde als Protokoll abgefragt wird, nimmt er, durch einen heftigen Kopfschmerz behindert, nur undeutlich wahr und unterschreibt zum Schluß, ohne noch einen Blick darauf zu werfen, den Bogen. Anschließend darf er gehen.

Die Tage nehmen wieder ihre gewohnte graue Färbung an, aber irgend etwas scheint sich verändert zu haben. Frau Claudin erweist sich seinen nächtlichen Avancen weniger geneigt als früher. Er vermerkt ein körperliches Widerstreben, nach dessen Ursache er sich zu fragen scheut. Stimmungen, das kennt man, die Weiber sind nur aus einem Punkte zu kurieren, wie Goethe mit Recht schrieb, aber Claudin gelangt gar nicht erst bis zu diesem therapeutischen Punkt...

Und die Geschäfte gehen schlechter. Claudin liest im Wirtschaftsteil der Presse, daß der Immobilienhandel stagniert, die Preise fallen, die Nachfrage schrumpft. Die Leute haben eben kein Geld mehr, sagt sich Claudin, und erinnert sich an die Stille seines Büros, an die Hand mit den spitzen, rotlackierten Nägeln öfter als sonst. Er ruft sich das Schreckensbild ins Gedächtnis zurück, bis ihm unvermittelt die Frauenhand bekannt vorkommen will. Als hätte er sie schon einmal lebendig und sich bewegend gesehen. Es hatte sich um eine eindeutig obszöne Bewegung gehandelt, die Finger, um ein Glied geschlossen, glitten auf und ab, und der Gegenstand ihrer Bemühungen gehörte keinem anderen als Herrn Claudin selber. Ja, einmal, oder vielleicht zweimal, war er während der Bürostunden in jenen Venustempel gleich um die Ecke gegangen, aus Neugier, ein Mann mußte auch solche Erfahrung hinter sich bringen, ohne daß sich daraus Fortsetzungen ergeben hätten. Aber die Hand! Sie sah genauso aus! War sie mit der Totenhand identisch? Bei dem Wort »Totenhand« fühlt Herr Claudin eine unheimliche Berührung an seinem Unterleib. Er verweigert sich derartigen Vorstellungen, doch je angestrengter er sich gegen seine Phantasien sträubt, desto eindringlicher entsteht vor ihm die Kopulation mit einer Leiche. Natürlich bewirkt die Wirtschaftskrise den Rückgang der Verkäufe. Doch was keineswegs in der Zeitung steht, sind Herrn Claudins Alpträume, ist sein Alkoholkonsum und das peinliche Abgelenktsein, falls sich doch noch ein Kunde in sein Büro verirrt. Gegenüber Kundinnen wird Claudin wortkarg. Und die Damen, nachdem sie es eine Weile ertrugen, daß unentwegt ihre Hände gemustert wurden, kommen niemals wieder.

Grübeln. Claudin will nicht einfallen, wie das, was an Arm und Hand dranhing, das übrige Geschöpf, ausgesehen hat. Ihre Erscheinung ist völlig ausgelöscht. Und erneut jenes Etablissement zu besuchen, wagt er nicht. Möglicherweise wüßte man dort etwas von dem Leichenfund und von dem Finder, und er will sich keinesfalls schlimmen Fragen aussetzen.

Nachdem er, einsam hinter dem Schreibtisch, kein Telefon rührt sich, einen Artikel über Mnemotechnik mehrmals studiert hat, entschließt er sich, wenn auch zaghaft, seinem Verständnis des Gelesenen zu folgen. Mimesis heißt der Schlüsselbegriff. Indem man etwas halb Vergessenes gestisch nachzuahmen sucht, würde das Gedächtnis seine verschütteten Pforten öffnen. Die Bestrafung durch den Lehrer, den schmerzenden Schlag mit dem Lineal auf die hingestreckte Handfläche rekapitulieren, um sich der einstigen Situation zu erinnern. Herr Claudin ist von der Methode sogleich überzeugt. Ja, dergestalt würde es ihm gelingen festzustellen, wem das Fundstück im Müllbeutel gehört habe. Vielleicht könnte er mittels der Methode sogar eine genaue Beschreibung der Toten geben, eine unschätzbare Hilfe für die polizeilichen Nachforschungen ...

Herr Claudin schließt seine Bürotür ab und begibt sich zu seinem Sessel. Er will seinem Gehirn auf die Sprünge helfen. Und obwohl keine eindeutige Gestalt aus dem Dunkel des Unbewußten auftauchen will, setzt er doch jeden Nachmittag seine Bemühungen fort. Und erst als er in der benachbarten Drogerie eine gewisse Verwunderung konstatiert, weil er wöchentlich Nagellack und Nagellackentferner einkauft, wechselt er den Laden, in der unerfüllten Hoffnung, hinter das Geheimnis des körperlosen Frauenarmes zu kommen.

Tatort

Gehen Sie doch weiter. Sie sehen doch, daß es hier nichts zu sehen gibt. Es ist alles vorbei.

Seit fünfundzwanzig Jahren wohne ich in dieser Straße. Niemand kann mir untersagen, hier auf dem Pflaster zu stehen. Das ist mein gutes Recht. Ich lasse mich nicht wegjagen, ich bin kein Hund, verstanden. Und außerdem habe ich Herrn Troimann auch gekannt. Sogar gesprochen, verstehen Sie?! Es ist mein Recht, auf Herrn Troimann zu warten.

Herr Troimann ist tot, da können Sie lange warten. Der kommt mit den Füßen nach vorne.

Haben Sie das gehört, mit den Füßen nach vorne, hat er gesagt. Die Verrohung der Polizei ist unbegreiflich. Dein Freund und Helfer, das war mal. Vergessen Sie nicht den schweren Dienst dieser Leute, unterbezahlt, viele Überstunden, da kann einem schon das Lachen vergehen. Es ist ja auch kein Anlaß zum Lachen, der Tod eines Menschen. Ich möchte wissen, wie er umgekommen ist, das ist doch ein völlig undurchsichtiger Fall. Geiselnahme, ja, ich weiß, ein Problem, die Befreiung. Wußten Sie nicht, daß die Polizei die Wohnung gestürmt hat? Nein, das ist mir neu. Ich bin erst eben dazugekommen. Was ist denn geschehen? Herr Troimann ist auf dem Balkon da drüben erschienen und hat um Hilfe gerufen. Dann ist er wieder in der Wohnung verschwunden. Gleich darauf betrat der Geiselnehmer den Balkon, ein Kerl mit einer Strumpfmaske. Nein, keine Stumpfmaske, eine Wollmaske, Skifahrer tragen sowas. Nur Mund und Augen sind sichtbar, wie in einer schwarzen Kugel, unheimlich, die Öffnungen sind rotgerändert, schrecklich. Und dann? Was hat er gemacht? Hat er Forderungen gestellt? War er bewaffnet? Ja, er hielt etwas in der Hand, leider unidentifizierbar. Könnte es eine Handgranate gewesen sein? Apfelgroß sind die Dinger, olivfarben, man zieht den Sicherungsstift heraus, und sobald man sie losläßt, springt die Feder auf und dann hat man die Bescherung. Haben Sie es gesehen? Ich stand zu weit weg. Er verschwand ja auch sofort wieder im Zimmer. Herr Troimann ist dann nicht mehr aufgetaucht. Entschuldigen Sie, ich wohne erst kurze Zeit dem Hause gegenüber – wer ist Herr Troimann? Da, im zweiten Stock wohnt er. Man konnte ihn fast täglich treffen, schon ein älterer Mann, gebeugt, graues Haar, wirres Haar, wenn Sie mich fragen, das gab ihm etwas Unsolides, nicht wie bei anderen älteren Herren in der Gegend. Er trug auch stets einen Mantel, immer zugeknöpft, und ein Einkaufsnetz, wer besitzt heute noch sowas, da sieht man doch auf den ersten Blick alles Eingekaufte, er ging langsam, Schritt für Schritt, hier entlang, bog dann dahinten um die Ecke, und manchmal kam er erst nach Stunden wieder, jedenfalls hatte man diesen Eindruck, wahrscheinlich durch seine Langsamkeit hervorgerufen. Man fühlte sich immer an eine Schnecke erinnert. Übrigens trug er auch eine Brille. Ich kann mich nicht an eine Brille erinnern. Doch, doch, ich bin ganz sicher, eine Brille, dunkles Gestell, er sah damit aus wie eine Eule, wenn er einen anschaute, ganz eigentümlich intensiv oftmals, so daß man selber durch seine Augen zur Eigenbewegung des Kopfes gezwungen wurde, man vollführte noch eine leichte Drehung, weil einen diese Augen nicht losließen. Nun hat er sie für immer geschlossen. Ist es denn in der Wohnung zu einer Schießerei gekommen? Der Geiselnehmer soll ebenfalls getötet worden sein. Finaler Rettungsschuß. Rettungsschuß? Daß ich nicht lache. Der arme Troimann ist doch tot, was wäre da noch zu retten. Ja, mein Lieber, eine Geiselnahme ist eben immer mit der Gefahr für Leib und Leben der Geisel verbunden. Daß sie die Geiselnehmer abknallen, ist nicht mehr als recht und billig. Diese Verbrecher sollten, falls sie überleben, gleich an Ort und Stelle erledigt werden. Wie können Sie so etwas sagen?! Das ist doch unmenschlich, dafür ist die Justiz zuständig. Die Justiz? Die schickt doch solche Lumpen gleich wieder nach Hause. Bewährung, Strafaufschub, Freigang, damit sie ihre nächste Untat verüben können. Abknallen!

Jetzt ist der Rettungswagen vorgefahren. Hat ziemlich lange gedauert, bis die gekommen sind. Da, jetzt geht der Arzt ins Haus.

Weiß man denn schon, warum Troimann als Geisel genommen wurde? Kennt man die Forderungen? Die Polizei hat über Funk mit ihm gesprochen. Ich stand relativ nahe am Wagen. Sie haben ihn aufgefordert, Herrn Troimann freizulassen und sich selber zu ergeben. Er hat abgelehnt. Er wolle eine Million, hat er gesagt, sagte der eine Polizist zum anderen. Eine Million! Das ist doch heutzutage kein Geld mehr, das verschleudern die da oben doch jeden Tag ... Das mag schon sein, aber, damit will ich nichts Abwertendes sagen, aber ist eine Million nicht ziemlich viel für eine solche Existenz? Wie meinen Sie das? Nun, ein alter Mann, offenkundig nicht mehr der klarste, nicht mehr der gesündeste, wie ich Ihren Bemerkungen entnehme, hat doch sein Leben hinter sich. Rechnen wir es uns doch einmal aus: Nicht allein, daß der Steuerzahler für die Million aufzukommen gehabt hätte, die Geisel wäre doch vermutlich durch die Schockwirkung krankenhausreif gewesen, längerer Klinikaufenthalt notwendig, summa summarum, meine Herren, das klingt vielleicht unchristlich, ich erkenne das an Ihrer Miene, aber insgeheim geben Sie mir doch recht. Wissen Sie eigentlich, was die Eskimos mit ihren Alten machen? Sie lassen sie erfrieren. Schluß. Aus. Ballast abwerfen.

Mensch, Sie reden ja der Euthanasie das Wort. Das hatten wir schon mal. Vernichtung lebensunwerten Lebens, hieß das. Wollen Sie die Gerontologie zum Handlanger von Rentnertötungen machen? Lassen Sie das ja nicht die Polizei hören! Bitte, bitte. Beruhigen Sie sich doch. Wir können nicht Geld und Leben gegeneinander abwägen. Wo kämen wir denn dahin. Da kämen wir hin, wo wir heute schon sind, mein Bester.

So rechnen wir doch täglich. Und lassen Sie mich hinzufügen, daß der Tod des Herrn Troimann möglicherweise ein Liebensdienst gewesen ist. Der Mann war eventuell schwer leidend, schleppte sich durch die Straße, außerdem arm, depressiv, der Körperhaltung zufolge, völlig am Ende, kaputt, aber ohne den Mut, selber Schluß zu machen. In diesem Moment kommt der Geiselnehmer und löst für ihn das Problem. Sterben müssen wir doch alle mal, vergessen Sie bitte nicht dieses unwiderlegliche Faktum. Und wünschen wir nicht ebenfalls alle, es möge, wenn es dann soweit ist, schnell gehen, rasch, kein Schmerz oder nur ein kurzer, kein anhaltendes Leiden, elendes Dahinvegetieren, einen Schlauch in der Nase, einen in der Luftröhre, eine Kanüle in der Vene, ein Röhrchen im Harnleiter, würden Sie das vorziehen? Wir können uns doch hier nicht zum Richter über Leben und Tod eines Menschen aufschwingen, auch wenn er alt und gebrechlich ist. Das Leben bewahren und schützen, das ist jedermanns moralische Pflicht, verdammt nochmal! Haben Sie nie die Zehn Gebote gelesen? Hat Ihnen keiner gesagt, daß Sie Ihren Nächsten lieben sollen wie sich selbst? Was wissen Sie schon von meiner Selbstliebe? Denken Sie lieber an die Millionen Bürgerkriegsopfer in Jugoslawien, Somalia, im Kaukasus, in Südamerika, wollen Sie die alle lieben? Das ist doch reine Perversität! So – Sie glauben also nicht an Gott? Fragen Sie doch mal Ihren Gott, ob er noch an uns glaubt? Der hat uns doch längst aufgegeben. Meinen Sie, der hat eine Ahnung, wer Herr Troimann ist?

Wir wissen es doch selbst nicht. Ein alter Mann, der jetzt tot ist. Wie viele alte Männer – und natürlich auch alte Frauen – verschwinden Tag für Tag im Nichts. Spurlos! Als wären sie nie dagewesen. Wer hat denn vor Herrn Troimann in seiner Wohnung gewohnt? Ist doch ein altes Haus. Wo sind die Vormieter geblieben und die Mieter vor den Vormietern? Sobald morgen das Schild »Adelbert Troimann« von der Tür geschraubt worden ist, hat es keinen Adelbert Troimann gegeben. Wollen Sie mir einreden, daß Sie ihn vermissen werden?

Daß Sie morgen oder übermorgen oder in einem Monat, in einem Jahr zu Ihrer Frau sagen werden: Schade, daß Adelbert Troimann nicht mehr unter uns weilt? Ich bin nicht verheiratet. Aber ich bin entsetzt über Ihre geistige Einstellung zum Sein des Menschen. Ich will auch gar nicht auf mein Christentum pochen, das mir solche Worte verbietet, ich möchte Sie nur darauf hinweisen, daß auch Sie, ja, Sie unser Nächster sind, dem unsere Sorgfaltspflicht gilt! Sie und alle, die hier um uns herumstehen. Unsinn, jeder ist sich selbst der Nächste, das ist ein ehernes Gesetz, in Stein geschlagen, in Bronze gegossen. In dieser Hinsicht war Ihr Herr Troimann kein bißchen anders. Darauf könnte ich einen Eid ablegen.

Da – jetzt wird die Haustür geöffnet. Die Krankenträger mit der Bahre. Jetzt schieben sie den Leichnam in den Wagen. Woher wollen Sie wissen, daß es eine Leiche ist? Klar – das Gesicht ist bedeckt, der atmet nicht mehr. Ob das Herr Troimann ist? Oder der Geiselgangster? Den hat's schlimm erwischt. Sehen Sie den Blutfleck auf dem Tuch. Der hat 'ne volle Ladung abgekriegt. Jetzt fahren sie ihn gleich ab. Sowas gehört auf den Müll. Halten Sie doch den Mund. Wie ich sagte: tot. Sie fahren ohne Blaulicht und Sirene ab.

Und wo ist Herr Troimann? Oder der Gangster? Da muß doch noch der andere gebracht werden. Der eine und der andere.

Meine Herrschaften, gehen Sie doch weiter. Sie behindern den Verkehr. Die Sache ist vorbei. Haben Sie den Verbrecher liquidiert, Herr Wachtmeister?

Bitte gehen Sie jetzt weiter ...

Vielleicht ist Troimann gar nichts geschehen, und er sitzt da oben gemütlich in seinem Wohnzimmer und freut sich seines Überlebens. Man sollte ihm ein paar Blumen schicken. Über Fleurop. Keine schlechte Idee. Da kommt endlich der Mann von der Presse mit dem Fotografen, die werden wohl Bescheid wissen. Hören Sie, Herr Reporter, entschuldigen Sie, können Sie uns sagen, wie es geschehen ist? Lebt Herr Troimann? Ist der Gangster tot?

Es tut mir leid, Leute, es war gar keine Geiselnahme. Aber wir haben doch deutlich … Der Mann hat sich selbst als Geisel genommen, so war's, ein dummer Trick, um eine Million zu kriegen. Das mußte schiefgehen, das hätte er sich an seinen zehn Fingern ausrechnen können. Erscheint auf dem Balkon einmal als er selbst und das zweite Mal maskiert. Blödsinn. Natürlich wurde sofort geschossen, als er in Maske die Wohnungstür öffnete. Was sich solche Typen auch einfallen lassen, mein Gott! Zumindest wird das keine Schule machen, wir bringen diesen Fall in unserem Blatt als Warnung für potentielle Trittbrettfahrer derartiger Unternehmungen.

Troimann selber? Pathologisch. Krankhaft. Das wirre Haar, der gebeugte Gang. Und dieser bedrohlich saugende Blick. Hypnotisch. Er muß schon lange krank gewesen sein. Geistesgestört. Ein Fall für die Psychiatrie. Und sowas lief frei herum. Wer weiß, was sonst noch hätte geschehen können. Geiselnehmer und Geisel in einer Person. Nimmt sich gefangen und bedroht sich. Psychologisch betrachtet verweist der Vorgang auf eine über das Normalmaß hinaus entwickelte Schizophrenie. Bewußtseinsspaltung. Er hat sich für zwei gehalten, von denen der eine nicht mehr wußte, was der andere tat. Klarer Fall. Darum sein doppelter Auftritt auf dem Balkon. Ein Realitätsverlust sondergleichen. Unvorstellbar, wie so etwas geschehen kann. Wahrscheinlich die Einsamkeit. Man ist sich selbst der einzige Gesprächspartner, Tag für Tag. Die Kommunikation mit den anderen verringert sich mehr und mehr. Mit wem hat denn Troimann überhaupt noch geredet? Aber die Forderung nach einer Million war ganz schön realistisch! Im Gegenteil. Die Welt in der Zeitung wurde für ihn wirklicher als die Welt rundum. Und eines Tages sagte sich der Troimann, der abgespaltene, mit dem Troimann sich stets unterhielt: Mach es wie andere. Da sitzt der Posträuber Biggs in Südamerika, gibt Interviews und läßt sich die Sonne auf den Bauch scheinen. Und du, Troimann, mit deiner kleinen Rente und dem billigen Bier, du könntest dir ebenfalls einen schönen Lebensabend leisten, wenn du eine Möglichkeit findest, Druck auf die auszuüben, die über das Geld bestimmen. Verbrechen zahlt sich aus. Der Kriminelle ist salonfähig geworden. Die Mafia herrscht unangefochten. Warum soll da Troimann, der nichts zu verlieren hat, zurückstehen?

So wird es wohl gewesen sein. Ja, Sie haben vermutlich recht. Sein Ende war vorbestimmt. Schicksal, unabwendbar. Ein Opfer der Zeitläufe. Der Mann stammte doch noch aus einem friedlichen Gestern, aus einer untergegangenen Epoche. Kennen Sie die Geschichte von Rip van Winkle? Um der Unbill des Wetters zu entgehen, legt er sich in einer Höhle nieder, schläft ein und wacht erst nach hundert Jahren wieder auf. Keiner, den er kannte, weilt noch unter den Lebenden. Sein Heimatort hat sich völlig verändert: Er ist zu einem Fremden geworden, der nicht begreifen kann, was mit ihm vorgegangen ist. Verstehen Sie, was ich damit andeuten will? Der Vergleich liegt doch auf der Hand.

Ah, da kommt Troimann. Eben ist er um die Ecke gebogen. Er lebt, mein Gott! Der alte Mann existiert! Ein Wunder! Wieso Wunder? Er war eben während der Geiselnahme nicht daheim. Herr Troimann, Herr Troimann, ich muß zu ihm gehen, ich muß ihn fragen ... Die Polizei hat schon auf ihn gewartet, die wird ihn befragen. Jetzt gehen sie mit ihm ins Haus. Ich wette, sie verhaften ihn. Vermutlich hat er mit einem Komplizen etwas geplant, das schiefgelaufen ist. Greise sollten sich besser von solchen Dingen fernhalten. Der ist im Kopf nicht mehr ganz richtig. Wie der schon übers Pflaster schleicht. Wie der mit den Armen schlenkert. Wer weiß, was der für ein Unheil angerichtet hat.

Da kommt die Nachbarin von Troimann aus der Tür. Die weiß sicher Bescheid. Ich bin mit ihr bekannt, eine patente Frau, einen Moment, ich werde mich bei ihr erkundigen, was da eigentlich vorgegangen ist.

Im Grunde ein rätselhaftes Ereignis, wie Fernsehen ohne Ton. Man kapiert nicht, worum es geht. Noch nie ist mir derart stark bewußt geworden, daß man aus Mangel an Vorkenntnissen wie blind allen Abläufen gegenübersteht. Man glaubt, ausreichend informiert zu sein, und dann ist es doch nichts. Ein Irrtum. Wir haben uns in Troimann getäuscht. Die Diagnose war falsch. Wenn uns, die wir vernünftige, erwachsene Leute sind, das schon passiert, was soll man da erst von den Mitbürgern annehmen, denen Vernunft und Reife abgehen. Man kann Angst bekommen, sobald man sich mit dieser Tatsache vertraut macht. Das ist doch der unwiderlegliche Beweis, wie fragwürdig unsere Urteilsfähigkeit ist. Das mag auf Sie zutreffen, Herr Nachbar, ich schließe mich da aus. Meine Urteilsfähigkeit ist intakt, ich bin kein schwankendes Rohr im Winde widersprüchlicher Meinungen. Für mich hängt Troimann so oder so in der Geschichte mit drin. Er kriegt aber garantiert Haftverschonung, wegen seines Alters.

Troimanns Nachbarin verschwindet. Gleich werden wir erfahren, was sich abgespielt hat. Nun, was hat sie gesagt? Was war wirklich los?

Der Neffe von Troimann. Es war der Neffe. Der arme Kerl ist Schauspieler, nein, war Schauspieler. Glatter Herzdurchschuß. Kein prominenter, kein namhafter. Sollte demnächst in einem Fernsehspiel auftreten, als Geiselnehmer oder ähnliches, er hat seinen Part geprobt, hat sich immens hineingesteigert. Die Millionenforderung? Er hat wohl gemeint, jemand macht sich einen Jux mit ihm und ruft mit verstellter Stimme als Polizist an ... Er ist ganz in seiner Rolle aufgegangen, heißt es. Tragische Angelegenheit, finden Sie nicht? Nun, wir werden morgen die ganze Wahrheit aus der Zeitung erfahren. Aus der Zeitung? Wahrheit? Also, bitte! Schließlich kommt es darauf an, welches Presseorgan Sie bevorzugen!

Ich werde Ihnen mal sagen, was ich wirklich glaube, diese Probengeschichte ist doch pure Erfindung! Der Mann hat Selbstmord verübt! Blödsinn! Schnapsidee! Selbstmord mittels Fremdeinwirkung! Und warum hat er sich nicht eigenhändig...? Keine Waffe, mein Bester. Und keinen Mumm. Der Mann war ein arbeitsloser Statist, der einmal in seinem Leben eine große Rolle spielen wollte, koste es, was es wolle.

Und es hat ihn ja auch das Leben gekostet. Hamlet. Der Rest ist Schweigen. Zwei Fliegen mit einer Klappe: ein großer Auftritt und ein gnädiger Suizid. *Das* wird in keiner Zeitung stehen.

Und warum sind Sie von Ihrer Version überzeugt? Sie ist doch auch bloß reine Spekulation ... Ja, natürlich. Aber was dachten Sie denn, was Wahrheit anderes ist?

Schwimmer

Plötzlich und überraschend: restloses Ausfallen von Scham- und Achselhaar. Beim Hin- und Hergehen auf dem weißgekachelten Boden erstauntes Stutzen vor schwarzem Gekräusel, winzigem Geschnörkel, rätselhaft, woher das einem vor die Füße kommt, wie vom Himmel gefallen, doch diese Spekulation schließt die riffelglasgedeckte Schwimmhalle aus, bis ein Gekitzel zwischen den Beinen die kratzbereite Hand in die Hosentasche zu juckenden Teilen fahren läßt. Ungläubiges Tasten konstatiert Fremdartigkeit.

Unter dröhnendem, von grellen Quieksern kontrastiertem Getöse durch die Schwimmhalle, hier und da von einem Jungen bewundernd angeblickt: »Uwe Zoschke, der Langstreckenschwimmer...«, hastet der solchermaßen flüsternd Apostrophierte zur Herrentoilette. Einriegeln. Hosen runter: alle Haare weg. Kahl wie'n Kind. Nun zusätzlich ein Kribbeln beidseits des Brustkorbes verspürend, fährt die Hand unters Hemd, unter die Achsel: kahl, alles weg.

Besorgter Blick in den Spiegel, dessen Quecksilberauflage von fäkalischen Dämpfen zersetzt ist: Zunge raus, weit, am Rachenraumhorizont zittert das Zäpfchen, frisch und rot wie immer. Bloß nicht krank werden jetzt nahe vor dem Ziel: Ozean heißt es, Pazifik und Atlantik, Küste der Welt, Strand der Erde, Ufer der fünf Kontinente: Synonyme unübersehbarer Weite.

Aber der medizinische Betreuer der Mannschaft muß verständigt werden. Untersucht er am Montag die Schwimmer vor dem Start zum internen Wettbewerb, vor Ausscheid und Entscheidung, wer von ihnen nach Mexiko darf, merkt er es ja doch.

Dann: entschlossener Griff ins Haupthaar, in blonde Strähnen. Probeweises Ziehen, gesteigert zu Zerren, das die Kopfhaut mit anhebt: Nee, die sitzen fest.

Nach Abklopfen, Abhorchen, Musterung von Auge, Mund, Zunge, bitte, äääh; nach zwanzig Kniebeugen Blutdruckmessung mit nachfolgendem Kopfschütteln: Nichts zu finden.

Fährst du gern nach Mexiko, Uwe?

Für Mexiko (oder Côte d'Azur, Adria, Biskaya) änderte ich meinen Lebensplan, aber jetzt nicke ich nur: Leseratte, zur Nacht unter der Bettdecke mit Buch und Taschenlampe erwischt und fruchtlos verprügelt, sah ich mich nur als Bibliothekar oder Buchhändler: Welche Lust, sich in die unaufhörliche Gegenwart alles bisherigen Lebens zu stürzen, jederzeit parat in Nonpareille, Cicero, Antiqua, sogar Fraktur; Abenteuer jeglicher Art; der ganze gigantische Planet zwischen zwei leinenbezogenen Pappdeckeln. Aber die Verfügung wandelte sich: das Surrogat hinterließ den wachsenden Zwang, die nachlassende Befriedigung durch angewandte Realität zu erreichen: Sehr gern nach Mexiko, Herr Doktor!

In den Bereich einer Röntgenstrahlung gekommen? Oder einer Kernstrahlung vielleicht? Erneute Kontrolle der Haut, als hätt' ich heimlich und unachtsam ein AKW besucht. Der Beste der Mannschaft fühlt sich völlig gesund und ist sicher, am Montag, wenn von den fünfzehn die fünf Passagiere für den Linienflug über den Atlantik ermittelt werden, erster unter der Handvoll Gleicher zu sein. Was als Bibliothekar (oder Buchhändler) nie gelungen wäre; dieser staubverhafteten Tätigkeit steht der Weg zur nächsten Kreisstadt offen, der Personenzug ins altbekannt Uninteressante, wo keine schwarzen nacktbrüstigen Frauen die Straßen verschönen, keine Skyline aus der Küste emporwuchert, wo Gassen und Plätze Namen mehr oder weniger literaturwürdiger Gestalten tragen, statt Zauberworte wie Riverside Drive oder Tananarive.

Die Blutprobe erweist sich als negativ: keine verdächtige

Vermehrung von Leukozyten. Erneutes doktorales Kopfwackeln: Kapitulation vor der Glatzigkeit diskreter Stellen.

Mich stört's nicht, Herr Doktor; mich auch nicht, Uwe, wenn's deine Frau nicht stört? Doppelgekicher.

Stört sie auch nicht, respektive hat sie nicht gestört, würde sie also fernerhin kaum, wäre nicht ein weiterer Umstand eingetreten, der dem Doktor verschwiegen wird: Mexiko kann nicht aufs Spiel gesetzt werden.

Nein: es handelt sich gar nicht um die Hautverfärbung des Unterleibes zu stumpfem Weiß, ins Grünliche spielend, dem wiederholte Überdosis Höhensonne nichts ausmacht, sondern um eine unbegreifliche Veränderung der Epidermis. Und nicht der Meisterschwimmer merkte es, wohl aber auf ziemlich schmerzhafte Weise das eheliche plurale Wesen, Puzzle aus Beischläferin Köchin Gesellschafterin Beichtvater, spätabends nämlich, da der Amateurtriton, aufgekratzt, heiter infolge der negativ verlaufenen Untersuchung, die daumenbreite hölzerne Kluft zwischen den Betten überquert, seine Nereide polypengleich zu umschlingen.

Nein Uwe nächsten Montag ist der Wettkampf Uwe du darfst nicht Uwe ach Uwe nicht doch nicht ...

Gefühl besonderer Härte, mit Eigenstolz und zunehmendem Vergnügen wahrgenommen, Ansporn des Sporns, doch Fortfall jeder Rücksicht verwandelt die bekannten hastigen Atemzüge der ortsgebundenen Dauerläuferin zu lautem Protest, zum unerwarteten abrupten Abbruch gewohnter Beziehung.

Später im Bad, nachdem der Schwimmer allein ans Ziel gebracht wurde, zu trüber Eruption als handfestem Ergebnis, drückt der nackte Hintern den kalten Wannenrand, wird eingehend das Instrument weiblicher Widerlust gemustert: aus lächerlich entlaubter Umgebung hängt ein Tannenzapfen, der noch nicht aufgegangen ist, um seine Sporen auszustreuen. Die Fingerkuppen prüfen immer wieder die enorme Rauheit, die verletzende Schärfe sonst samtweichen Häutchens. Das kann man dem Sportarzt nicht zeigen!

Nicht vor Mexiko jedenfalls. Die vorsichtig fingernde Furcht gipfelt in grundloser Hoffnung, der einst jenseits des großen Teiches residierende allbeherrschende Gott, El Sol von den Eroberern genannt, würde die Oberfläche, die Außenseite des in friedlicher Absicht kommenden Wettkämpfers segnen und heilen. Doch graue Gedanken zerknicken den Strohhalm: Vielleicht wirkt die dort stärkere ultraviolette Strahlung noch schädlicher? Nach der Ankunft in Mexico City werde ich es dem Arzt sagen. Solange: Trikot statt Badehose. Der Montag wird schon eine glaubhafte Lüge bescheren. Bis dahin gilt es nur, das aufquellende Mißbehagen zwischen Bauchnabel und Brustbein herunterzudrücken, es nicht in die Kehle steigen zu lassen, damit die übelkeiterregende Angst sich nicht lauthals verrät.

Montag ist wie immer ein Montag, kein Ausnahmedatum: außer für den Schwimmer. Belacht im Trikot; geraunt die Erklärung, zwiefach in Nierenhöhe Spuren ehelich angetrauter Fingernägel zu tragen, peinliche Stigmata der vom Trainingsplan zu Sünde gestempelten Sünde. Augenzwinkern: Man versteht einander, ist kein Mönch, kein Eunuch, kein Kastrat, kein Kind von Traurigkeit eben.

Auf die Plätze: Startschuß: Hinein.

Warmes wallendes wirbelndes atmendes Lichtgrün: in dein Leuchten sei ich eingebettet. Glück, das ist Glück. Kein objektiv erreichbarer Zustand, keine erkämpfbare Neufassung der alten schimmernden Perle im Galaxiskollier, kein erlösender Freispruch im historischen Prozeß: Glück ist Nervensache. Ist die zuinnerst gespürte Kraft eigener Schläge. Das Wunder eleganter Beinarbeit. Tauchen und wirbeln im Glück. Im Glück schwimmen: trefflich exakt formuliert. Schatten ziehen irgendwo ihre Bahn, gleichgültige fremdartige Tiefseebewohner, stören nicht weiter: schwimmen und schwimmen lassen in einem Meer glücksträchtiger Amnesie.

Bis zum Auftauchen. Da ist das Rennen gelaufen oder auch geschwommen. Da stehen sie am Beckenrand: sogenannte

Kameraden, von Staunen ausgehöhlte Gesichter. Apoplektisch der Trainer, beide Fäuste verzweifelt in die schwammige Brust gepreßt. Der Arzt kniet bereits über seiner offenen schwarzen Tasche, eifrig suchend, womit er den Schwimmer behandeln könnte. Auf den Sitzreihen, auf der kleinen Tribüne, angestrahlt von der Helle des Riffelglasdaches, ein wisperndes murrendes Publikum, das auf seinen gefeierten Favoriten starrt, der im Zentrum des grüngekachelten Beckens auf der Oberfläche schaukelt: lächelnd, gelöst, selig.

Untersuchung, sofort in der Mannschaftskabine vorgenommen. Reflexe: auf einer gedachten Linie geradeaus: kein Kunststück. Das gummigepolsterte Hämmerchen läßt die Unterschenkel hüpfen: in Ordnung, Blutprobe zwecks späterer Analyse.
 Alkohol, Uwe?
 Gestern zum Abendbrot ein Glas Bier.
 Irgendwelche Tabletten gestern abend oder heute morgen geschluckt? (Uwes Lider werden hochgezogen: keine Verengung der Pupillen.) Nun sag bloß mal, Junge, warum um alles in der Welt bist du vom Start weg nicht in deiner Bahn geblieben? Mensch, du bist rumgekurvt wie ein besoffener Delphin!
 Wehleidiges hilfloses Zucken der Schultern, der prallgewölbten, noch mit einzelnen Wassertropfen geschmückten: Nun weine man nicht, Uwe, ist alles halb so schlimm. Aber mit Mexiko ist es Essig, schade ...

Spätere eingehende Diagnostik, als die Zeitungen bereits die Ankunft der Schwimmer in Mexico City zeigen (Blumensträuße, Stewardeßküsse), ergibt keinen neuen Befund. Letzte Möglichkeit, Wasser, wer weiß wie eingedrungen, habe das Gleichgewichtsorgan gestört, erweist sich als unzutreffend: was jedoch zutrifft, entzieht sich Stethoskop und Harnanalyse.
 Hier am Nacken, Uwe, hast du 'ne schuppige Stelle,

warte, ich verschreibe dir eine Salbe; danke, Herr Doktor; und froh, draußen zu sein, ohne das Hemd gelüftet haben zu müssen, denn da drunter sieht's schlimmer aus: Schuppen, überall, regelmäßiges Muster, permutten glänzend, pastellener Regenbogen, dreht sich der Leib vor dem Spiegel im Bad: Größe jeder einzelnen ungefähr Forellenmaß.

Uwe hat im Handbuch für Ichthyologie nachgeschlagen und sich danach entschlossen, den Arztbesuch nicht zu wiederholen. Beschwerden zeigen sich keine – außer einer gewissen Trägheit, einer Verlangsamung des Lebensrhythmus, veranlaßt möglicherweise von dem jetzt überwundenen Schmerz, Mexiko (Acapulco Florida Ägäis) nicht erreicht zu haben. Und die kleine Landjungfrau, das Menschenweib im Nebenbett, hat feierlich geschworen: Keinen Arzt zu rufen! Kein Wort auszuplaudern: zwar tränenreich, aber immerhin: hat geschworen. Nächtliche Komplikationen unterbleiben fortan; der Exschwimmer findet kein Interesse mehr an dem fleischduftenden blaßrosa Säugetier, das sich abends in durchscheinenden Stoff hüllt und im Schlaf unruhig sich regt. Davon wird der Blutdruck des ehemaligen Sportlers nicht beeinflußt.

Einmal ist an sie, die unschuldig Vernachlässigte, die Einladung ergangen, gemeinsam die Badewanne zu besteigen, was pikiert und in Unkenntnis ichthyologischer Tatsachen abgelehnt ward, worauf kein ähnliches Angebot mehr gemacht wurde. Nach dem Grund fragt sie nicht. Besser, man fragt nichts. Auch von seiner einstigen Mannschaft fragt ihn keiner nach seinen Gedanken, trifft einer ihn zufällig. Allgemein wird angenommen, er habe sich vor dem Wettkampf gedopt und wegen seiner beschämenden Unfairneß, die mit Versagen bestraft wurde (sowas wie ausgleichende Gerechtigkeit), den Leistungssport aufgesteckt.

Auch die Post, bei der er angestellt ist, nimmt Rücksicht und fragt nicht, wohin er eigentlich gehe, wenn er sich von seinem Schreibtisch in der Verwaltung erhebt und abwesend sagt: Er müsse sofort zum Training! Man weiß ja, er fährt niemals zum Sportklub. In keiner der städtischen Schwimmhallen und Badeanstalten wird er je wieder gesehen. Man weiß nicht, daß er unter Vorsichtsmaßregeln wie Wagenwechsel, plötzliches Aufspringen auf den schon rollenden Waggon, die Vorortbahn benutzt und vom Zielbahnhof noch ein Stück Strecke die Straßenbahn, Richtung Waldsee, bevor Unterholz, Gebüsch, Erlenreihen, Gruppen von Krüppelkiefern, und nicht zuletzt das schlanke geliebte Schilf, ihn vor zufälligen Blicken verbergen.

An der einsamsten Stelle einsamer Seen steigt er ins Wasser, schuppig, plump, plumpsend, um mit machtvollen Schlägen rasch das offene Wasser zu erreichen, um für lange Zeit ins Dämmer hinabzutauchen: Glück – aber ein gedämpftes empfindend, weil die Sehnsucht, Wesenszug seines Wesens, nach ozeanischen Weiten unerfüllt ist: nach wie vor.

Ein Glück für die daheim harrende Frau des prustenden kraulenden Postangestellten, daß alle Seen rings um die Stadt keinen Abfluß in einen Strom haben, der ins Meer mündet. Sonst würde sie ganz sicher eines Abends vergebens mit dem Essen auf den warten, der Energie und Ehrgeiz verloren hat, sich über das Element zu erheben, dem er unmerklich verfallen ist.

Die Beerdigung findet in aller Stille statt

Steif gefaltete Mienen: Ergebnis unnatürlicher Mühen, etwas Fehlendes sichtbar zu machen: das Mitleid. Zu jedem dieser künstlich betroffenen Gesichter gehört unabdingbar eine ausgestreckte, zu mitfühlendem Druck bereite Rechte und eine gedämpfte Stimme, Kondolationen haspelnd betreffs des unerwarteten Ablebens der Gattin, der Gemahlin, der Ehefrau, der Else Schöngar, geborene Pilowski, deren Witwer das vorgetäuschte, vielleicht sogar echte Bedauern abkürzt durch Entzug seiner verlegenheitsfeuchten Hand und den Hinweis, die Beerdigung fände in aller Stille statt. Von Blumenspenden bitte man abzusehen. In tiefer Trauer – Konrad Schöngar.

Als ein Hindernislauf über kollegiale, beileidsbereite Hürden erweist sich der heutige Weg ins Büro. Von der Pförtner-Barriere bis ins dritte Stockwerk, wo hinter dem Schildchen »Sektionsleiter K. Schöngar – Unfallstatistik« die letzte, schier unüberwindliche wartet: in Gestalt einer mißtrauischen Sekretärin. Es gilt, nicht vor den wässerungsbereiten, doch forschenden Augen aus der Rolle zu fallen, einen Bernhardinerblick zurückzugeben, sich die Hand quetschen zu lassen und zu nicken nicken nicken. Gäbe es doch ein Handbuch für Witwer! Dabei weiß sie manches, ahnt einiges und reimt sich sicherlich alles zusammen. Es gibt kein Geheimnis vor der eigenen Sekretärin. Was sie weiß, birgt sie im fehlenden Busen, um es als Anklage bei passender Gelegenheit von sich zu geben. Walte Gott, daß sich besagte passende weder morgen noch in einem Monat ergeben möge: Walte Gott: niemals!

Ja, bedauerlich, ja, so jung, ein unbegreifliches Ende, nein, keinen Kranz: es findet in aller Stille statt. Die Post? Wird später erledigt.

Verständnisinnig den graumelierten Kopf gesenkt, zieht sich die Spionin zurück. K. Schöngar mustert die sanft ins Schloß gezogene Tür: Besteht Anlaß für seinen Verdacht? Hatte er jedes seiner Worte achtsam genug gewählt? Ist eines, ein unbedachtes, zum Verräter geworden?

Vorsicht beim Reden, damit nicht unversehens hinter dem Fallgitter der Zähne ein Brocken unverdaulicher Wahrheit hervorrutscht. Allein hinter dem überladenen Schreibtisch, durchmustert der Mann das tote und lebende Inventar seiner bisher unauffälligen Existenz: direkt vor ihm sitzt er, der Verräter. Natürlich: das Telefon. Nicht das Gerät selber, gefüllt mit seelenlosem, rasselndem Material, die Telefonistin, die horchgeile Spinne im Drahtnetz, ist schuld. Und alle Wachsamkeit umsonst gewesen. Obwohl Schöngar, Winnetou plus Old Shatterhand, sorgfältig vermied, geringste Spuren seines geheimen außerehelichen Verhältnisses offenbar werden zu lassen.

Aber: Dulcinea residiert als Sachbearbeiterin im gleichen Gebäude. Zwar: nie am gleichen Tisch mit ihr zur Mittagszeit in der Kantine, nie gleichzeitig am Pförtner vorbei, weder abends noch morgens. Und: nie nebeneinander bei Betriebsfeiern. Aber: miteinander telefoniert. Unbedacht, auch wenn man sich verschwörerisch nur mit der Apparatnummer ansprach. Hier 83. Heute abend nicht. Heute abend nach sieben. Heute abend um acht. Hier 11. Hier 83. Bis später. Und trafen einander, armer Konrad, holde Anita, nach zufälliger Begegnung, nach Einleitung, Vorspiel, Prolog des Dramas vor Monden, Honigmonden in einem Wäschegeschäft, bitte Büstenhalter Größe sieben, in der Öffentlichkeit außerhalb des Amtes niemals mehr wieder. Sektionsleiter Schöngar, ein verpacktes Nachthemd für die noch lebende Gattin unter dem Arm, öffnet Anita höflich die Ladentür: Bitte sehr. Anita kannte Schöngar wie er sie: vom Sehen. Nun wechselte man erste Worte. Sachbearbeiterin in der Wasserstraßenverwaltung, das sei sie, sei es seit zwei Monaten, sei es eine Treppe unter Schöngars abgeschabten Schreibtischfüßen.

Erneut bietet sich eine Tür zum Öffnen an: die von Schöngars Auto. Bring' Sie ein Stück. Räuspern. Selben Weg. Kichern. Ja, wenn's so ist. Neben ihr sitzend, startend, schaltend, anfahrend, produziert der Fahrer ausgelaugte Phrasen aus verengter Kehle. Ja, das Wetter. Ja, Unfallstatistik, die Leute, alle unvorsichtig, gräßliche Berichte, und erst die Fotos, zum Glück bloß schwarzweiß, Verstümmelungen, wie im Krieg, nicht zu sagen.

Das Getriebe blökt beim Schalten. Der Fuß tritt zu heftig aufs Bremspedal. Ein Fußgänger, drohend die Faust erhoben, entkommt vor einem Übergang, weil des Unfallstatistikers Pupillen ständig zum rechten Augenwinkel abirren. Der Anziehungskraft zweier schaukelnder Bojen, jede Wasserstraße könnte sie damit sperren, erliegt die verkehrsnötige Aufmerksamkeit. Jetzt rechts, jetzt links, bitte anhalten, ich bin angelangt. Ob sie sich für die Heimfahrt mit einer Tasse Kaffee revanchieren dürfe, ich wohne gleich hier im ersten Stock, doch da begeht der Fahrer Fahrerflucht, entflieht mit 45 PS der Versuchung, flüchtet ins eigene Heim, Häuschen, Domizil, zu gewohntem Empfang, Wangenkuß und Oberweite Größe 3. Nach dem schweigsamen Abendbrot: Rückzug in die Garage, einen Kabelbruch vorschützend, um zurückgelehnt im Beifahrersitz fremden Körperdunst zu erwittern und der Doppelprovokation unter schwarzem, weitgebeulten Strickwerk nachzusinnen.

Ein großer Energieaufwand ist notwendig, die Menge von Moral in sich zu erzeugen, unter der die unerlaubte Zwillingsfülle verschwindet wie die Kuppeln eines nie betretenen Bauwerks in kalter grauer Sintflut. Ist meine Moral wirklich meine Moral? Ist sie nicht eher eine völlig verrostete Rüstung, die jede notwendige, lebendige Bewegung unmöglich macht? Fragen, erstmals gefragt nach dem Anblick einladender Hügel. Fragen, bevor Haare und Zähne (eigene) im Müll landen.

Immerhin: 43 Jahre bereits. Obwohl beherrscht von Gefühlen weit minderen Alters, das kommt bestimmt vom Nichtrauchen und Mäßigtrinken, von der Enthaltsamkeit, welche gefördert wird durch die Ehe. So fing das an, und aufhören soll es, weil die Telefonspinne es dem Pförtner, der es sogleich weiter an die Fahrer, Quatscher allesamt, und weil jeder seinem Chef immer das Neueste steckt, und jemand es also dem Chef von Schöngar. So oder ähnlich ist es rausgekommen.

Einzige Karte in der feuchten, unruhigen Hand Schöngars, die er vor dem Chef ausspielen kann, ist ein symbolisches Kreuzas: der Tod. Jetzt bin ich ja nicht mehr verehelicht. Bin Witwer. Auf dem Territorium Europas befinden sich wieviel Witwer, das heißt: Unfall-Witwer? Es müßte eigentlich in seiner Sektion aktenkundig sein.

Leerlauf hilfloser Gedanken, den das Telefon aufhält, mit einem Geklingel, eindringlich und bedeutsam, als würde sich eine weibliche Stimme nach dem Abheben melden. Unsinn: keiner Verstorbenen, sondern die der Nummer elf Elfe Nymphe. Doch aus dem perforierten Bakelitscheibchen spricht der Chef, bittet in sein Büro, wartet seines Sektionsleiters »Jawohl« gar nicht ab, empfängt ihn immerhin stehend, mit dem obligaten, senkrecht gefurchten Bedauern beiderseits des Mundes, aus dem sogleich Sprache hervortritt, ein geschlängeltes Gerede, farblos, endlos, Papierband aus einem nicht abstellbaren Telegrafen: Also, Vorwürfe, also diese erübrigen sich ja nun recht eigentlich, nach Wegfall, 'tschuldigung, des Grundes für skandalöses amoralisches Verhalten, dessen Auswirkung auf andere Mitarbeiter und Kollegen gewiß keine erstrebenswerte wäre, jawohl, aber nun nach dieser tragischen Angelegenheit, da Schöngar sozusagen gar nicht mehr verheiratet sei, ergo sich über Nacht andere Aspekte ergäben, nein, keine Rechtfertigung jetzt, aber Schöngar, vorgebeugt auf dem schäbigen Stuhl, hat gar nicht die Absicht, nimmt den Guß frohen Gefühls hin, jetzt gewiß, unter der Dusche der Katharsis gereinigt hervorzugehen, widerspräche um keinen Preis, sondern läßt den Wortschwall an sich abrinnen. Auch sei, meint der andere, Schöngar sicher sehr mitgenommen von dem schrecklichen Unglücksfall – –! Stichwort, dem eine erwartungsvolle Pause folgt, in die der Witwer unverfroren sagt: Unglücksfall, jawohl, durch sofort verständigte Feuerwehr einwandfrei festgestellt. Gehandelt nach selbstverfaßter Anweisung. Falls Einzelheiten gewünscht würden – –? Einzelheiten seien nicht notwendig; nimmt der Chef seinen Faden auf, spult ihn weiter ab, nun aber privat gefärbt: Schöngar, die ganze Affäre wird begraben, Pardon: niedergeschlagen.

So spricht das Gesetz zwischen gelben Zähnen hervor. So blickt der Bodensee-Reiter aufatmend, wenn auch mit einem störenden Zucken im rechten Augenlid, hinter sich, und siehe, er ist noch einmal davongekommen. Mit einem blauen Auge. Kein poetischer Gegenstand für Herrn Gustav Schwab, der hätte ihn gnadenlos nach dem Bewußtsein überstandener Gefahr tot vom Gaul gestürzt, aus heimlicher Lust des empfindsamen Dichters an Grausamkeiten. Glücklicherweise vollzieht sich die Wirklichkeit in Wirklichkeit weniger ungesund.

Sicherlich: auch K. Schöngar, Sektionsleiter, ist nicht gefeit gegen Schwächezustände, gegen den magenpressenden Druck der Angst, doch er denkt nicht daran, auch nur annähernd tot vom Sitz zu fallen, geht statt dessen nach überstandenem Gespräch, Dienstzeit hin, Dienstzeit her, lebendig aus dem Amtsgebäude. Der Pförtner: wird ignoriert. Dessen undeutbarer Gesichtsausdruck: wird ignoriert. Soll denken, was er will. Hinter der übernächsten Ecke weiß Schöngar eine Freistatt für Sorgen, erfüllt von Stille und Dämmerlicht und säuerlichem Bierdunst. Vom ersten Doppelten gießt die flatternde Hand etwas aufs Kinn. Der zweite jedoch lockert den Krampf der Gesichtsmuskulatur. Das Augenlid gibt seine störende Selbständigkeit auf. Aus der feuchten Flüssigkeit, aus der Hitze im Magen, explosionsartig den Rumpf durchdringend, richtet sich ein verhutzeltes Etwas, ein zusammengeschnurrtes Ding auf: der innere Konrad Schöngar. Das bläht sich zu voller Größe, bis die Stärke im Blut in Zucker verwandelt wird und erneut Schrumpfung einsetzt. Bevor das geschieht und der Prozeß, Wort von Bedrohung neuerdings, sich umkehrt, wird die Telefonkabine im finsteren Hintergrund der Lokalität aufgesucht. Zwischen dunkelbraunen Tischen, bedeckt mit fleckigen Tüchern, jeder einsam, keine Gästebeine unter sich, hindurchgewunden und die Sprechzelle betreten, in der im gleichen Moment eine nackte Glühbirne automatisch aufleuchtet. Der zitternde Finger dreht die schwarze Scheibe. Rufzeichen. Gleich wird sich die Klappenschrankspinne melden. Selbst wenn man annimmt, sie belauscht bloß die Gespräche innerhalb der Dienststelle, so schaltet ein kluger Unfallspezialist seine Stimme in eine tiefe Tonlage und spricht brummig an der Mikrofonkapsel vorbei: Bitte Wasserstraßenverwaltung, Apparat elleff! Knacken und Summen ist die Antwort. Dann meldet sie sich, die Elf, deren unelfisches Wesen, deren Erdenschwere und pralle Diesseitigkeit einen Beamten verzaubert hat. Flehend sagt Schöngar: Hier dreiundachtzig! Das Telefon schweigt verblüfft. Der Schwachstrom rauscht als ferner Fluß wortlos dahin und trägt keine Antwort zu dem Mann in der Kneipe. Erneut ruft er seine beschwörende Zahl. Das hebt endlich die Stummheit auf: die Nymphe spricht wie unter Wasser hervor, weit weg und dumpf: Ja, sie höre. Heute wie üblich neunzehn Uhr, sagt Nummer dreiundachtzig eindringlich und horcht auf das Knistern und Rascheln im Draht. Nach einer maßlosen Sekunde stimmt der Kunststoffhörer geschäftsmäßig zu: Ja, in Ordnung, auf Wiederhören!

An seinen Nickelhaken gehängt, glänzt das Griffstück feucht im Kabinenlicht. Und wie nach einer überstandenen Krankheit taucht der Gast wieder auf, erreicht er nach einiger Zeit doch noch die Theke, wo er nach mehrfachen Schluckbewegungen einen allerletzten Schnaps bestellt, erhält und trinkt, damit der innere Mensch, aufs neue verzweifelt ähnlich einem undichten Luftballon, gestärkt werde. Er trinkt und spürt, wie er jede Faser in sich mit einem kühneren Schöngar ausfüllt. Der paßt ihm besser und sitzt wie angegossen. Nun fällt es nicht schwer, die Post aufzuarbeiten. Mit den üblichen Formulierungen Betriebsdirektoren, Geschäftsführer, Abteilungsleiter auf ihre Pflicht hinzuweisen, Unfälle zu verhüten, entsprechend dem moralischen Imperativ, der jede Gesellschaft regiert. Warnende Statistiken beilegen. Anforderung von Unterlagen. Verbleiben wir hochachtungsvoll. Die Beisetzung findet in aller Stille statt.

Ehe man noch den Kopf in die Unterschriftenmappe gesteckt hat, zieht die Sekretärin bereits die runzlige Wachstuchhaut über ihre Maschine. Dienstschluß! Schon? Schon.

Das Pendel hat nach extremen Ausschlägen unbemerkt in seine gewöhnliche Stellung zurückgefunden. Alles kommt ins Lot. Das Leben geht weiter. Auch für frischgebackene Witwer, die auf Freiersfüßen wandeln. Auch für Sektionsleiter, deren Abweichen vom normierten Pfad der Tugend die ihnen gebührende Korrektur erfährt.

Bloß für eine Frau geht es nicht weiter, weil sie ein wenig zuviel Kohlenmonoxyd eingeatmet hat. 0,13 Vol.-Prozent innerhalb einer Stunde sind die statistisch errechnete tödliche Dosis. Und Frau Schöngar hat mehrere Zehntel inhaliert, und man brauchte keine Stunde zu warten.

Pünktlich um 19.00 Uhr, nachdem der Wagen, der graulackierte Mörder Frau Schöngars, unauffällig in einer Nebenstraße geparkt worden ist, schlägt in Anitas Wohnung die Klingel an, derart kurz, daß sie erst zweifelt, ob sie ein Läuten gehört hat. Aber es ist 19.00 Uhr – es muß geklingelt haben. Und er steht auch vor der Tür, der unverhofft frei gewordene Liebhaber, im unbeleuchteten Treppenhaus. Immer steigt er im Dunkel hinauf, ihretwegen, wie er behauptet, doch ihr ist jede Rücksicht gleichgültig: zu viele Wohnungen und männliche Besucher brachte sie bis zu ihrem dreißigsten Jahr hinter sich. Zwischen uns beiden ist keine Verstellung, nicht wahr?

Am Tag nach der ersten Begegnung vor den rosafarbenen, hellblauen und schwarzen Tütenpaaren zum Umschnallen folgte ein grauer Wagen der Straßenbahn Linie 8 durch die

Hauptstraße, über Plätze und Kreuzungen, vorbei an Fassaden Tüllgardinen Fensterkreuzen Läden Türen Toren Pforten Eingängen Öffnungen. Schöngar achtete jedoch nur auf die üppige Brünette, die den Anhänger verließ. Ehe sie den Bürgersteig erreichte, bremste der Wagen, der Schlag klappte auf, gefragt wurde, ob sie heute wieder nach Hause gebracht werden dürfe. Ein Lächeln, garniert mit Grübchen, die Antwort. Als nehme sie den ihr gebührenden Platz ein, setzte sie sich damals neben den Fahrer. Er folgte ihr mit gleicher Selbstverständlichkeit in die kleine Wohnung und ins Bett.

Heute, heute meiden wir dieses wichtige herzinnige Möbel. Ob aus echter Pietät oder weil man das nicht tut, Konrad, wo sie noch nicht mal unter der Erde ist, ergo aus Unbehagen entsagt, bleibt dahingestellt. Konrad stimmt zu: natürlich kann man jetzt nicht. Und würde doch gerne und gleich. Wünscht nichts anderes, wünscht gierig, zwischen entblößter Scylla und Charybdis sich und den überfrorenen Abgrund aus dem Gedächtnis zu verlieren, unterzugehen in Vergessen, aber der Tod ist ein Hemmnis von großer Eigenart.

Außerdem will Anita erfahren, und sie hat ein Recht darauf, wie der Unfall geschah. Geschah wie bestellt.

Also.

Also die Garage. Also, wie Anita weiß, befindet sich die Garage unter unserem – meinem Häuschen. Also, der Wagen wird immer in der Garage gewaschen. Abfluß vom ehemaligen Besitzer angelegt. Also, meine Frau, meine verstorbene Frau, das geht schon leichter von der Zunge als heute früh, ging hinunter, um das Fahrzeug, amtlich gesprochen, zu säubern. In Verfolg dieses Vorganges hat die Verstorbene den Motor in Betrieb gesetzt, vielleicht um zu rangieren, vielleicht um durch die Scheinwerfer zusätzliches Licht zu erhalten: das schont die Batterie, wie man weiß. Jedenfalls war die Garagentür selbstverständlich ordnungsgemäß geschlossen. Auspuffgas muß sich rasch ausgebreitet und am Boden gestaut haben, und als die Tote sich bückte, als sie natürlich noch am Leben gewesen, hat nach zwei, drei Atemzügen das Kohlenmonoxyd sie betäubt, so daß sie auf den Zementboden sank, während der Motor lief und lief und lief. Ihr Gatte, der Ehebrecher, las inzwischen Zeitung, bis er sich auf einmal allein vorkam. Rief nach seiner Frau, ohne Antwort zu erhalten. Begab sich in den Flur, rief, öffnete die Tür zum Garagenkeller, rief wieder, hörte den Motor, rief, sah Licht, stieg zwei, drei Stufen abwärts, erblickte Beine, in verrenkter Lage, rief, hörte den Motor, stürzte hinauf, hinaus, rannte ums Haus, die Garagentür von außen zu öffnen und den Motor abzustellen. Letzteres tat er, indem er mit angehaltenem Atem in den bläulichen Dunst sprang, den Starter abdrehte, rausjagte. Danach die Feuerwehr und das Übliche: künstliche Beatmung, Sauerstoffmaske, Kampferinjektion. Sie hat noch den Putzlappen in der Hand gehalten. Zum Glück war die Garage baupolizeilich genehmigt. Und ein Feuerwehrleutnant vor der bläulich blinkenden, horngellenden Abfahrt zum Schluß und zum Trost: Viele derartige Fälle, jaja, die Motorisierung und so ... Was der Witwer exakter wußte.

Also – so war's.

Nun sind die Lippen trocken, ein Glas noch, einen Kuß, und obwohl nicht an Gespenster glaubend: scheu gegeben, scheu empfangen.

Die Heirat nicht über die offiziell angebrachte Zeitspanne hinauszögern. Es ist nicht gut, daß der Mensch allein sei und so weiter. Alter Spruch, trotzdem wahr. Überhaupt ist die Miete für Anitas Wohnung jetzt hinausgeworfenes Geld. Darüber reden wir morgen. Oder übermorgen. Nach dem Begräbnis, das in aller Stille und so fort. Also: leb wohl.

Nach Hause ins leblose Haus, heim ins wenig Anheimelnde, ins beinahe Unheimliche, das unbeleuchtet daliegt als schwarzer Klotz, als spitzgieblige Stelle, unter die der Wagen mit abgestelltem Motor rollte, die abschüssige Rampe hinunter in den engen, eckigen Raum. Hier hat sie gelegen. Nichts hat sie gewußt, nichts geahnt, weder von Anita noch von dem Fall des Autoschlossers F. in S., dessen Darstellung (Fotos eingeschlossen) im Büro des Sektionsleiters Schöngar abgeheftet liegt. Der Schlosser F., kaum ausgelernt, führte in einer Kellergarage, 16 Quadratmeter, keine Belüftung, eine Wasserpumpenreparatur durch, nach der er probehalber den Motor anließ. Vermutlich bückte er sich nach einer heruntergefallenen Zange. Am Boden bestand eine Verdichtung von 2,8 Vol.-Prozent, und seit diesem Todesfall war die Garage für Autos gesperrt. Ein schuldhaftes Verhalten Außenstehender, stand im Bericht, konnte nicht ermittelt werden.

Ein Außenstehender hatte kein Interesse daran, einen Jemand zu einer laufenden Maschine hinabzuschicken, unter der lockend, halb verborgen, ein seidenpapierumhülltes Päckchen geschickt plaziert worden war, um die Neugier zu bewegen, sich in den tödlichen Dunst zu bücken. Das Päckchen enthielt übrigens einen Damenpullover Größe 48, der Else gar nicht gepaßt hätte und der nach einem Tag auf der Leine im Garten nicht mehr nach Abgasen roch. Anita spürte nichts, als sie ihn trug, absolut nichts.

Das grobe Sieb der Statistik hält nur Zahlen. Alles andere fällt aus der Realität, als wäre es nie gewesen.

Grabrede

Wie von den Lebenden, so kann man sich auch von den Toten ernähren. Im übertragenen Sinne, versteht sich. Den konkreten Kannibalismus haben wir aufgegeben. Gemeint ist, daß ein Verstorbener, obschon selber als juristische Person keiner Unternehmungen mehr fähig, dennoch und vor dem endgültigen Verschwinden noch einmal anderen Lohn und Brot zukommen läßt. Den »letzten Weg« säumen Beerdigungsinstitute und Friedhofsverwaltungen, Steinmetze und Kranzbinder, Organisten und Totengräber und zuletzt als kathartischer Höhepunkt und solitäres Subjekt dieser Reihenfolge: der Redner am Grabe.

Seine Profession besteht in einer merkwürdigen Vermittlertätigkeit, weil er, zwar vom Abgeschiedenen in der dritten Person sprechend, trotzdem im Namen des zu ewigem Schweigen Gebrachten die Stimme erhebt. Der Betrauerte selber kann sich und seine verflossene Existenz nicht mehr darstellen und bedarf darum eines Helfers. Ein Akt, über dem als Motto und Gesetz das berühmte *de mortuis nihil nisi bene* steht, die Verpflichtung, nur Gutes vom Verstorbenen mitzuteilen.

Eigentlich ist es schön und erhebend zugleich, unwidersprochen über andere nur Positives zu sagen. Man versteht, wie befriedigend es sein muß, wie stark das eigene Innere anrührend, einen Mitmenschen loben und preisen zu dürfen, auch wenn er als solcher keinen Anteil mehr daran hat.

Feierlich: nachdem die Rede gehalten und der Sarg abgesenkt wurde, die Handvoll Erde, von den Angehörigen gespendet, einzelne Blumen hinabgeworfen, Tränen, Taschentücher, Händedrücke, Staub zu Staub, solange die Pacht für die Grabstätte bezahlt wird.

Aber was man als sogenannter »weltlicher« Grabredner dabei denkt – keiner will es im Grunde wissen. Keiner will wissen, wer man ist. Über die Funktionserfüllung hinaus besteht kein Interesse. Daß da einer nach abgebrochenem Theologiestudium und dem Scheitern im praktischen Beruf nun diesen ergriffen hat, spielt für niemanden eine Rolle. Oder dort drüben an dem Familiengrab der pensionierte Lehrer, der durch zu Herzen gehende Sprüche seine Rente aufbessert – die Adressen all der »Männer vom letzten Wort«, wie man sie nennen könnte, liegen in der Vermittlungszentrale und werden bei Bedarf abgefragt, gegen eine Gebühr, welche im Honorar enthalten ist. Denn auch der Glaubenslose, der prinzipientreueste Atheist will in der entsprechenden Situation nicht auf Feierlichkeit und Ergriffenheit verzichten, vor allem nicht auf den Trost aus scheinbar berufenem Munde, und er würde sich hüten, nach der Legitimation eines solchen Berufenseins überhaupt zu fragen.

Weinet nicht, meine Freunde, und seid guten Mutes, da unser lieber Großvater, Vater, Bruder und Sohn uns verlassen hat, um das Schicksal aller Menschen zu teilen, wie auch wir einst daran teilhaben werden. Die Konkurrenz ist groß, liebe Anverwandte, und auch in diesem Geschäft gibt es besondere Talente und geringer Begabte. Wer Rührung zu erzeugen versteht, dem sind spätere Empfehlungen sicher, von Ewigkeit zu Ewigkeit, und zwar ohne das abschließende christliche Amen, wobei just die Beendigung der Schlußpassage die Klippe darstellt, da sich dieses Amen einem und allen Anwesenden unwillkürlich und entgegen jeder antikirchlichen Einstellung auf die Lippen drängt. Das will gemeistert sein!

Ganz exzellent jedenfalls erwies sich einer aus der Rednerschar, dessen Mimik, Gestik, Stimm-Modulation von Ausbildung zeugte. Dieser Mann, wie hieß er bloß noch, ist ja egal, ach, benennen wir ihn deshalb umstandslos und um retardierende Momente zu vermeiden auch mit diesem im Französischen revolutionären, im Deutschen eher abwertend gebrauchten Adverb. Also dieser *Egal* war einst Schauspieler gewesen, doch durch einige Probleme (Alkohol hauptsächlich) seiner Anstellung verlustig gegangen und hatte endlich besagte Betätigung als Freischaffender gefunden. Nicht allein durch seine vorangegangene Schulung, ebenso durch seine Kenntnis vieler Theaterstücke war er anderen Rednern weit überlegen. Während jene ein gewisses enges oratorisches Schema wiederholten, konnte Egal mit Schiller und einem trainierten Vibrato verkünden: »Rasch tritt der Tod den Menschen an, es ist ihm keine Frist gegeben...« Um von den Höhen der Klassik zu den Niederungen des alltäglichen Todes hinabzusteigen. Hatte es sich bei dem Verstorbenen um einen länger Leidenden gehandelt, hatte er stets das passende Zitat zur Hand: Wenn es den Menschen zermalmt, erhebt es den Menschen gleichermaßen. Er scheute nicht davor zurück, gewisse Korrekturen an seinen ehemaligen Rollentexten vorzunehmen, wenn es ihm nutzvoll schien.

Zusätzlich war Egal mit einer heiteren Frau ausgestattet, deren Verständnis für seine Schwächen es ihm erleichterte, auf den zugigen oder von Regenschauern überfluteten Friedhöfen zu stehen statt auf einer der Städtischen Bühnen. Dafür ließ er sie insofern an seinen Auftritten teilhaben, indem er ihr, nach der Rückkehr vom traurigen Anlaß, denselben vorspielte. Dabei geriet er ganz unbeabsichtigt in die Parodie des Vorganges. Aus seinem Erzählen heraus begann er zu posieren, er, der Schmierenkomödiant, von dem Chargieren erwartet wurde, übertrieb das noch um ein gewaltiges Stück, so daß seine Frau vor Lachen im Sessel zurücksank. Von diesem privaten Publikum angeregt, stattete er seinen Bericht mit pantomimischen Einlagen aus, imitierte den Leichenbestatter, dem beinahe das Seil mit dem Sarg aus der Hand gerutscht wäre, brummte ein lautes, plattdeutsches »Döskopp, paß up!« dazwischen, bis seiner Frau die Tränen über die Wangen liefen.

»Du nimmst den Tod nicht ernst, nicht wahr?« sagte sie zu dem schwer Atmenden, den die Zeremonie als groteske

Solonummer mehr anstrengte als der erhabene Akt selber. Er mußte sich erst stärken (Alkohol), um ihr widersprechen zu können: »Nur die Toten sind nicht verpflichtet, zurückzukommen. Darum sind sie uns doch überlegen. Und würden sich über das ganze Brimborium am Grabe teils wundern, teils vor Jux bekoten! Der Tod ist eine trostlose Sache, aber das anschließende Totsein ist ein unwiederholbarer Erfolg. Applaus, Vorhang, aus, finito!«

Und beim nächsten Male lachte sie wieder prustend, wenn er den frommen Prediger vom Begräbnis nebenan mimte, dessen Falsett nachahmte, und wie jener mit leichtem Sprachfehler den »Härn in der Höche« pries. Und dennoch, als sei das nie vordem ausgesprochen, erneuerte sie, vielleicht aus Scham über ihr Sichgehenlassen, ihren Satz: »Du nimmst den Tod nicht ernst, nicht wahr?«

Egal hätte ihr gern zugeredet, sich doch keine Gedanken über ihre Heiterkeit zu machen; die sei weder zynisch noch frivol noch gar frevelhaft, da sie ja nicht über den Tod lache, sondern über ihn, Egal, der ihr was vorgaukele, das in Wirklichkeit gar nicht so komisch sei. Doch er mochte sie nicht zu Überlegungen verführen, die diese fröhlichen Stunden nach der Mühsal des erzwungenen Ernstes, der vorgetäuschten Erschütterung gefährden konnten.

Er selber jedenfalls wurde sich mit der Zeit darüber klar, daß hinter seiner komödienartigen Version des Tragischen mehr steckte als nur das Mitgerissensein des Schauspielers von seiner Rolle, sobald er ein begeisterungsfähiges Publikum vor sich sah. Man konnte nicht stets und ständig auf der Nachtseite der menschlichen Existenz agieren, ohne in Trübsal zu verfallen. Er machte sich nach einigem Nachdenken das Argument zurecht, daß man nicht für alle Zeit mit Tragödien befaßt sein könne, ohne eines Tages von dauernd erblickter Trauer in Depressionen gezogen zu werden. Die Komödie war seine innere Gegenwehr. Ob seine Frau diese obskure Notwendigkeit verstand oder nicht, sollte ihm erst viel später klarwerden, nachdem nichts mehr zu retten war. Noch amüsierte sie sich über Egals Solonummern, doch mit schwindender Lustigkeit, was ihm erst auffiel, als das Lachen, sein schönster Beifall, ausblieb. Keine Stimmung heut, wie? Beim nächsten Mal würde sich die frühere Laune wieder einstellen, doch das erwies sich als Illusion. Obwohl er sich besondere Mühe gab, alles Zeremoniale zu persiflieren, kam nur ein schwaches Echo, ein mattes Lächeln. Egal überlegte danach, ob es sich dabei um das Frauen zugeschriebene Phänomen eines unbegründeten Mißbefindens handeln könne, also das »Launische« momentan vorherrsche, oder ob sie möglicherweise nachzudenken begonnen habe, daß der Tod kein Anlaß zu Späßen sei. Vielleicht ein Vorgefühl des nahenden Alters, bedrückende Begegnung mit beginnender Zellulitis, mit den sich vertiefenden Falten, der Erschlaffung des Gewebes, Anzeichen dafür, daß einem in einer absehbar werdenden Zeit selber der Schlußpunkt bevorstand. Wenn Frauen über die Mitte Vierzig hinaus sind, glauben sie ohnehin, daß es mit ihnen rapide abwärts gehe, im Gegensatz zum Manne, der in diesem Alter erst aufblüht, wie man weiß, falls er nicht vorher hinweggerafft wird.

Egal machte sich keine weiteren Sorgen um ihren Zustand, hoffte auf die Zukunft, welche, außer alte Wunden zu heilen, auch neue schafft, aber immerhin aktuelle Unpäßlichkeiten vergessen läßt. Wir werden uns bald wieder unserem Sondervergnügen hingeben können.

Doch als er eines Nachmittags vom Begräbnis eines Gewerkschaftssekretärs, einem Infarktopfer, heimkehrte, die Wohnungstür aufschloß, seine Frau rufend, antwortete ihm Lautlosigkeit. Nichts, kein Echo, kein Geräusch: stumpfe Stille. Egal ging durch die Zimmer – nichts, niemand, nur Verlassenheit.

Einkaufen gegangen, sagte er sich, doch gleich fiel ihm ein: Heute ist ja Sonntag. Sofort fühlte er sich beunruhigt. In der Küche trank er ein Bier, am Küchentisch sitzend, in Wartehaltung, bis er merkte, wieviel Zeit schon vergangen war, nachdem er Platz genommen hatte.

Als es zu dunkeln anfing, schaltete er kein Licht an, sondern stellte sich im Wohnzimmer ans Fenster und schaute auf die verlassene Straße hinunter. Die Lampen leuchteten fahl. Die Autos standen sinnlos umher, wie bestellt und nicht bezahlt und nicht abgeholt. Hier und da in einem der gegenüberliegenden Fenster vom Vorhang gedämpfte Helligkeit. Früher waren die Straßen nie so öde, meinte Egal zu sich, denn der Wartende muß, will er nicht völlig verzweifeln, wenigstens mit sich selber ein Gespräch beginnen, um das Warten, einen der schlimmsten Zustände von Hilflosigkeit, überstehen zu können. Plötzlich geriet sein Puls in Aufruhr: Dort hinten bog eine Gestalt in die Straße. Sie ist es, sie kommt nach Hause, es ist nichts passiert! Doch unter der Laterne, da nun Egal den Rhythmus, die Körperbewegung der Gehenden erkennen konnte, zeigte sich eine Unbekannte.

Als er es nicht mehr aushalten konnte, begab er sich zum Polizeirevier, um eine Vermißtenmeldung zu machen, die jedoch abgelehnt wurde: Erst nach vierundzwanzig Stunden, Herr Egal. Es ist ja noch nicht mal Nacht, Ihre Frau hat vielleicht einen Besuch gemacht, etwas getrunken, sich verspätet, die Bahn verpaßt oder den Bus! Hingegen bestand Egal auf sofortiger Hilfe und mußte eine Reihe bürokratischer sowie intimer Fragen über sich ergehen lassen.

Immerhin versuchte der Beamte ihn zu beruhigen: Derlei kurzfristiges Ausbleiben käme häufiger vor, als sich Egal das denken könne. Morgen früh werde die Vermißte mopsfidel wiederauftauchen, und niemals vordem war Egal dieser berlinische Ausdruck derart ekelhaft vorgekommen wie jetzt aus amtlichem Munde. Er mußte aber einsehen, daß zur Stunde keine wie immer gearteten Aktionen möglich waren. Und wenn sie in einem Krankenhaus liegt, nach einem Unfall?

Dann sei sie immerhin gut versorgt, und ergo um so weniger Anlaß, nun die ganze Welt verrückt zu machen.

Während Egal verbissen heimging, schwor er sich, nie wieder Steuern zu zahlen; das hat man nun von denen! Eine korrupte Gesellschaft, unmenschlich, hartherzig, kalt! Das merkte man erst, sobald sich Schwierigkeiten einstellten.

Zu Hause wurde ihm nicht besser. Er trank ein paar Gläser, ohne merkliches Ergebnis, und ging zu Bett. Ein Verbrechen? Daran wollte er gar nicht erst denken. Sodann erklärte er sich selber überzeugend, daß ja keiner aus dem Haus geht, um direkt und umstandslos einem Verbrechen zum Opfer zu fallen. Zwei ungewöhnliche Komponenten, deren Schnittpunkt Zufall hieß, schienen ihm unglaubhaft. Für das Weggehen und Wegbleiben müßten andere Ursachen verantwortlich sein, beschied Egal seinem unsichtbaren Doppelgänger, der ihn mit Fragen quälte und vom Schlafen abhielt.

Als seine Frau auch nach drei Tagen noch nicht heimgekommen war und die Polizei ihre Routineumfrage längst gestartet hatte, wurde Egal unheimlich zumute. Schon das von ihm verlangte Signalement erweckte durch seine absolute Nüchternheit ein starkes Unbehagen: So beschreibt man Gegenstände, die man verloren hat. Und als es gar um die biographischen Daten der Vermißten ging, kam sich Egal an die Daten jener, an deren Gräbern er zu stehen hatte, erinnert vor. Er verweigerte sich der logischen Schlußfolgerung: Als wenn sie tot wäre! Aber gerade durch die Ablehnung dieser so auffälligen Analogie drängte sie sich ihm verstärkt auf.

Die Frau blieb verschwunden.

Egal gewöhnte sich ans Alleinsein. Erwachte aus dem schweren, von Schlaftabletten erzwungenen Schlummer, um sich zu wundern, daß sich niemand neben ihm befand. Seinen Pflichten freilich kam er nach; er hätte ja auch unter einem besseren Stern und in einem richtigen Engagement seine Rollen spielen müssen, wie es die Direktion, die Kollegen von ihm erwartet haben würden. Das redete er sich immerfort ein, um die üblichen Auftritte durchzuhalten. Den Satz »Ein unnütz Leben ist ein früher Tod…« aus der »Iphigenie« brachte er kaum noch über die Lippen: Was für ein Blödsinn! Was heißt denn »unnütz«? Nützlich für wen? Wofür? Leben nicht alle Tiere, um mal ein Beispiel gegen Herrn Goethe anzuwenden, völlig »unnütz«, ohne früh tot zu sein? Und das Leben eines, sagen wir mal, Behinderten, eines hirngeschädigten Kindes? Enthält der grausige Satz des Geheimrates nicht die heimliche Aufforderung zur Euthanasie? Das hätte doch wohl über den Irrenanstalten des Dritten Reiches stehen können... Eventuell mit einer winzigen Veränderung: statt »ist« der Imperativ »sei«.

Merkwürdigerweise klangen die von Egal gewählten Zitate ihm auf einmal anders in den Ohren als vordem. »Du nimmst den Tod nicht ernst, nicht wahr?« – das tönte beinahe bühnenreif, wie ihm jetzt schien, und hallte unvermittelt in seinem Kopfe nach, sobald er die Wohnung betreten hatte.

Bis vierzehn Tage nachdem die Suchmeldung heraus war, ein Brief, eher ein Schreiben im Postkasten lag. Absender eine Klinik, was sofort, wie beim nächtlichen Fensterblick, die Pulsfrequenz herauftrieb. Für einen unbeschreiblichen Augenblick meinte Egal, die im Fernsehen oftmals wiederholte Trivialität eines Phänomens sei Wahrheit geworden: Eingeliefert in ein Krankenhaus mit Gedächtnisverlust, sei sie nun zu Bewußtsein erwacht und habe sich ihrer Identität erinnert!

Der Umschlag barg aber die Aufforderung, sich zur Chemotherapie dann und dann dort und dort einzufinden. Kahl, karg, emotionslos. Die Behandlung sei unerläßlich.

So also war das gewesen mit der gedämpften Stimmung, mit der geminderten Laune, mit der Lachunlust! Nun war das Rätsel aufgeklärt, auf erbärmliche Weise. Sie, die Erkrankte, hatte ihm die Krankheit verschwiegen und ihre Sorgen und Befürchtungen dazu. Warum? Weshalb?

Trotz aller Anstrengungen seiner Phantasie wollte ihm kein Motiv für ihr Schweigen, für ihr Verschweigen einfallen. Ein Geheimnis! Aber dadurch, daß er es nicht aufzuhellen vermochte, wurde ihm die Verschwundene fremd, verlor er die Vertrautheit mit ihrem Wesen, ihrer ihm so innig verbundenen Gestalt, und wenn er an sie dachte, wurde sie ihm durch die Unbegreiflichkeit ihres Tuns mehr und mehr entrückt.

So ging er auch fernerhin seiner obskuren Tätigkeit nach, ein Reisender in Sachen Thanatos, unfreiwilliger Friedhofstopograph, denn in der Totenstadt kannte er jeden Winkel, jeden Gang innerhalb der Grabanlagen; ihm waren die monumentalen Gruftaufbauten, die dekorübersäten Scheinsarkophage, die steinernen Doubles der *Fleischfresser* ebenso vertraut wie die Zimmer seines Heims.

Zwar spürte er die Abwesenheit seiner Frau nicht mehr mit der gleichen Intensität wie vor Wochen, doch sich demütig ins Unvermeidliche schicken konnte und wollte er auch nicht. Erlebte manchmal ihn bedrückende, ja bedenklich stimmende Erscheinungen, wie etwa, wenn er im Wohnzimmer beim Abendbrot saß und in der Küche Geräusche zu hören meinte. Er war sogar schon aufgestanden, um sich von der Einbildung zu überzeugen, wofür er sich selber zur Ordnung rief. Er war sich nach solchen Visiten selber gram und nahm sich vor, beim nächsten Geräusch sitzen zu bleiben, und konnte es doch nicht verhindern, daß er sich erneut in die Küche begab, weil ein Deckelklappern, ein Scheppern von Porzellan ihn erreicht hatte.

Als es dann geschah, gestand er sich, weniger überrascht worden zu sein, als es eigentlich hätte der Fall sein müssen. Der Tag war übrigens dazu bestens geeignet: Ein Herbsttag, wie er im Buche stand, von der Natur geschickt entworfen, Windstille, ein klarer Himmel, die Sonne gerade noch wärmend, die Bäume blattlos, insgesamt eindrucksvoll und wie von der Trauergemeinde bestellt, vor die Egal hintrat, um seine Ansprache zu beginnen. Da erblickte er in der letzten Reihe der Versammelten seine Frau. Zumindest war er schlagartig überzeugt, daß sie dort stünde, und vor lauter Freude, Glück sogar, sie wiederzusehen, richtete er seine Rede über die Köpfe hinweg nur an sie. Dabei jedoch geriet er ungewollt mehr und mehr in den Stil der damaligen häuslichen Präsentation, er schwenkte die Arme übermäßig, verdrehte die Augen, donnerte sonor, daß mit des Geschickes Mächten kein ew'ger Bund zu flechten wäre, und gebärdete sich derart, daß ein Gemurmel anhob, Unruhe die Personen ergriff, sogar ein Lachen ertönte.

Weil Egal sich völlig auf seine Frau im Hintergrund konzentrierte, merkte er nicht, daß zwei Herren von der Friedhofsverwaltung, eilig herbeigerufen, neben ihn traten und rechts und links seine rudernden Arme packten. Was mit ihm geschah, verstand er im Moment nicht, er reckte den Hals, um seiner Frau ein Zeichen zu geben, ihr zuzurufen, er erwarte sie zu Hause, doch ganz offenkundig hatte sie bereits vor dem Eklat das Gelände verlassen.

Man brachte den Grabredner vor das schmiedeeiserne Tor und gab ihm zu verstehen, daß man auf seine künftige Mitwirkung verzichte; er hörte kaum hin, sondern lief, sobald man ihn losgelassen, hastig in Richtung seiner Straße, rannte die Treppen hinauf, überwand den heimlichen Widerstand des Türschlosses, indem er den Schlüssel mit den Fingern beider Hände führte, doch die Wohnung war so leer und reglos und unbelebt wie zuvor.

Wahrscheinlich eine Halluzination – anderes wäre rational unmöglich gewesen. Obschon er insgeheim an seinem Vernunftargument zweifelte und sich wieder und wieder vorsagen mußte: Ein Irrtum, eine gänzlich Fremde, nur mit einer gewissen oberflächlichen Ähnlichkeit ausgestattet, was ihn überwältigt hatte. Du nimmst den Tod nicht ernst, nicht wahr?

Jetzt wäre seine Antwort eine andere. Jetzt wußte er erst, was Tod bedeutete. Man muß das Wissen fühlen, sonst bleibt es eine Zeitungsmeldung, ein Redeinhalt, ein Gegenstand von Zitaten und Formulierungen. An diesem Punkt seiner Überlegungen angekommen, entdeckte er unversehens das Motiv, demzufolge seine Frau das Nirgendwo wohl andernorts gesucht hatte.

Die Überraschung
Eine Talk-Show

Wie war das gewesen, mit dem Attentat?

Frage, die als Höhepunkt der Sendung gedacht war. Das Opfer langsam und vorsichtig bis zu dem Punkt hinführen, um dann, im Ton von Besorgnis und Mitgefühl, nach dem Geschehnis zu forschen.

Herr Sylvanus, ich begrüße Sie herzlich in unserer Sendung mit Gästen, die ein besonderes Schicksal aufzuweisen haben. Bitte nehmen Sie hier Platz, hier in diesem Sessel, und der Moderator führt, unter dem Beifall der als Stimmungskulisse geladenen Zuschauer, Herrn Sylvanus zu einem Sessel, viel zu bequem für die Schwerfälligkeit älterer Leute. Ob solch Möbel nicht zur Taktik derartiger Gesprächsinszenierungen gehört, um ein Aufstehen, Aufspringen und den Abgang unter Protest von vornherein zu verhindern? Daheim vor dem Bildschirm war dieser Sessel Herrn Sylvanus keineswegs so bedrohlich vorgekommen, doch jetzt ähnelte er einer Menschenfalle, in die man auch noch freiwillig hineintappte. Dabei war dieser Sessel das Sehnsuchtsziel von Herrn Sylvanus gewesen. Wen dieser Sessel umfing, der war gleichsam gekrönt durch die ihm zugestandene Wichtigkeit und Bedeutung für die Öffentlichkeit; der überragte alle anderen in den Niederungen der Anonymität und durfte der Bewunderung sicher sein.

Sie waren, Entschuldigung, Sie sind Schauspieler, Herr Sylvanus, einer aus der alten Garde der großen Mimen, und Sylvanus lag schon die Fortsetzung auf der Zunge: dem die Nachwelt keine Kränze flicht, verkniff sich jedoch solchen Fürwitz, um den Moderator nicht zu verärgern. Man ist denen wehrlos ausgeliefert, auf Gnade und Ungnade, verzichtet besser auf herablassendes Gebaren, gebe sich eher von gleich zu gleich dem jüngeren Kollegen gegenüber, damit ein harmonischer, vor allen Dingen erfolgversprechender Ablauf gewährleistet sei.

Früher, Herr Sylvanus, und Sylvanus empfand leichte Wehmut bei dieser so schwerwiegenden Umstandsbestimmung der Zeit, jener auf ihn bezogenen, früher haben Sie oftmals in Heimatfilmen mitgewirkt, Sie haben, und der Moderator schielte auf eine Karte in seiner Hand, den *Banglwirt* gespielt, auch Figuren wie den bösen Wilderer, den Antagonisten des Försters, später Väterrollen, raunzig und knorrig, dem Hoferben die Erbschaft verweigernd, aber Sie haben auch immer wieder auf der Bühne gestanden, Tournee-Theater, in Arthur Millers *Tod eines Handlungsreisenden* eben denselben verkörpert, bis es mit den Jahren stiller um Sie wurde ... Wie kam das eigentlich?

Das war das Stichwort, auf das sich Sylvanus längst mit diversen Lügen vorbereitet hatte, denn die jämmerliche Wahrheit, dieses ungreifbare Monstrum, dem zu begegnen man ohnehin besser vermied, war kein erfreuliches Vorführobjekt. An dem vielhändigen Klatschen merkte er, daß seine Erklärung für den Karriereschwund akzeptiert und für gut befunden worden war.

Daß Sie Ihren Platz für jüngere Darsteller freimachen wollten, Herr Sylvanus, ist aller Ehre wert. Wie wenige Künstler sind bereit, auch der Jugend eine Chance zu verschaffen, indem sie sich nach einem erfüllten Leben weise zurückziehen. An Ihrem gütigen Lächeln, Herr Sylvanus, erkennt man Ihren unverdorbenen Charakter, eine gewisse Unschuld, die Sie sich bewahrt haben ...

Beifall, den Sylvanus fast körperlich zu spüren meint: Ein lange vermißtes Gefühl, eine Droge, von der er nie gedacht hätte, wie sehr er sie vermißte. Gewöhnung stumpft ab, wie der Trinker weiß, wie berauschend wirkt nach schier endloser Enthaltsamkeit der erste Schluck. Was ihn noch gestern bewegte, die Zweifel, ob er sich nicht völlig verkalkuliert habe, lösten sich unter der akustischen Zustimmung der Anwesenden in nichts auf.

Nun jedoch, Herr Sylvanus, scheint Ihrem Schicksal eine Wendung bevorzustehen. Sie erhalten neuerdings Bühnenangebote, und die Rede ist auch von einer Rolle in einem Fernsehfilm (verstohlener Blick auf die Karte), eine Komödie über die Insassen eines Altersheims, so was wie Graue Panther, die wie Detektive überall Umweltvergehen aufspüren ...

Ausgebootet. Entlassen. Aus der Kartei der Besetzungsbüros gestrichen. Aus dem Geschäft gedrängt. Das Regietheater. Darüber müßte man hier ein paar Worte sagen: Dem Dompteur des Ensembles widersprechen, bedeutet, ab durch die Kulissen in die Arbeitslosigkeit. Was heißt hier Gedächtnisschwund? Ausfälle hat jeder mal. Jeder Schauspieler extemporiert doch hin und wieder. Wozu gibt es Souffleusen? Der Neid der Kollegen, die Korruption der Direktoren, deren Bestechlichkeit durch Schmeichelei, durch Unterwürfigkeit. Ein Prinz von Homburg wird außerhalb des Kleistschen Dramas nicht geduldet ...

Soeben erhalte ich eine Nachricht für Sie, Herr Sylvanus (Zettelschwenken, komplizenhaftes Geschmunzel ins Publikum), über die er sich gewiß mit mir freuen wird. Es handelt sich um die Einladung zu einer Matinee, bei welcher Sie, Herr Sylvanus, Verse deutscher Dichter vortragen sollen! Gratuliere ...

Applaus. Keine Spur von Verdacht, die Einladung könnte schon vor Wochen ausgesprochen und angenommen worden sein, die Bekanntmachung jedoch bis zu diesem effektvollen Moment verschoben. Ich weiß, was Sie jetzt denken, Herr Sylvanus, und es fällt mir nicht leicht, Ihnen diese Frage zu stellen, aber unsere Zuschauer, die Ihren Fall kennen, aus der Regenbogenpresse und Boulevardzeitungen, also doch sehr verkürzt und vereinfacht, würden gerne aus berufenem Munde hören: Wie war das gewesen, mit dem Attentat auf Sie? Es war, wie man weiß, ein strahlender Sommertag, ein Sonnabend, nicht wahr, und Sie an dem Kiosk in der Nähe

Ihrer Wohnung, um wie jeden Sonnabend Ihre Zeitung, nein, keine Namensnennung, tut mir leid, zu erstehen. Wie gewöhnlich unterhielten Sie sich mit dem Kioskbesitzer, einem Fan von Ihnen, allem Vernehmen nach, als ein Individuum auf Sie zustürzte und mit einem Messer auf Sie einstach. Glücklicherweise wiesen Sie nur eine leichte Verletzung am rechten Oberarm auf, eine sogenannte Fleischwunde. Es muß ein furchtbarer Schock für Sie gewesen sein, und Sie können uns darüber sicher Genaueres erzählen, Ihren Eindruck von dem Täter, den Sie, und das ist bewundernswert, trotz seiner Gegenwehr überwältigten und festhielten, bis die Polizei eintraf. Was dachten Sie in diesem Augenblick? Daß Ihr Leben an einem seidenen Faden hinge? Rechneten Sie mit dem Tod? Ich könnte mir vorstellen, daß in einer solchen Situation das ganze Leben vor einem abrollt wie ein Film, sämtliche wichtigen Stationen, die Bühnenerfolge, die großen Rollen ...

Und während Sylvanus mühsam und nach einigem Zögern zu sprechen begann, zunehmend flüssiger, da er am Aufglimmen des roten Lämpchens über der Kamera erkannte, daß ihm jetzt eine Nahaufnahme zugestanden wurde, schob eine Assistentin dem Moderator erneut ein Kärtchen zwischen die Finger, ein flüchtiger Blick, dann ging die Befragung weiter, als habe Sylvanus bis dahin geschwiegen.

Ich bewundere Ihren Mut, Herr Sylvanus, und ich wünschte mir, wir alle wünschten uns, daß jeder die gleiche Stärke aufbrächte, sich gegenüber der brutalen Gewalt auf unseren Straßen so wie Sie zu verhalten. (Wiederum schallender Applaus, den Sylvanus mit einem Lächeln quittierte, dessen Bescheidenheit, wie er meinte, glänzend über die Rampe kam.)

Es ehrt Sie außerdem, Herr Sylvanus, daß Sie keinen Strafantrag gegen den Attentäter stellten, ihn als armen, alten Schwachkopf bezeichneten, der wohl selber nicht gewußt habe, was er tue. Sie sind praktizierender Christ, Herr Sylvanus? An Ihrem Nicken lese ich Ihre Gedanken ab: Wir müssen verzeihen lernen, die andere Wange hinhalten, unser Kreuz tragen und so weiter, wie es uns die Bibel empfiehlt. Nun aber, Herr Sylvanus, will ich Ihnen meinen Überraschungsgast ankündigen, und an Ihrem Stirnrunzeln, an Ihren Augen, dem plötzlichen Aufleuchten, an Ihren Händen, deren Zittern alles verrät, und Sylvanus zog ruckartig die beiden verdächtigen Extremitäten auf seine Schenkel zurück, sogleich die Schweißfeuchtigkeit verspürend, als liefe Blut in Strömen aus den Handflächen, merke ich, daß Sie bereits ahnen, wer sogleich zu uns kommen wird.

Angespanntes Anhalten des Atems.

Hier ist er, unser Überraschungsgast – Ihr persönlicher Attentäter Max Horn!

Durch eine von Seitenstreben gestützte Türattrappe tritt eine Gestalt, Sylvanus altersgleich, hager und in einem dunklen Anzug, der einem dickeren Menschen gehört zu haben scheint, da der Neuankömmling ihn nicht ausfüllt. Vom Moderator geleitet, hockt er sich linkisch auf die Kante eines zweiten Sessels, ohne Sylvanus anzusehen, während dessen Blick den Neuankömmling mit hypnotischer Eindringlichkeit fixiert. Das Kaninchen und die Schlange. Und wüßte man nicht, daß Herr Horn seiner Tat wegen vor Gericht gestanden und eine Bewährungsstrafe von einigen wenigen Monaten erhalten hat, dank der Fürsprache seines Opfers, man könnte an vertauschte Rollen denken, dachte der Moderator angesichts der beiden alten Männer.

Ihr Verteidiger, Herr Horn, hat auf zeitweilige Bewußtseinstrübung plädiert, verbunden mit einem unkontrollierten Affekt, und das Gericht folgte dieser Argumentation, so daß wir Sie heute begrüßen dürfen, um an der Versöhnung von Opfer und Täter teilzuhaben. Sie haben sich bei Herrn Sylvanus entschuldigt, und der hat Ihnen großzügig verziehen. Das ist ein schönes Beispiel dafür, wie Konfliktsituationen zwischen Menschen überwunden werden können, wenn man nur guten Willens ist. Ich sehe in Ihrem Fall ein Vorbild für unsere Gegenwart, in der die Gewaltbereitschaft extreme Ausmaße erreicht hat. Gerade unsere Jugendlichen sollten sich an Ihnen beiden orientieren, an der Selbstüberwindung des Herrn Sylvanus und an der bekundeten Reue des Herrn Horn. Nicht Rache und Vergeltung sei das Prinzip unseres Handelns! heißt es doch auffordernd in einem Theaterstück, Herr Sylvanus, Sie kennen die Stelle besser als ich, Nicht mitzuhassen, mitzulieben bin ich da! Dieses Wort des großen Goethe sollte jeder von uns in seinem Herzen bewahren, weil nur diese Einstellung unsere Welt, unsere Gesellschaft wieder lebenswert machen kann.

An Ihrem Beifall, meine Herrschaften, läßt sich erkennen, wie sehr Sie mit der nachahmenswerten Haltung unserer beiden Gäste einverstanden sind. Die Bescheidenheit hat sie verstummen lassen, eine selten gewordene Gabe, von der wir einiges zu lernen hätten. Bescheidener werden, sein Schicksal annehmen, dem Egoismus eine Absage erteilen!

Strahlender Blick in die Runde, voller Gewißheit, daß der Senderbeirat mit Lob nicht sparen wird. Insbesondere die kirchlichen Vertreter würden Zufriedenheit äußern: Mehr solcher Sendungen, Herr Intendant!

Nur wirkt Herr Sylvanus etwas mitgenommen, vermutlich durch den inneren Kraftaufwand, sich dem Attentäter in aller Öffentlichkeit zu stellen. Das kann man verstehen. Weniger verständlich, warum Herr Horn anhaltend den Blickkontakt mit seinem vormaligen Opfer meidet, wo doch nun alles ausgestanden ist.

Wieder wird dem Moderator eine Karte gereicht, deren längerer Inhalt eine Lesepause erzwingt, während Sylvanus und Horn reglos gleich Statuen einander gegenüber postiert sind.

Soeben hat eine Zuschauerin angerufen, meldet der Moderator erfreut, noch im unklaren über die ihm hingeschobene Botschaft, und in der Meinung, Zustimmung von außerhalb zu verkünden, und die Dame meint, sie hätte Sie beide schon einmal zusammen auf der Bühne gesehen! Ja, Herr Horn, sind Sie denn auch Schauspieler gewesen? Davon haben wir ja bisher nichts gewußt, da haben Sie ja, außer Ihrer schon

Vergangenheit gewordenen Beziehung, auch noch ein kollegiales Verhältnis zueinander! Welch ein Zufall! War Ihnen denn dieser eigentümliche Umstand bekannt, Herr Sylvanus? Herr Sylvanus, bitte! Ich begreife, daß einem in solcher Stunde das Sprechen schwerfällt, aber Ihr Gedächtnis, und schließlich ist es bei Schauspielern besonders gut trainiert, muß doch sofort den Attentäter als ehemaligen Zunftgenossen identifiziert haben? Und Sie, Herr Horn? Wußten Sie denn nicht, wen Sie am Zeitungskiosk attackierten? Barbara, Barbara! Und als eilig die Assistentin auftaucht, etwas atemlos aus dem Hintergrund: Barbara, bitte ein Glas Wasser für unseren Herrn Sylvanus! Und flüsternd, die Hand schirmend über dem Mikrofon am Revers des Jacketts: Stärkungsmittel! Irgendwas ... Los, machen Sie schon ...

Ich kann verstehen, Herr Sylvanus, was es für Sie bedeutet, daß gerade jemand vom »Bau«, wie die Theaterleute sagen, Sie im wahrsten Sinne des Wortes verletzt hat. Einerseits traut man einem Kollegen derartiges nicht zu, andererseits verpflichtet einen die unausgesprochene Solidarität der Bühnenschaffenden, dem Ruf der Gilde nicht zu schaden. Auch wir Fernsehleute halten zusammen, wenn es um unser Ansehen geht. Ich verstehe Sie daher vollkommen, wenn Sie keinen Bezug zu Herrn Horns einstigem Beruf herstellen wollten. Und auch Herrn Horn können wir verstehen, der, von den gleichen Motiven beseelt, das Berufsimage schützen wollte ...

Später konnte sich Sylvanus nicht mehr erinnern, wie er es zustande gebracht hatte, aus dem ihm gereichten Glas zu trinken, ohne etwas von der Flüssigkeit zu verschütten. Hoffentlich war der Tremor seiner Rechten nicht von der Kamera kenntlich gemacht worden. Was für ein Moment tiefster Hoffnungslosigkeit. Am liebsten wäre er mit dem Sessel zu einem Klumpen verschmolzen, und selbst das ihn wie aus weiter Ferne erreichende, klappernde, rasselnde, ratternde Geräusch, das einige im Zuschauerraum verteilte Claqueure ausgelöst hatten, beruhigte ihn nicht. Ihm war, als hätte er einen Zuruf vernommen: »Betrüger!«, doch es konnte sich auch um einen tröstlichen Irrtum handeln, um ein Wort von ähnlichem Klang.

Erst als die Scheinwerfer erloschen, nahm er die in Bewegung geratene und aus dem Studio drängende Menge wirklich wahr, so als zöge sie sich angewidert von ihm zurück.

Der blendende Schleier aus Licht hatte sie vor seinen Augen abgeschirmt. Nun war auch für ihn die Vorstellung zu Ende. Es bedurfte aber der kräftigen Unterstützung durch den Moderator, sich aus dem Sessel zu hieven, als sei das Stoßgebet, mit den Lederpolstern eins werden zu wollen, erhört worden, so daß diese ihn nicht mehr loslassen mochten. Peinlich genug, daß auf dem glatten Material feuchte Spuren seiner Anwesenheit zurückblieben, für die er jedoch, falls befragt, was kaum zu erwarten wäre, sofort die Scheinwerferhitze als Entschuldigung hätte anführen können. Man war eben einfallsreich und phantasiebegabt, wie es sich für einen echten Künstler gehörte – was man übrigens auch von dem Moderator sagen konnte, der die Bekanntschaft der beiden Alten logisch und überzeugend zu erklären vermocht hatte. Alle Achtung, so rasch zu reagieren!

Freilich: Horns Erscheinen war nicht voraussehbar gewesen. Einem Kollegen zu trauen, eine Dummheit erster Güte. Eitelkeit und Ehrgeiz die Namen verderbenbringender Erinnyen, von denen man durchs ganze Dasein verfolgt wird, bis man ihnen erliegt. Keine Gelegenheit auslassen, an die Rampe zu treten, sich einem Publikum zu präsentieren! Damit hat der blöde Horn, der Schmierenkomödiant Horn, der Edelkomparse Horn, alles zunichte gemacht. Das Hornvieh, das sonstwas tut, bloß um seine dumme Fresse vors Objektiv zu halten! Aus. Schluß. Vorbei. Horn ist für Sylvanus gestorben, abgekratzt, krepiert, dahingegangen, tot und nochmals tot!

Gucken Sie mal, Barbara, da unten, der Sylvanus, der da in die Taxe steigt. Und der Horn, der klettert zu ihm in den Wagen. Schade. Die Sendung begann doch durchaus zügig, der Alte spielte seinen Part noch ganz erstaunlich, mimisch überzeugend, bis zur Konfrontation mit dem Attentäter, da ist er regelrecht ausgerastet. Doch schon etwas debil vermutlich. Alzheimer läßt grüßen. Physiologische Tests für künftige Teilnehmer an unserer Sendung erscheinen mir unerläßlich. Um Pannen auszuschließen. Der Job ist schon deprimierend genug, das Sprücheklopfen, das Voltigieren an der Oberfläche von Seelen, für deren Abgründigkeit im Programm kein Platz vorgesehen ist. Darum hätten wir auch niemals Herrn Georg Büchner einladen können oder andere Prominente seines Kalibers. Unsere Welt bleibt ein bunt gewirkter Teppich, voll der eigentümlichsten Figuren, auf die man trifft und tritt, wie das halt bei Teppichen so üblich ist.

Heimboldt hat Kopfschmerzen
oder
Der Tod in Kaisersaschern

Er weiß, er muß sterben. Aber er kann das Wissen nicht glauben. Wie alle anderen. Ein innerer Automatismus, der die unglaubliche Negation negiert, ihre Ungeheuerlichkeit durch Benennung verkleinert: »Gevatter Hein«, das klingt ungefährlich und familiär, weil früher oder später, am besten später, jedermann zu ihm in ein endgültiges Verwandtschaftsverhältnis tritt. Grüß Tod, tritt ein. Aber dieses Verwandtschaftsverhältnis ignoriert Heimboldt. Wie im Theaterabonnement Sartres Hölle immer die anderen Anrechtsinhaber auf einen Sperrsitz sind, so ist Gevatter Knochenkopf nur ein Mitglied benachbarter oder kollegärer Familien, tritt der Großmutter nebenan nahe und führt sie euphemisch heim oder schickt den stellvertretenden Abteilungsleiter ohne Rückfahrkarte ins Nirgendwo: Nirwana, wie der Hindu es nennt, der auf besserem, auf Duzfuße fast mit dem Sensenschwinger und Vortänzer mittelalterlicher Kirchenfresken steht. Ihm imponieren weder Kaiser, König, Edelmann noch Kanzler, Führer, Generalsekretär, die insgesamt in der Fülle ihrer weltlichen Macht meinen, sie könnten sich mittels der Garde und der Geheimpolizei diesen ungebetenen Gast länger als andere Leute vom Leibe halten. Was soll da erst ein machtloses, ohnmächtiges Geschöpf namens Martin Heimboldt hoffen? Von der Sterbestatistik, von Traueranzeigen, bitten wir von Blumenspenden abzusehen, hat er sich nicht betroffen gefühlt, sich niemals selber im Visier des omnipotenten Schlußmachers erblickt, einmal nur annähernd vor

Jahren während einer heftigen Grippe. Ach, das Herz, wenn's jetzt stehenbleibt, es pumpt und plumpt schon so leer – doch das war nicht ernst gemeint; auch ein Krieg in Vietnam, ein Erdbeben in Peru sind offenkundig nicht an Heimboldt adressiert: Napalm und Hauseinsturz gelten keinem, der fest und sicher in seiner kratzfesten, stoßsicheren Zivilisation sitzt und nicht ans Abkratzen denkt.

Dumpfer Kopfschmerz, von der rechten Schläfe übers Ohr in einem hundertachtziggrädigen Halbzirkel zum Nakken hin: Ausschlag geheimen Warnsystems, durch Tabletten unterdrückt nach der Methode: Brich die Zeiger von der Uhr, damit die Zeit stehenbleibt.

Etwa um elf, nach den beiden ersten, rasch verbrauchten Arbeitsstunden setzt die unerklärliche Invasion des Unerklärlichen ein, gegen das Heimboldt zwei »Gelonidas« ins Feld schickt. Irgend etwas dringt in Heimboldts Schädel ein, während er scheinbar gelassen Reklamationen studiert, aufzuspüren, wo möglicherweise Unvollkommenheiten unseres allseits beliebten, ständig verbesserten Produktes den Absatz hemmen. Perfektion wird angestrebt. Ausschalten eventueller Fehlerquellen. Nur eine, die eine unter der zusammengewachsenen Fontanelle läßt sich nicht beseitigen, nicht durch zwei bleiche Pillen: Empfinden, als löse sich der graue Brei da oben drin aus seiner Befestigung und schwappe bei jeder Bewegung in seiner angeborenen Schale umher. Rückgrat steif machen, bloß die Hände bewegen und die Augen, natürlich, beim Briefelesen. Ein Weilchen geht es wieder, bis das Hin und Her der Pupillen dem Kopf weh tut. Folgt ein zweites Tablettenfrühstück, heimlich, aus der hohlen Hand in den Mund, Geste des Gähnens, es muß ja keiner wissen von denen, die rund um Heimboldt im selben Großraumbüro hocken und deren Blicken er manchmal, hebt er die Augen, unverhofft begegnet. Bis zum Mittagessen gehen fünf Tabletten den Weg in den Magen und werden durch den Kreislauf aufwärts zu ihrer Wirkungsstätte geschafft. Nachher weigert sich in der Kantine derselbe Magen, auch noch das Firmenessen zu verdauen, und muß durch eine Extratablette dazu gezwungen werden. Ein Bier, bitte! Und eine Tablette als Nachtisch, wiederum mit gewohnter Pose getarnt. Sonst heißt es gleich: Der hat was am Kopf, der hat was Chronisches, der ist ja auch schon an die Fünfzig, der ist fertig, der Alte. Und wer fertig ist, der hat seine Schuldigkeit getan. Ab dafür.

Heimboldt ist, wie alle um ihn her, von seiner Unsterblichkeit überzeugt. Wenigstens eine Überzeugung muß der Mensch haben. Heimboldt hat auch noch eine Meinung, nämlich die, irgendwie werde sich alles schon wenden, irgendwie werde sich sein Schädel in Wohlgefallen auflösen, irgendwie würde das schon in Ordnung, ins Lot, ins rechte Fahrwasser kommen. Schließlich ist man erst in den Vierzigern. Ist aber trotzdem geneigt, einen kollegialen Rat anzunehmen und diesem vorsichtig, vorsichtig sein Ohr zu leihen. Doch was muß Heimboldt vernehmen? Sein Geheimnis ist enthüllt, seine Tarnung durchschaut, alle Mimikry war umsonst. Wogegen er, der verehrte Kollege Heimboldt, eigentlich dauernd diese Tabletten nehme? Nerven? Herz? Kreislauf? Oder gar, Pardon, die übliche Bürokrankheit: Hämorrhoiden?

Im Gegenteil – müßte die Antwort lauten, besäße man noch einen Sinn für Komik; solche Antwort fällt einem aber immer erst hinterher ein: Spätzünder, das ist er, ist er immer gewesen, und tut nun verwundert und weiß doch genau: keine Harpyie ist so scharfäugig wie ein Kollege der gleichen Abteilung. Also: Geständnis. Der Kopf, ja, ein leichter Kopfschmerz, ja, ziemlich häufig, fast täglich, eigentlich andauernd sozusagen!

Der Kollege ist beglückt: Das kennt man, Kopfschmerzen, o ja. Leiden, ausschließlich ganz spezifischer, sind nichts Individuelles; im Gegenteil, sie zeigen deutlich die Tendenz, Unterschiede der Rasse, der Religion und der Weltanschauung, sogar der Fußballmannschaftssympathien einzuebnen. Kranke bilden eine Klasse für sich, und keine Revolution kann ihre zwanghafte Solidarität zerstören. Obwohl es, wie in jeder Klasse, auch innerhalb dieser wiederum Differenzierungen gibt: so stehen Gastritiker gewissermaßen einem Asthmatiker nicht ganz so nahe wie einem pathologisch gleichen. Aber verbündet gegen die Gesunden sind sie allemal. Kopfschmerzen? Kennt man. Hat man auch lange Jahre gehabt. Die Büroluft, zum Krepieren. Empfohlen wird Professor Dr. Ermler, Koryphäe, mit Kasse ist da nichts, aber sehr, sehr gut: wenn was hilft, dann nur der! Weitere Empfehlungen an Heimboldt: sich keine Sorgen machen, daran ist noch keiner gestorben, das bügelt man leicht wieder aus, das ist doch heutzutage ein Kinderspiel, da kriegen die Ärzte ganz andere Sachen hin ...

Verwirrung Heimboldts: Ist das nun menschliches Mitgefühl oder einfach der Selbstgenuß der Gesundheit im Spiegel fremder Krankheit? Wahrscheinlich beides. Chemisch rein kommen Gefühle bloß in Romanen vor, sonst tauchen sie immer in trüber Mischung auf, das weiß Heimboldt nur zu gut, besser sogar als die Tatsache: daß er sterben muß. Daran kein Gedanke. Wird einfach ausgebügelt, ist ja heute ganz leicht. Sich für den Rat bedanken: lächeln, aufstehen, lächeln, trotz der Schmerzen, sachte, sachte, und noch einmal: keep smiling und Ciao, bis später, und in den Knien nachgebend ab und weg, damit der Terrazzofußboden nicht bei jedem Schritt und Tritt bis ins wehe Hirn durchschüttert.

Bei Professor Dr. Ermler geht es zu wie bei anderen Ärzten auch: warten, ungetröst. Das mildert kein Sprichwort. Lebenslänglich: immer auf das Besondere, Entscheidende, Eigentliche. Als wäre aller bisherige Lebenslauf nur ein Anlauf zum großen Sprung, zur erwartet-unerwarteten Wunde. Warten macht stumpfsinnig, man merkt es an den Gesichtern rundum. Ob man selber auch solche Miene zeigt: Opfer vor der Schlachtbank? Doch im Wartezimmer lernt der Mensch nicht nur warten, sondern auch beten. Wenn das der Papst wüßte, noch heute würde eine habituelle Veränderung angeordnet: Priester haben Ärztekittel zu tragen, die Beichte sei mittels Stethoskop abzunehmen, bitte legen Sie Ihre Sünden ab, wo verspüren Sie einen moralischen Druck, aha, eine Ethosentzündung, fünf Teelöffel Transzendenz dreimal täglich ...

Herauskatapultiert aus der Alltagsordnung, aus dem vorausberechneten Tagesablauf, entgleiten die Gedanken der Kontrolle: das nicht mehr zweckgerichtete Denken verselbständigt sich. Phantasie, fast erstorben, regt sich. Ein Glück, daß die Neurologie noch nicht soweit ist, sichtbar machen zu können, was sich einer vorstellt. Wäre ja noch schöner, die geheimsten Gedanken preisgeben zu müssen. Aber was sind eigentlich geheimste Gedanken? Heimboldt schaut sich in seinen Gehirnwindungen um, findet jedoch nichts, wovon er vermutet, daß es einen Mediziner oder sonstwen bewegen könnte. Wahrscheinlich sind die geheimsten Gedanken jedermanns jedermann bekannt, so daß ihre Aufdeckung gar nicht lohnt. Man kann also beruhigt seinen Schädel vor die Röntgenröhre halten. Trotzdem: ein bißchen unheimlich ist es schon, daß sie einem so mir nichts, dir nichts durchs Haupt und seine Füllung schauen können. Sekundenbruchteile ist Heimboldt unsicher, ob nicht vielleicht doch etwas anderes auf der fotografischen Platte sichtbar würde außer dem Material, aus dem Heimboldt besteht.

Gleich ist die Prozedur vorüber: fabrikmäßig verlaufen, Fließbanddurchschau, als wäre Heimboldt ein Werkstück, ein Schräubchen etwa, das die Qualitätskontrolle durchläuft. Ob er noch brauchbar ist? Viel zu sachlich der Vorgang nach Heimboldts Geschmack – aber was sonst hat er denn erwartet? Persönliches Interesse? Nimmt denn Heimboldt persönliches Interesse an den Reklamanten, deren Klagen über Schäden und Defekte ihn, statt zu rühren, nur belästigen? Trotzdem: er kann mehr verlangen als die nackte Handhabung seiner Person – seiner Persönlichkeit! Man sei immerhin Mensch, müßte man sagen, verstehen Sie, Herr Professor, und nicht irgendein Mensch, sondern der Mensch Martin Heimboldt! Kein Gegenstand, verstanden?! Doch da man wie ein Gegenstand behandelt wird, reagiert man auch so: mit Stummheit und Bereitwilligkeit.

Ärger über sich selber. Vorsatz: Bei Erhalt der Diagnose sollen die merken, wer man ist und was man darstellt. Kein jedermann wie die armen Kreaturen im Wartezimmer. Wenn die sich das gefallen lassen – Heimboldt wird seine Menschenrechte zu wahren wissen! Jetzt jedenfalls heißt es nicken, Verständnis zeigen, höflich sein, den Hut in der Hand, an der Tür sich noch einmal umwenden, zurückgrüßen, heimgehen.

Ob der Schuß harter Strahlen in Heimboldts Hirn, ob die Tropfen, als erste Maßnahme verordnet und von Heimboldt sogleich in der Apotheke eingenommen, es bewirkten: der zermürbende Schmerz hat sich verflüchtigt. Geblieben ist ein Bodensatz Reue: Warum hat er das nicht früher unternommen? Warum nicht sofort den Gang gewagt, wo doch nie gewinnt, wer nicht wagt. Auf jedem Kalender steht das zu lesen.

Das Glück der Schmerzfreiheit währt nur kurz und klingt gleichfalls ab. Der wachsende zeitliche Abstand verringert die überstandene Qual: man hat eine – rückblickend mehr und mehr schrumpfende – Weile an Migräne gelitten. Vorbei, erledigt. Die Gesundheit ist wiederhergestellt, der Grund für düstere Meditationen pharmazeutisch beseitigt.

Heimboldt wendet sich wieder dem Leben zu, um es in Form eines gediegenen Abendbrotes zu genießen. Wo hat Angelika, Heimboldts bisher gesündere Hälfte, nur diesen äußerst delikaten Schinken gekauft, zart und rosig, Assoziationen zu anderen weckend, die einem gleichfalls in letzter Zeit aus dem getrübten Blickfeld geraten waren. Essen, trinken, Angelika anschauen: War sie denn immer schon so appetitlich und hübsch, daß man zum Essen und Trinken kaum die nötige Ruhe findet? Nur eine Spur zu ernst erscheint dem Gatten die Gattin. Aufheiterung tut not. Doch Heimboldt fehlt die Fähigkeit des Witzigseins. Heimboldt überlegt. Heimboldt schlägt vor, zur Feier des Abends und des hochgestimmten Wohlbefindens ein Glas Sekt zu trinken: im Kühlschrank muß eine Pulle liegen. Trotz einiger Gläser hellt sich die Stimmung nicht auf. So sind die Frauen. Kein Verständnis für den Partner, für seine Sorgen und Freuden, für die Freuden am allerwenigsten. Der Mensch braucht aber Freude. Geben und nehmen: das Freudenprinzip. Tut Gutes einander, stand über der Kirchenpforte, als wir heirateten. Diese Aufforderung wollen wir nicht vergessen. Außerdem: die eheliche Pflicht ist keine mittelalterliche Tortur, nicht wahr?! Heimboldt entwickelt Ironie. Das verstärkt den Mangel an Intimität. Besitze Angelika etwa ein Monopol auf Lustproduktion? Doch wohl nicht. Heimboldt meldet Beschwerde an, mit seinem Wort: Reklamation! Angelika vergesse ganz das Konkurrenzprinzip zwiegeschlechtlicher Gesellschaft. Die Konkurrenz schläft wirklich nicht, lauert sogar in der nächsten Nähe, pflegt Heimboldt freundlich zu grüßen, einladend fast. Jeder Tag bietet Gelegenheiten en masse und en détail. Schön dumm, daß er bisher auf Masse und Details verzichtet hat. Aber was nicht ist, kann noch werden. Wer wird angesichts des Überflusses Hunger leiden wollen? Kein gesunder Heimboldt jedenfalls.

Doch Heimboldt weiß nicht, was Angelika weiß; was sie seit dem Anruf Professor Ermlers geahnt hat: Heimboldt muß sterben. Die pastorale Stimme am Telefon, die Frau Angelika Heimboldt zu einer Aussprache in die Praxis bittet, durchflackert den ganzen Abend. Und dazu Martin gräßlich gut gelaunt wie lange nicht. Leider: Trübsinn und Vergnügtheit bilden kein Gespann. O ja: Heimboldt steht baldiges Ableben bevor. Tumor, fortgeschrittenes Stadium, bereits inoperabel. Am selben Tisch mit einem zum Tode Verurteilten: er ißt, trinkt, rülpst, sonst deswegen streng gerügt, nun vernommen als demnächst aufhörendes Geräusch seiner Speiseröhre. Unbegreiflich.

Ermlers Empfehlung, das Urteil zu verschweigen. Sobald sich Anzeichen einer Verschlechterung bemerkbar machen, sofort den Arzt verständigen, der selbstverständlich zur Verfügung stehe. Phrasen zusätzlich: Unerforschlicher Ratschluß, Schicksalshand et cetera et cetera. Der Betroffene indes weiß nichts.

Nach erquickendem Schlaf und gierig verspeistem Frühstück kommt er sich ohne Schmerz neugeboren vor, bereit, alle Umstände seines Daseins zu preisen. Gesundheit und kritischer Sinn schließen einander aus. Das weiß Heimboldt genau: darum ist ja Kritik krankhaft und zersetzend. Mens sana in corpore sano: optimistisch und positiv ist Heimboldts Geist in Heimboldts Körper gestimmt. Lebensfreude steckt an, wie Schnupfen, das ist Heimboldt bekannt, und er führt die Zuvorkommenheit und Sorglichkeit, mit welcher ihn seine Kollegen behandeln, eben darauf zurück: daß er zwar unbewußt, doch höchst suggestiv Euphorie ausströmt. Eine Art mentaler Radioaktivität verwandelt, was sie trifft, sich selbst wieder in eine Strahlungsquelle. Außerdem: ist allgemeine Freundlichkeit gegenüber Heimboldt nicht ein verdienter Tribut, den man einer markanten, sogar erfolgreichen Persönlichkeit zu zollen hat, längst hätte zollen müssen?! Die Dauermigräne überschattete Heimboldts eindrucksvolles Image, so daß es nicht zur vollen Wirkung gelangte: nun tritt es aus eigener, unfreiwillig erlittener Verdeckung hervor. Unmöglich, sich Heimboldts Aura zu entziehen; Widerstand ist zwecklos; mögliche Antipathien werden zum Amalgam der Ehrerbietung und Hochachtung eingeschmolzen: Heimboldt – eine Persönlichkeitswasserstoffbombe!

Angelika wird in diese Selbstentdeckung eingeweiht, reagiert jedoch nicht wie erwartet: Absorption sämtlicher Stimmungspartikel durch Angelikas Tränen. Die Strahlung erlischt. Das Hochgefühl zerfällt. Heimboldt fordert Angelika auf, Farbe zu bekennen: Oh, hätte er nur das nicht verlangt, denn sie tut's, und die Farbe erweist sich als schwärzestes Schwarz, als Couleur endgültiger Finsternis. Angelikas Geständnis in Bruchstücken und kleinen syntaktischen Splittern, daraus sich Heimboldts Röntgenbild zusammensetzt, mit dem dicken Knoten im Kopf. Angelika hat mit eigenen Augen die Platte, mit eigenen Ohren den Arzt, und spricht nun mit eigenem Mund das unparteiische Urteil der Neurologie nach.

Was für ein Urteil?

Angelika bringt es zustande, dem zufolge Martin Heimboldt, achtundvierzig Jahre, Leiter der Unterabteilung Reklamationen, verheiratet, kinderlos, verurteilt ist, in dieser Aufzählung und soziologischen wie biologischen Zusammensetzung nicht mehr gesund zu werden. Heimboldt kapiert nichts: Ihm gehe es doch prächtig!

Inoperabler Tumor in präletalem Stadium: schauriges Echo gestriger Verkündung. Heimboldt hat keine Angst. Die Angst kommt erst später; das weiß er noch nicht. Im Augenblick empfindet er nur tiefe Enttäuschung über das Verhalten seiner Kollegen, das sich jetzt als billiges Mitleid einem Kranken gegenüber entlarvt. Konventionelle Pflicht, vermischt mit Selbstbestätigung der eigenen Güte und erstklassigen Menschlichkeit. Und Heimboldt hatte angenommen, er selber habe jene Haltung bewirkt, dabei hat es ein andrer getan, von Beruf Schnitter und Gevatter und Gleichmacher: der allein hat das trübe Mitleid arrangiert. Zum Kotzen.

Eine Sache von Wichtigkeit, wie etwa den eigenen Tod, akzeptiert man nicht ohne weiteres. Ehe der Gedanke sich mit einem vertraut macht, sich festsetzt und ein emotionales Ekzem bildet, das unaufhörlich spürbar bleibt, hofft man noch, die Diagnose möge voreilig gewesen sein oder ein wenig zu extrem formuliert. Manche Mediziner laborieren an einem Hang zum Dramatischen, lieben Wagner, traktieren eigenhändig Violine und Klavier, äußerst labile Typen außerhalb ihrer auf Äskulap verschworenen Berufsgemeinschaft. Heimboldt entsinnt sich einiger pressenotorischer Fälle, wo Todeskandidaten vergnügt weiterlebten bis hoch in die Achtzig, entgegen allen Prognosen, muntere Indizien für die Fehlbarkeit der Wissenschaft. Ein Schatten auf einer Platte kann ein Plattenfehler sein. Oder Angelika hat in ihrer Aufregung was falsch verstanden. Oder oder oder.

Heimboldt nimmt das Urteil nicht an und geht in Berufung. Das heißt: erneut zu Professor Dr. Ermler. Wieso sollte es ausgerechnet Heimboldt treffen. Erblich liegt nichts gegen ihn vor: norddeutsche Pastorenfamilie, von beinahe abwegiger Normalität. Heimboldt, Skeptiker in allen Lebens- und diesenfalls Sterbensfragen, fordert die Wissenschaft in die Schranken: fordert akribische Aufklärung, populär und verständlich formuliert: Ich bin kein Lateiner, Herr Professor. Der übersetzt Heimboldts Fall aus der toten Sprache in die des Sterbenden: Geschwulst, die zu entfernen der Zeitpunkt verpaßt ist, vor einigen Monaten vielleicht noch entfernbar gewesen wäre, doch jetzt, sehen Sie, Herr Heimboldt, hat der Umfang sich derart vergrößert, daß ohne eine sichere Schädigung des Gehirns gar nichts zu unternehmen ist. Und falls man doch rücksichtslos den Eingriff wagte? Die Schädigung führte vermutlich über kurz oder lang doch zum tödlichen Ausgang; aufzuhalten ist da nichts mehr, nun wissen Sie's, Herr Heimboldt!

Heimboldt weiß es nicht nur, er glaubt es jetzt endlich auch. Vor ihm erkennt es sein Körper: während er oben noch lauscht, lauert, eine Lücke in der Beweiskette zu entdecken, breitet sich von seinem Sinnengeflecht her eine Schwäche über den ganzen Körper aus. Lähmungserscheinungen in der Muskulatur der Oberarme und Oberschenkel. Zustand, der nach Abhilfe schreit. Rasche Beendigung des Unerträglichen – nachdem Heimboldt das Pflaster betreten – durch ein Mittel, das, wenn auch nicht auf Dauer, so doch für einen Moment Erleichterung verspricht: Einen Doppelten bitte. Und, ehe die Kellnerin davon kann: Bitte noch einen. Alkohol reguliert die stockende Maschinerie. Das Blut kreist beinahe im normalen Tempo, das Herz hat fast den gewohnten Takt, die Umwelt wird wieder erkennbar. Wo bin ich hier? Ziemlich miese Kneipe. Sowas nennt der Volksmund »Kaschemme«, wenn ich mich nicht irre. Aber die Wirkung ist erreicht: Zahlen bitte! Abgang. Nach Hause. Zu Fuß im Menschengestrudel dahingehen, und ehe man die eigene Wohnung betritt, vielleicht noch eine letzte Stärkung im Restaurant an der Ecke. Dahingehen: ein Homonym, ein höchst zweideutiges Wort, unangenehm genug, um aus dem auf Schnaps gemünzten

»Vielleicht« noch ein »Ganzgewiß« zu machen. So gelangt Heimboldt heim.

Die Angst kommt, der Appetit vergeht: als greife das physikalische Gesetz, dem zufolge niemals zwei Dinge zur gleichen Zeit am gleichen Ort sein können, über seinen Geltungsbereich hinaus und regiere auch weniger gegenständlichere, sublimere Erscheinungen, wie zum Beispiel Heimboldts Psyche. Stimmt die volksmündliche Sentenz, Essen und Trinken halte Leib und Seele zusammen, dann hat der Abschied zwischen Heimboldts materiellen und immateriellen Teilen begonnen. Gewöhnliches Brot beispielsweise benimmt sich wie Badeschwamm: so quillt es in seinem Rachen auf, Nahrung kann das nicht sein, schlucken läßt es sich jedenfalls nicht: nur mit Mühe und Bier spült man es runter und kommt sich wie ein Wasserklosett vor, wenn auch gleichartiger hygienischer Neutralität ermangelnd. Dabei beobachtet werden steigert das Mißbehagen. Wie sie einen anglotzt, Angelika, das hat sie vorm Spiegel einstudiert, das ist ihre gütige Tour: Heimboldts Unwohlsein wird von Haß übertäubt: das sitzt da und lächelt geziert, und sowas hat man geheiratet, bis daß der Tod euch scheidet, das wird er ja wohl, und was in dem lächelnden Kopf vorgeht, man hat es nie wirklich gewußt, das wird einem nun klar. Ein fremder Mensch. Alle gemeinsam verbrachte Zeit nichts als verlorene Zeit. Was hat ihm Angelika schon gegeben? Eine äußerliche Ordnung. Ein durchschnittliches Essen. Eine mäßige Befriedigung, deren Spontaneität durch umständliche Riten gestört wurde: vorhergehende Parfümierung, Unterlegen des dafür bestimmten, lakenschonenden Tuches, Lichtauslöschen, Stummheit, matte Eile und verschämtes Verschwinden im Badezimmer. Und ohne die eigene angestrengte Phantasie, die sich unterdem etwas »Tolles« ausmalt, zumindest was Heimboldt für toll hält, wäre die gemeinsame Geschlechtlichkeit noch trister gewesen. Alles verpaßt, wovon am Montagmorgen gewisse Kollegen geschwärmt. Eine Wachsfigur gibt sich als barmherzige Samariterin aus; verlogen, ohne es zu wissen, und hält ihre Schauspielerei noch für ihren innerlichsten Ausdruck. Alles Mache, aber original. Betonte Herzlichkeit. Übersteigerte Dienstbereitschaft. Schon jetzt merkt Heimboldt Angelika an, wie sie sich auf die Zukunft vorbereitet, in welcher sie sagen kann und wird: Ich habe alles für meinen lieben guten Martin getan.

Schmerzende Spekulation. Und wenn es gar nicht stimmt? Wenn Heimboldt sich irrt und Angelikas Besorgnis echt ist, ihre Liebe aufrichtig, dann wäre er ein gemeiner Schweinehund, diese großartige Frau so zu behandeln: Ach, Angelika, wüßte man nur ganz genau, was man zu wissen meint!

So beginnt Heimboldt jeden Tag wie jeden Tag. Die Gewohnheit ist überwältigend. Was so häufig geschieht, geschieht fast schon von selbst. Am Vorgang des Aufstehens, Rasierens, Ankleidens, Frühstückens, Weggehens erkennt Heimboldt sich als nur noch partiell beteiligt: er ist nicht der Hauptakteur solchen im Grunde rätselhaften wie überflüssigen Geschehens; seine Stellung entspricht der des Rasierapparates, der der Kaffeekanne, der der Aktentasche. Das Ursächliche ist nicht mehr greifbar und nicht definierbar. Im Zentrum alltäglichen Tuns herrscht Undurchdringlichkeit.

Sogar die Füße setzen sich von selber. Wie im Märchen von den roten Schuhen, die von alleine tanzten und ihre Trägerin zum Tanzen zwangen. Wurden abgehackt, die Füßchen, erinnert man sich recht: Gewaltkur. Nur eine Gewaltkur durchbricht die eingeschliffenen Reflexe. Der Tod etwa. Heimboldt will seinen Füßen nicht folgen, solange er noch auf einem steht. Weigert sich. Nun gerade entgegengesetzt gehen.

Das stellt sich ihm eine Kirche in den Weg: wie lange war er in keiner mehr? Das letzte Mal zur Konfirmation? Nein – zur Hochzeit natürlich! Kalt hier drin. Und leer. Die Leute haben schließlich was Besseres zu tun, als während der Geschäftszeit in die Kirche zu rennen. Wo kämen wir denn hin, wenn alle plötzlich. Schau an: der gute Hirte. Erneuert euch aber im Geist eures Gemüts. Lasset uns Gutes tun und nicht müde werden. Leicht gesagt: Gutes tun. Gutes. Weit haben wir uns davon entfernt, so weit, daß man es aus den Augen verlor wie eine ferne Insel hinter dem Horizont. Gutes, und damit sich anderen einprägen; den Besitz an Arme verschenken, den Mantel teilen, aber wer nähme heute noch einen halben Mantel, und was eigentlich besitzt man, was die Armen reicher machte, und was würde Angelika zu solchem Unternehmen sagen? Oder für einen Blinden ein Auge zwecks Transplantation spenden, falls das geht, und doch ahnt Heimboldt, weiß Heimboldt, es hieße doch nur: Der war sowieso todkrank, da ist die Guttat kein Kunststück! Was immer er täte, jetzt würden doch alle denken, es handele sich um eine moralische Rückversicherung; um den letzten Versuch, einen Anspruch auf ein höchst windiges Plätzchen irgendwo oben zu gewinnen. Der Zeitpunkt für die gute Tat ist gründlich verpaßt. Und das Himmelreich dazu, vorausgesetzt, man glaubt daran. Angelika ist sich der Endgültigkeit nicht ganz sicher; sie denkt, daß sie ihn unter jenen unvorstellbaren Umständen wiedersieht. Sonst wäre sie wohl nicht so gefaßt. Oder sie ist bloß gefühlskalt. Gott, Gott, könnte ich doch auch ein bißchen dran glauben, an ein Fortexistieren, und sei es in noch so übersinnlicher Form, das nimmt man in Kauf. Heimboldt wäre schon zufrieden als wiederkehrender, seinetwegen sogar örtlich fixierter Spuk, fortzubestehen, selbst unsichtbar und unhörbar und unfähig, ins irdische Treiben einzugreifen – ja, wäre er nichts als ein Luftzug, es wäre immer noch mehr als gar nichts, als das absolute und spurlose Verschwinden. Er braucht keinen Vorzugsplatz am Kreuz, um zu wissen, er sei gottverlassen, verlassen von jeder metaphysischen Hoffnung. Heimboldt kann sich elektrisch rasieren, durch die Luft fliegen, bis nach Hollywood sehen, aber eigentlich ist das gar nicht das Eigentliche. Was hat Heimboldt mit solchen Künsten den Leuten voraus, die da mit dem guten Hirten zu Abend speisen und gänzlich unrasiert und in ihrem Wesen wahrscheinlich anarchisch sind und nur auf das Heil ihrer Seele bedacht, aber weil man keine besitzt, glaubt man auch nicht mehr an sie, oder wäre richtiger: weil man nicht an sie glaubt, besitzt man keine mehr? Heimboldt tritt den Rückzug aus der Kirche an, bevor ihm ein Anspruch bewußt wird, dem er niemals gerecht werden könnte; schon die Ahnung vertreibt ihn. Statt dessen umkreist er den romanischen Bau, das Zentrum sogenannten Gottesackers. Nettes Plätzchen, Ort des Friedens: da also liegt man, eichenholzverpackt, zinkblechverlötet, anderthalb Meter unter den Ereignissen, die einen nichts mehr angehen. Unbegreiflich: Geboren sein, um zu sterben. Um von einem klaffenden Loch im Boden verschlungen zu werden. Bei solchen Gedanken greift die Hand mechanisch in die Tasche nach dem Stärkungsmittel. Zweiundvierzigprozentiger Mut. Zwischen der lauernden Öffnung in der Erde und Heimboldt wird dadurch das Verhältnis entschärft. Der Blick auf die Erde, aus der du bist, zu der du wirst, hypnotisch fixiert, darf sich lösen. Und sieht in der grün in grün verschwimmenden Umgebung eine Frau, und an dieser etwas, das ihn anrührt. Anschleichen, Achtung, Vorsicht: sich annähernd, scheint Heimboldt die Fremde gar nicht fremd. Irgend etwas erinnert ihn an irgend etwas. Oho: jetzt wird's richtig, jetzt erscheint ein junger Mann, jetzt legt er seine Hand auf sie, jetzt beginnt die Posse (oder das Melodram) »Die Witwe und ihr Liebhaber«. In Heimboldts funktionierndem Hirnteil klappen die Klischees auf: Gattenmord, Giftanschlag, Kapitalverbrechen, Erbschleicherei, alles kriminalistisch ungeklärt, versteht sich. Nun sieht man mal in natura, womit sonst die Regenbogenpresse ihr Publikum unterhält. Möchte das Weib mal von vorn sehen. Da, eine blonde Strähne: Mein Gott – Angelika! Heimboldt wird zum Komtur, zum steinernen Gast, der sich niemals wieder wird bewegen können, geschweige denn sich an Don Juan rächen.

Natürlich nicht Angelika. Bloß 'ne optische Täuschung. Noch lebt Heimboldt ja. Und doch: als hätte er einer Generalprobe beigewohnt. Konfus, ganz konfus machen einen solche Erlebnisse. Kommt das vom Stärkungsmittel? Ungewohnte Zweideutigkeiten in den Erscheinungen, ungewohnte Ambivalenz: das ist etwas Neues, das sein Elendsein steigert. Nach Heimboldt geht alles, alles weiter, ohne daß überhaupt noch jemals die Rede von ihm sein wird.

Zeit in der Kirche, Zeit auf dem Friedhof vertrödelt: nun muß er sich sputen. Das Büro hat immerhin noch nicht auf ihn verzichtet. Eine Taxe. Hallo, Taxi! Guten Morgen, fahren Sie mich, jawohl, mein Herr, schönes Wetter, o ja, macht vier achtzig, bitte, danke, auf Wiedersehen. Und doch: zu spät. Peinlichstes unter allen Peinlichkeiten. Früher jedenfalls gewesen. Zumindest das hat Heimboldt überwunden. Die Todesangst hat die anderen, minderen Ängste verjagt. An ihre Stelle trat gründliche Gleichgültigkeit. Kurzformel: Ihr könnt mich alle. Gewappnet mit dem Panzer persönlicher Zukunftslosigkeit betritt der Ritter die Arena des Klassenkampfes: Wo ist der herrschende Drache, auf daß ihn die metaphorische Lanze meines kommerziellen Desinteresses durchbohre?! Das Ungeheuer, dem zu begegnen man einstmals vermied, läßt sich nicht blicken; es wittert in seiner exklusiven Höhle die Anwesenheit des Unverwundbaren, des absolut hürnenen Heimboldt, den ein Absolutum, wie es der Tod ist, gegenüber dem Absolutismus unverletzlich macht. Der vom Tode Gezeichnete ruft das Zeichen des Todes für jede Herrschaft auf: Sterblichkeit als Grenze der Machtausübung. Heimboldt vermutet, der Chef bleibe seinetwegen unsichtbar.

Heimboldt nimmt Platz an seinem Platz, erfüllt von undefinierbarer Befriedigung und der Gewißheit, ich arbeite, wann und wieviel ich will. Das ist die wirkliche Freiheit: selber über das Maß der eigenen Arbeit entscheiden. Schade, daß diese neue Freiheit nicht lange genossen werden kann. Sogar überhaupt nicht zu genießen ist: denn auf Heimboldts Schreibtisch die Arbeit ist getan, die Ablage leer. In den zwei Stunden seines Zuspätkommens hat wer anderer sie für ihn verrichtet. Hat ihm wer das Letzte gestohlen, ein wohlmeinender Idiot; die einzige Alternative, die für Heimboldt noch bestanden hatte: mehr Alternativen, deren Anzahl die Größe allgemeiner Freiheit bestimmt, stehen für Heimboldt nicht zu

Gebote: nun erst besitzt er nichts mehr. Nicht mal mehr das Mittel der Selbsttäuschung, des Selbstbetruges haben sie ihm gelassen, die wohlmeinenden Bestien, erfreut über ihre Untat, man sieht's, die sie für eine gute Tat halten. Scheißer! wäre das Schwächste und mindeste, was man in die zufriedenen Fressen brüllen müßte. Aufstehen und weggehen, das ist einem geblieben. Weg von dieser steinharten Selbstgefälligkeit, von dieser mörderischen Humanität. Die wissen nicht, was das heißt, wenn sechzigmal in der Minute die eine Silbe wie ein Hammer auf einen niederfällt. Das verlogene Mitleid macht jeden Schlag nur schwerer. Unaufhörlich begraben sie mich und denken, ich merkte es nicht. Und wenn man es ihnen ins Gesicht schrie, sie würden nur noch mitleidiger: Armer, kranker Mann, jetzt fängt schon sein Geist an, sich zu verwirren, kein Wunder...

Hinausschreien, was man von ihnen hält. Leider: ein pappiger Kloß, die zähe Konvention, steckt in der Kehle: man meint daran zu ersticken. Haß gegen die andern prallt von denen ab und schlägt zurück: Achtung, Selbstschüsse.

Zu Hause an seinem Schreibtisch zieht er Bilanz. Aufrechnen der Aktiva gegen die Passiva: Strich drunter, und unter dem Strich: der Gewinn. Oder: der Verlust. Mit Zahlen geht das ganz leicht. Mit dem Leben weniger. Alle Phänomene, sobald man sie der einen oder anderen Seite zuschlagen will, verlieren sofort ihre Eindeutigkeit und damit ihren vordem unbezweifelten Wert: der Urlaub in Kärnten, besonnte Vergangenheit, eine glänzende Erinnerung, doch die Unterkunft war eigentlich mies, das Essen schlecht, zu häufig Regen und Angelika mißgelaunt, weil sie lieber nach Reggio wollte, dazu der Vorderachsenbruch in Höhe von 265,50 Mark, so daß dieses Foto eigentlich auf die Debetseite gehört. Aber war es nicht trotzdem eine Bereicherung des Lebens? War es nicht schön? Es war schön, weil es unwiederholbar ist: einmalig. Wenn einem die Einmaligkeit nur immer bewußt wäre, man lebte ganz anders. Intensiver. Wirklicher.

Urkunde zum zehnjährigen Mitarbeiterjubiläum. Feierlich. Stolzer Augenblick. Man erkennt eine festumrissene Persönlichkeit namens Heimboldt, seriös, doch nicht unelegant, konzentrierter Blick, leicht intellektueller Habit: eine Säule der Firma. Noch ungeborsten. Und nun, nachdem die Firma trotz Säulenverlustes nicht über den restlichen Angestellten zusammengekracht ist, wohin mit der erledigten Gesellschaftsstütze? Auf die Soll- oder auf die Habenseite? Wenn es hoch kommt, dann ist es Arbeit und Mühe gewesen, das sogenannte Leben, doch falls diese Arbeit und diese Mühe sich als absolut sinnlos herausstellen, bleibt einem nichts, als sie abzubuchen: der Gewinn für die Firma ist Heimboldts Verlust. Daran hat die seriöse, festumrissene Persönlichkeit mit dem Urkundendeckel unterm Arm noch nie gedacht. Vor seinem Foto fragt Heimboldt sich, wer der Herr auf dem Foto wohl sein mag: er gewiß nicht. Der da und er hier – das sind nicht mal entfernte Verwandte. Getrennt durch Lichtjahre: einer vom Mars, einer vom Neptun, falls der bewohnt wäre. Festumrissene Persönlichkeit, so hatte es in der Ansprache zum Jubiläum geheißen; aber wo um alles in der Welt ist das Festumrissene, wo die Persönlichkeit hin entschwunden?

Selbst anhand des Fotos gelingt Heimboldt nicht die Rekonstruktion. Was einstmals die Fotofigur gedacht, gefürchtet, geglaubt und erwartet hat: alles weg. Alles weggeätzt von einer wachsenden und expandierenden Eigenschaft, die klein begann und ganz groß wird, die schon den ganzen Körper ausfüllt, vom Magen abwärts übers Geschlechtsteil sich in die Beine, insbesondere die Knie fortpflanzt, das einzige, was überhaupt noch in Heimboldt regsam ist: das ist die Angst. Das ahnt der Kerl auf dem Foto nicht mit seinem blöden Grinsen, dieser debile Stolz auf diese Mappe mit dem verbalen Käse; der alte Heimboldt wußte nicht, was Angst ist, der neue Heimboldt weiß es nur zu genau: es ist die Reduktion allen Denkens und Fühlens auf einen giftigen Punkt, aus dem andauernd was ins Blut übergeht, so daß man schwach wie ein Kind wird, gelähmt wie ein Apoplektiker nach erfolgreichem

Schlaganfall. Ablenkungen wie Alkohol, Fernsehen, Kino helfen so wenig wie die Kopfschmerztabletten bis neulich. Die Angst läßt sich nicht betrügen. Ihre jedesmalige Rückkehr ist von größerer Wucht, daß Heimboldt, wo er sich auch gerade befindet, Platz nehmen muß, will er nicht einfach – ins Mark getroffen – umfallen. Dem einen und einzigen Gedanken gesellt sich eine permanente Übelkeit bei, gegen die kein Alka Seltzer, kein Natron und kein Underberg hilft: Heimboldt müßte schon in einem Swimmingpool voller Underberg herumpaddeln, um kurzfristige Besserung zu verspüren. Doch das versteht keiner. Am allerwenigsten Angelika: sie glaubt, Heimboldt schaue sie sehnsüchtig-zärtlich an, so innig Abschied nehmend, ein letzter Gruß von Herz zu Herz, so daß sie weinen muß, aber es ist nur die Angst in seinem nackten Blick. Sie dechiffriert den »stummen Schrei der Kreatur« nicht. Empfängt nichts auf gleicher Wellenlänge. Heimboldt weiß, er habe es immer gewußt und auch das verdrängt. Ja: diese Angelika hat eine festumrissene Persönlichkeit geheiratet, die es gar nicht gibt, doch auf diese Persönlichkeit war sie geeicht, nicht auf Heimboldt ante mortas. Bestimmt ist sie genausowenig wer, wenn's soweit ist. Ein magerer Trost für Heimboldt: die repetierte Vorstellung, sie geht mit in jenes ferne Land, daraus keines Wandrers Fuß je zurückgekehrt, wie Hamlet meint, mit diesem Ausspruch immerhin ein solches Land voraussetzend: das wäre was, gemeinsam dahin. Das wäre was!

Nicht, weil er Angelika keinem anderen mehr gönnte; von Besitzgier ist er keineswegs mehr besessen. Außerdem: nun weiß er ja, sie ist genausowenig wer, und da kommt's nicht drauf an, ob sie ein andrer Niemand nimmt: deswegen nein.

Aber es wäre was um des Abtretens willen. Heimboldt begreift plötzlich Dr. Joseph Goebbels, den Propagandaminister des Dritten Reiches, der sprach: Wenn wir abtreten müssen, schlagen wir die Tür hinter uns ins Schloß, daß die ganze Welt davon erzittert ... Das wäre was! Bloß stehen Heimboldt keine größeren Mittel für ein solches Finis zur Verfügung. Die Tür zuschlagen, aber im Rahmen bleiben. Das wäre was. Kurz bevor es soweit ist, ehe also Gevatter Hein eintritt, Angelika was in den Tee. Oder brutal: mit dem Hammer übern Dez. Nein, das brächte er nicht fertig. Nicht etwa wegen dieser Person, die eigentlich gar keine ist, sondern wegen der dabei auftretenden Umstände: Schädelkrachen, Gehirnmasse erscheint, Blut, Hinfallen, Ächzen, Verröcheln: furchtbare Imaginationen, trotzdem detailliert ausgemalt, denn das lenkt angenehm vom eigenen näher rückenden Ende ab. Angelika mitnehmen. Wäre das nicht was?! Eigentlich: nein. Da müßte man ganz andere Leute mitnehmen. Wo es sich lohnt. Einen Tyrannen oder dergleichen, wenn's das gäbe. Rasch noch eine wirkliche Tat tun, nachdem die Bilanz nur Manko ergeben. Wie Wilhelm Tell. Ahnte Schiller, woher seines Helden Heldenmut stammte? Weil er unheilbar krank war, der Tell. Das sieht Heimboldt jetzt ganz klar, weil unheilbare Krankheiten klarsichtig zu machen pflegen und den Instinkt schärfen: man riecht das eigene Schicksal bei anderen. Tell war auch eine solche festumrissene Persönlichkeit, die nichts Persönliches hinterlassen: nur die große, beispielstiftende Tat, welche die Individualität seiner Gestalt erst mit Assistenz Schillers begründete. Wer wäre dieser Schweizer sonst gewesen: ein kleiner Angestellter der Eidgenossenschaft, ein Kunde von Geßler.

Das wäre was: eine richtige Tat. Der Gedanke wärmt Heimboldt, und Heimboldt wärmt den Gedanken, daß er aufblüht, wächst und gedeiht. Annonce, erst gestern wieder in der Zeitung gelesen: Kleinkaliberschnellfeuergewehr mit Zielfernrohr, noch waffenscheinfrei, nicht erst bis morgen warten: ist das nicht ein wortwörtlicher Wink des Schicksals? Der Preis ist ja auch relativ mäßig, das kann man sich schon mal leisten. Und eine Schachtel Patronen genügte ohnehin. Und wer wäre sein Geßler? Die Auswahl ist, wie üblich, mehr als ausreichend. Heimboldt, sich kräftiger, beinahe sogar gesund fühlend, beschließt, eine Liste aufzustellen: Proskriptionsliste. Aus der Reihe erlauchter verdammter Namen wird er den klangvollsten und wichtigsten wählen. Die Absicht, sich durch eine große Tat in die Weltgeschichte einzuschleichen, wird jedoch umgelenkt auf eine geringfügigere Aktion: durch Frau Kräusler. Sie wohnt eine Treppe über den Heimboldts und soll in einem Schönheitsinstitut beschäftigt sein. Man ahnt, was sich dahinter verbirgt: sie sieht ganz danach aus. Diese Frau hat eine Ausstrahlung: eminent: das geht glatt durch Wände und Mauern. Das kommt wiegend über den Damm geschritten, Traumwiege, hin und her, auf und ab, und jedesmal glimmt Heimboldts Sensorium auf: seine Nervenbahnen bilden Leuchtschriften obszönen Inhalts. Die Sünde ist eine Sünde wert. Aber die Hemmnisse. Horror vor der Entdeckung durch Angelika und vor der zu erwartenden Szene. Scheu vor dem Klatsch der Nachbarn, die was merken könnten, das sich bis ins Büro rumspricht: Furcht vor der Konsequenz: Geben Sie Martin frei, Frau Heimboldt, er gehört mir, wie lieben uns! Blockierende Vorstellungen dieser Art haben nun ihre Gültigkeit verloren. Ohne Komplikationen erwarten zu müssen, man hat ja nichts mehr zu erwarten, kann Heimboldt der Verlockung nachgeben. Im Grunde ist er fein heraus. Was er auch tun mag, es bleibt folgenlos, zumindest für ihn.

Guten Tag, Frau Kräusler, daß man sich hier auf der Treppe trifft, was für ein glücklicher Zufall! Finger des Schicksals, möchte man meinen. Darf ich Ihnen das Netz tragen helfen, ist doch viel zu schwer für Sie!

Das Bewußtsein bleibt klar, indem es, außer sich geraten, den Vorgang nüchtern registriert, und trübt sich gleichzeitig, indem es ihn verklärt: Hingezogensein, ein Gran Gernhaben, ein Kaumwas an Illusion, und doch: entsteht nicht schon Bedauern, hier vor der Wohnungstür, daß es, ehe es begann, falls es beginnt, nicht von Dauer sein darf? Deutlich auf Weiterungen weisend, wird die Geste der Annäherung vollzogen: Ich würde mich mit einer Tasse Kaffee für den Dienst belohnt fühlen... Staunend registriert Heimboldt die Selbstverständlichkeit, mit der er eingeladen wird, mit der er eintritt, mit der er traumwandlerisch sicher hingreift, wohin er es immer schon lange wollte. Kosmetiksalon, haha, alles Tarnung, warum nicht bereits früher, ich Idiot, bloß die Hand hätte man auszustrecken brauchen! Indem das Uranfängliche passiert, wozu andere Wirbeltiere, arme Viecher, ausschließlich während der Brunft fähig sind, geht in Heimboldt nur die gewohnte physiologische Veränderung vor, ansonsten bleibt Heimboldt, wie Heimboldt war. Etwas, das über die Leibesfunktion hinausgeht, ereignet sich nicht. Keine Zunahme an innerer Kraft, an Demut gegenüber dem Unabänderlichen. Keine Möglichkeit für: ... und akzeptieren wir die Vorfristigkeit unserer nicht vorgesehenen Beerdigung und zeichnen hochachtungsvoll ... Eine vage Hoffnung auf Erfüllung ist zunichte. Deutlicher als vorher ist Heimboldt sich des umfassenden Defizits gewiß, dessen Auswirkungen in seinem psychischen Haushalt auszubalancieren ihm niemals gelang. Leere Stelle. Eine Art innerer Blindheit und Taubheit. Die fremde Frau im fremden Bett hat daran nichts geändert, eher noch erscheint sie als Komplizin böswilliger Nornen: sie hat sein Verlangen liquidiert. Das ist fort. Oder war das auch nur eine Autosuggestion? Hat er ständig über das Manko an Eigenschaften und Fähigkeiten hinweggetäuscht, sie nur als Erbteil jedes Menschen auch bei sich vermutet, ohne genauer nachzuprüfen?

Bleibt das Rumgehüpfe. Selbst das können Sperlinge besser, an die fünfzigmal hintereinander, die Zoologie hat es entdeckt: das hüpft und pickt noch, wenn Heimboldt längst nicht mehr hüpft und pickt.

Wenn Angelika von der Arbeit heimkommt, ist Heimboldt längst wieder in seiner Wohnung: das hat sich gewandelt: er jedenfalls hat im Anschluß an die Bilanz darauf verzichtet, noch einmal ins Büro zu gehen. Schluß. Aus. Weil der Mensch jedoch bis zur vorletzten Minute essen muß, blieb Angelika keine Wahl, als für dieses Essen zu sorgen. Das verschlechtert die Stimmung. Kaum erscheint Angelika daheim, empfängt Martin sie mit einem Wortschwall: Sie glaube wohl, er merke nicht, daß sie es satt habe, für einen Todeskandidaten Geld verdienen zu müssen. Jawohl: Todeskandidat, oder solle er lieber sagen: Sterbender? Tränen, die habe sie stets reichlich produzieren können, statt ihn aufzuheitern, andere Frauen würden ihrem Mann die letzten Wochen verschönen, nicht indem sie ein neues Nachthemd kauften, sondern indem sie sich was einfallen ließen, intuitiv, nicht wahr, intuitiv! Und ihr scheine noch nicht mal die Suppe aus der Büchse zu schmecken, die er trotz seiner spasmischen und trotz der zerebralen Hypertonie bereitet habe, während sie es bis heute nicht für notwendig gefunden habe, einmal im »Ärztlichen Ratgeber« nachzuschlagen, was sie zur Witwe mache. Ja, Witwe! Sie solle nicht so tun, als höre sie das Wort zum ersten Male, vielleicht habe sie sogar schon in der entsprechenden Abteilung im Kaufhaus nach schwarzen Sachen Ausschau gehalten, falls noch nicht, dann bestimmt demnächst. Wieso sie schon ins Bett wolle? Ungewohnte Büroarbeit? Heimboldt habe zeit seines kurzen Lebens ins Büro und hinterher noch munter sein müssen, um mit seiner Frau ins Kino zu gehen, zu Bekannten, zum Sechstagerennen, immer vital, im Hüpfen und Springen, Hüpfen und Picken. Erfreulich, daß jemand so gut schlafen kann. O nein, er sei kein Zyniker, sei weder bitter noch ungerecht, auch hadere er keineswegs mit seinem Geschick, er wäre über vieles hinaus, über sehr vieles, sie solle nur ins Bett gehen...

Bald soll Heimboldt, klipp und klapp, mit einer bestimmten Kaufabsicht ein Lokal aufsuchen: klipp und klapp. Klipp und klapp darum, weil Heimboldt, nicht redensartlich, sondern ganz faktisch, am Stock geht. Die spasmischen Nerven. Die zerebrale Hypertonie. Nach dem Verlust der Freiheit im Verlust der Alternative, nach dem Verlust der Illusion im Verlust des Verlangens kehren die Gedanken zu den tagtraumhaften Phantasmagorien über die »große Tat« zurück: sie bietet sich als einzig verbliebene Möglichkeit der Selbstverwirklichung vor Toresschluß an. Hüpfen und picken ist keine Selbstverwirklichung. Von meinen Erdentagen bleibe eine Spur, die nicht in Äonen untergeht. Gegen das Spatzenfatum. Die Zeit ist ein bißchen zu knapp geworden für eine epochale Erfindung, eine elementare Entdeckung, ein grandioses Kunstwerk. Mit etwas mehr Zeit ließe sich noch Großes schaffen. Ein Monument seiner selbst, aus Spendensammlung gefördert: kranker Künstler bittet um Unterstützung für ein letztes Werk; Spendernamen werden im Werk genannt. Keine Zeit mehr. Und keine Kraft. Schon zu erschöpft. Eine Stärkung bitte. Kaschemme oder nicht: unbekannt hier. Rundherum lauter Typen. Von denen erwartet man also Assistenz für die »große Tat«. Es kann natürlich nur eine schlagartige sein, ein Blitz aus heiterem Himmel. Damit Heimboldt zu dem Blitz kommt, mittels dessen er sich in die Walhalla eigener Identität schießt, gilt es zu überlegen: Bei wem Erkundigungen einziehen? Nicht beim vertrauenerweckenden Typ, sondern beim gegenteiligen. Demselben einen Schnaps, ein Bier spendiert, zwecks kommunikativen Brückenschlags über soziale Klüfte, dann vertraulich werden. Einfach fragen. Nach einer Handfeuerwaffe, Pistole. Zu deutsch: Knarre. Wie sagt man hier? Ballermann? Ja: einen solchen brauche man sofort. Mißtrauen als logische Reaktion. Prüfung Heimboldts: gewogen und für doof befunden. Heimboldt solle morgen mal unverbindlich vorbeikommen. Und fünfhundert Emm mit sich führen. Unverbindlich. Und als Heimboldt wiederkehrt, wird er an eine unzweifelhaft zweifelhafte Existenz gewiesen. Heimboldt wirkt glaubwürdig harmlos. Seine Erscheinung löst keinen Alarm aus. Fünfhundert Mark sind nicht zuviel. Beinahe hätte er, nachdem er die Pistole zu sich gesteckt, nach Garantiedauer und Service gefragt. Bedankt sich. Handschlag. So leicht geht das: einen Donnerblitz erstehen und zeusgleich werden.

Wie das die Manteltasche herunterzieht! Transpiration der Finger feuchtet den brünierten Stahl. Bin Heimboldt und bleibe es, historisch unverwechselbar, die Einmaligkeit bald bewiesen von dem Relativsatz: ... welcher kaltblütig mit einem zielsicheren Schuß die Königin respektive das Staatsoberhaupt beziehungsweise den Bundeskanzler beziehungsweise den Ministerpräsidenten des Amtes enthob ...

Martin Heimboldt – unauslöschlich! In die Geschichte eingegangen. Für alle Ewigkeit. Über Zeit und Raum hinweg. Beispiel Bakuninscher Praxis und antiker Größe zugleich. Angehörig dem exklusiven Klub weltbekannter Attentäter, in einem Atemzug genannt mit dem Mann, der John F. Kennedy, dieser, wie hieß er, Hazy Osterwald, nein, Osborn, nein, und der den Kennedy-Bruder, wie hieß der, Ofarim, Salimbat, und der von Martin Luther King? Nicht einmal eine Assonanz meldet sich da.

Nun weiß Heimboldt, daß selbst dieser Versuch eines Versuches reine Phantastik gewesen ist. Kein Mensch wüßte nach drei Jahren, wer Königin, Ministerpräsident, Bundeskanzler beseitigte. Schall und Rauch. Der Schall verhallt, der Rauch verflogen. Blödsinn, fünfhundert Mark rauszuwerfen. Aus einem Sperlingsbalg steigt kein Phönix.

Und die innere Befriedigung, in den Gang der Geschichte, wenn auch anonym, eingegriffen zu haben? Dazu gehört absolute Gewißheit, daß der Geschichtsgang bei Fortleben des Beseitigten anders verlaufen wäre als nach dem Attentat – woher jedoch solche Gewißheit nehmen? Und glaubte man gar daran, die Weiche verstellt zu haben, brauchte man doch wiederum Zeit, die veränderte Richtung erkennen zu können. Wie denn das, wenn man keine Zeit hat? Mit der privaten Zukunft hört auch die historische auf. Obwohl er über sie dahinhinkt, verschwindet für Heimboldt die Erde in den Tiefen des Universums. Ein fernes Gestirn, in dessen Geschicke einzugreifen sich nicht lohnt.

Später kristallisiert sich eine neue Idee aus den Hypothesen und Spekulationen, nämlich die: Todkranke seien häufig heilbar. Oftmals verbreitet dergleichen die Presse. Heimboldt erinnert sich, es eigenäugig gelesen zu haben. An Wunder grenzende Leistung eines genialen Arztes. Doch Wunder sind ziemlich teuer und vollziehen sich hauptsächlich an Millionären, Landesvätern und berühmten Dirigenten. Geld macht nicht allein glücklich, sondern auch gesund. Und heilt das Geld nicht, stirbt der Besitzende leichter, umsorgt von geduldigen Krankenschwestern, von rührigen Medizinern, die den Endkampf zum schmerzlosen Hinüberdämmern dämpfen. Also will Heimboldt Geld. Nichts als viel, viel Geld. Für das Hinauszögern des Unausweichlichen, und wenn schon nicht fürs Hinauszögern, dann fürs Abmildern des befürchteten Geschehens. Freund Hein bestechen, daß er sanft verfahre. Möge zu diesem guten Endzweck die Waffe, Marke Walther, Kaliber 7,65 mm, verhelfen. Dann waren die fünfhundert Mark nicht rausgeschmissen. Einfach in eine Bank gehen, zum Schalter, einen vorbereiteten Wisch dem Kassierer unter die erblassende Nase halten: Dies ist ein Überfall! Alles Geld her, oder es wird geschossen! Aktentasche aufs Zahlpult, den Ballermann in Brusthöhe, unauffällig, unauffällig, und dann ab ins Schweizer Sanatorium. Es muß klappen. Es wird klappen. Die Verzweiflung als Mutstütze nützen wollen und trotzdem wissen: Das ist auch nur eine Phrase, deren Wahrheitsgehalt keine Allgemeinverbindlichkeit besitzt und nicht zum Nachvollzug einlädt: Heimboldt ermutigt Verzweiflung keineswegs. Im übrigen glaubt er als Zeitungsgläubiger, sein Vorhaben sei für einen Amateur wie ihn in einem kleinen Institut, etwa einer Vorortssparkasse, leichter durchzuführen. Freilich, die Summe wäre kleiner, man müßte die Sache wiederholen, damit man sich die Klinik in ruhiger Waldlage, Aussicht aufs Alpenglühen vom Bett aus, leisten kann.

Wie vor dem Geldpalast spürt Heimboldt angesichts der Geldhütte, vor der er Wache bezieht, den Puls im Hals. Ach, an ihm ist kein John Dillinger oder Al Capone verlorengegangen. Er bringt es nicht fertig, das Kriminalstatistikgemäße zu tun. Zum Heulen. Heimboldt bleibt Heimboldt. Aus dieser Haut fährt er niemals. Aber wo steht geschrieben, er müsse sich bis zum bitteren Ende in ihr aufhalten?

Letzter Entschluß: eine Warnung präzise formulieren, und dann mit Freund Ballermann irgendwohin. Rathausvorplatz. Oder so. Damit Angelika, besorgt um ihren guten Ruf, den Abschiedsbrief nicht unterschlägt; das trau ich ihr zu, einem Toten den letzten Willen nehmen. Nach diesem Entschluß breitet sich unerwartet Behagen in Heimboldt aus, da ihm noch etwas eingefallen ist, sein Verschwinden aus der Sphäre des atembeklemmend Banalen auf eine höhere, sozusagen moralische Ebene zu heben, auf der sich für gewöhnlich nur große Verbrecher und Heilige tummeln, das ist dasselbe, an beiden statuiert sich die Welt als Exempel: so will Heimboldt zumindest als Demonstrationsobjekt aus der Gegenwart scheiden.

»Im Falle meines nicht sofortigen Ablebens bitte ich darum, keine Wiederbelebungsversuche an mir vorzunehmen. Ich habe mit allem abgeschlossen. Ich möchte betonen, daß ich keinem die Schuld dafür gebe. In mir ist schon lange kein Leben mehr. Der göttliche Funke ist erloschen. Wer das veranlaßt hat, weiß ich nicht. Ich gebe keinem einzelnen die Schuld. Ich habe lange darüber nachgedacht, wie es geschehen konnte, daß ich zum Schluß bloß eine Personalakte auf zwei Beinen gewesen bin – für die anderen wie für mich selber. Nachdem ich vor kurzem die Abwesenheit jedes äußeren wie inneren Lebens an meiner Person konstatierte, möchte ich darauf hinweisen, daß unter solchen Umständen das Dasein zur Qual wird, welche man baldigst zu enden gewillt ist. Daher kann ich nicht umhin, festzustellen: es handelt sich um eine unumgängliche Notwendigkeit, daß jeder, der diesen Brief liest, von dem ich hoffe, die Presse möge ihn veröffentlichen, ehrlich und ernsthaft sich selbst überprüft, wie es um ihn bestellt ist. Bei rechtzeitiger Erkennung des eigenen Zustandes ist vielleicht noch Rettung möglich. Lebt alle wohl, Angelika ebenfalls. Hochachtungsvoll: Martin Heimboldt.«

Dann: an geeigneter Stelle: Luft holen, Waffe an die Schläfe: Versagen. Ein metallisches Knacken, weiter nichts. Seine kühne Geste hat niemand bemerkt. Und an seinem Schreibtisch, den Schraubenzieher in der Hand, erkennt er, daß er betrogen wurde: der Schlagbolzen der Pistole fehlt.

Ballermann ist impotent. Die Kaschemmentypen haben Heimboldt hereingelegt. Haben sich unheimlich amüsiert über den Gimpel, der fünfhundert Mark berappt, um im entscheidenden Moment, etwa vor einem renitenten Geldbriefträger, wehrlos dazustehen. Gesindel: hat ihn um den freiwilligen Abgang gebracht. Um das Zeichensetzen, um das Signalgeben. Damit hat er seinen Energievorrat bis zur Neige verbraucht: der Springflut von Angst folgt der nivellierende Ausgleich: die Apathie. Insofern vollziehen sich die biochemischen Abläufe natürlich: auf Adrenalinausschüttung, Pulsbeschleunigung, Schlaflosigkeit, erhöhte Sensibilität folgt greisenhaftes Einnicken im Sessel, Empfindungsloswerden der Extremitäten, vermindertes Reaktionsvermögen auf akustische und optische Eindrücke, verlangsamter Herzrhythmus: Danke, Angelika, keinen Appetit.

Zwischen Umrühren des Tees und Brotzerbröseln dann: die Vision. An Heiligenlegenden muß was Wahres sein. Mitten im Zimmer, mehr zum Fenster hin, wie ein Haufen grauweißer, riesiger, in sich verknoteter Schlangen Heimboldts überdimensionales Gehirn, in dessen Zentrum sich ein wuchernder Fremdkörper versteckt. Das ist das Ende. So fängt es an. Da entgeht einem das Klingeln des Telefons und daß Angelika das Gespräch entgegennimmt, indes man auf das nach außen projizierte Ungetüm starrt, wobei die Zeit völlig zum Stillstand kommt.

Mit der Rückkunft Angelikas ins Wohnzimmer schwindet das Gespenst und wird zur mild schimmernden Stehlampe.

Wieso Tränen, Angelika? Hat's in diesem Hause noch nicht ausreichend Tränen gegeben? Und woher die unter Tränen sich vordrängende Freude? Hat's plötzlich ausgehakt bei meiner Ophelia?

Der Professor Ermler, Martin wisse doch, der Neurologe, habe soeben angerufen und ein Geständnis abgelegt, wobei er tausendmal um Verzeihung gebeten. Sei auch zu materieller Entschädigung bereit. Die Sprechstundenhilfe fristlos entlassen. Er bitte jedenfalls inständig, von juristischen Schritten gegen ihn abzusehen, was Martin dazu sage, ob das nicht einfach herrlich und wunderbar sei?!

Was sei herrlich und wunderbar?

Daß die blöde Krankenschwester die Röntgenplatten verwechselt hätte; nicht Heimboldt, ein anderer sei der Todkranke! Der arme Mann wäre nämlich soeben verschieden. Und dabei wäre die Sache herausgekommen: der Arzt, der den Totenschein ausgeschrieben, hätte, des plötzlichen Hinscheidens wegen, Obduktion angeordnet, und so sei der Tumor entdeckt worden im Kopf eines angeblich Kerngesunden! Der wirklich Kerngesunde aber wäre kein anderer als Martin Heimboldt! Was für eine glückliche Fügung, Martin, der Herr verläßt die Seinen nicht ...

Heimboldt vermutet, sein letztes Stündlein sei gekommen: der Arzt hat Angelika soeben Instruktionen gegeben: ganz klar. Durch fromme Lüge den Abgang erleichtern. Wie man unheilbar Krebskranke nach Hause schickt, weil man sie für geheilt erklärt. Heimboldt weiß Bescheid, ihm macht keiner was vor. Er hat sich eingehend mit der Materie befaßt – o ja, das hat er!

Selbstverständlich glaube er Angelika, doch, doch, gewiß, was für ein Zufall, aber Angelika möge sich wieder hinsetzen und weiter ihr Abendbrot zu sich nehmen. Angelika weigert sich. Statt dessen wird sie sofort tun, was die Rechtspflege »den Beweis antreten« nennt. Aus Saulus Heimboldt wird ein Paulus werden. Zu dieser Verwandlung wird sie sogleich den leichtfertigen Neurologen herbeischaffen, ihn und seine Unterlagen, Atteste und Röntgenplatten: wie er Martin von der Krankheit überzeugt hat, wird er Martin auch von der Gesundheit überzeugen. Martin werde staunen: nächste Woche sitze er bestimmt wieder in seinem Büro, als wäre überhaupt nichts gewesen! Und ehe es Heimboldt sich versieht, rennt sie hinaus, die Tür klappt, die Taxe ist gleich gestartet, rollt und fährt, und da Professor Ermler Reue fühlt, fährt und rollt sie sofort die gleiche Strecke, nun mit zwei Fahrgästen besetzt, zurück. Die Tür fliegt auf. Ein Ruf: Martin, der Herr Professor ist da!, und der verlegene Arzt wird zum Nähertreten aufgefordert, ins Wohnzimmer, wo Heimboldt sich noch befindet, nur in etwas veränderter Lage, nämlich vor seinem bequemen Sessel auf dem Teppich, auf welchen auch der Neurologe kniet, um nach dem Aufstehen mit betretener Miene Angelika herzliches Beileid zu wünschen. Ein Glück nur, daß Frau Heimboldt gewissermaßen darauf vorbereitet gewesen wäre. Dieser Exitus sei im Grund rätselhaft; bis auf die verwechselten Aufnahmen hatte der Tote die beste Lebenserwartung. Möglicherweise ein Zerebralschock, nach Professor Dr. Dr. Quenau etwas äußerst Seltenes, immerhin: für die Wissenschaft, insbesondere die Neurologie, ein gefundenes Fressen. Pardon, liebe gnädige Frau. Sie müsse es nicht gleich heute entscheiden, doch bitte er sie im Namen der Forschung und ungezählter leidender Menschen, welchen dadurch vielleicht geholfen wird, um die Genehmigung zur Autopsie. Er werde sich erlauben, in dieser Angelegenheit wieder auf sie zuzukommen. Wo man hier telefonieren könne?

Und während der Arzt das Übliche anordnet, wächst sich die Trauer aus, die jede eventuelle Einsicht unmöglich macht, jede Erkenntnis blockiert, selbst wenn solche im Bereich des für Angelika Denkbaren läge, und lenkt die Gedanken auf das Nächstliegende: Begräbnis, Traueranzeigen, entsprechende Kleidung, und wo man sie wohl am günstigsten einkaufen kann.

Nachricht vom Volk der Dichter und Denker

So kam ich unter die Deutschen: mit dem Taxi vom Hauptbahnhof. Auch wenn mir das leitmotivische Zitat dazu erst nach der Ankunft einfiel. Denn im ersten Moment ließ sich nichts Auffälliges erkennen. Doch dann bemerkte ich im Innenspiegel des Wagens die Augen des Taxifahrers. Statt auf den Verkehr vor sich zu achten, starrte er mich an, dann aber zur Seite, nachdem er sich ertappt sah, als hätten sich unsere Blicke nur zufällig begegnet. Wortlos erreichten wir das Hotel: ich zahlte und schob mich aus der Tür, er hatte die Scheibe zur Straßenseite heruntergelassen, um mir das Wechselgeld herauszulangen, aber mit den Münzen zusammen drückte er mir einen bräunlichen Umschlag in die Hand. Auf meine Bemerkung, ich habe nichts im Wagen vergessen, erwiderte er sehr ernst: Er bäte mich, den Inhalt zu lesen, nicht sofort, später, oben im Zimmer. Er würde eine Antwort erhoffen, wenn möglich eine positive. Und ehe ich eine Frage stellen konnte, hatte er Gas gegeben und war zwischen den anderen Autos verschwunden.

An der Rezeption füllte ich den Meldeschein aus, während der Portier, stereotyp lächelnd, den Kopf seitlich zur Schulter geneigt, welche im Laufe seines Lebens der Neigung entgegenkommend auffällig höher gewachsen war, meine Schreibhand eigentümlich intensiv beaugenscheinigte. Er überflog nickend den Zettel und meinte augenzwinkernd, er werde selbstverständlich mein Incognito wahren. Als ich keine von ihm erwartete Reaktion, etwa ein kumpanenhaftes Einverständnis durch Nicken oder Trinkgeld, zeigte, wandte er sich ab, um mir den Zimmerschlüssel zu überreichen. Er mußte mich offensichtlich mit irgend jemand verwechseln, wohl mit einer bekannten Persönlichkeit, mit der ich eine gewisse Ähnlichkeit aufzuweisen schien. Darauf hin angesprochen, lächelte er erneut, diesmal auf eine Weise, die »verständnisinnig« genannt wird, und die mich in eine, mich peinlich berührende Konspiration einbezog. Ich wollte so schnell wie möglich auf mein Zimmer, wurde jedoch zurückgehalten, um einen braunen Umschlag, ähnlich dem schon in meiner Hand befindlichen, zu erhalten. Auf meine Erklärung hin, daß ich keine Post erwarte und daher ziemlich verwundert sei, entgegnete er gedämpft, fast raunend: »Lesen Sie und geben Sie mir morgen Bescheid!«

Meine Reisetasche unter dem Arm, stieg ich die Treppe zum ersten Stock hinauf, gelangte, durch keine weiteren unerklärlichen Begegnungen gehindert, ins Zimmer, wo ich als erstes die geheimnisvollen Umschläge öffnete. Zuerst den des Taxifahrers, dem eine Reihe von Blättern entfiel. Auf dem Deckblatt der zusammengehefteten Bögen stand in säuberlicher Handschrift: »Lesen Sie die Früchte meiner schlaflosen Nächte. Wenn mich die Stille der Nacht umfängt, kommuniziere ich mit dem Weltgeist, der, sobald der Glanz des Tages erloschen ist, mir die Inspiration zu den beiliegenden Gedichten zuteil werden läßt ...« Das muß ein Irrtum sein, das war mir klar. Ich war der falsche Adressat. Aber wer war der richtige? Ich verstehe nichts von Poesie, als Vertreter von Pflege- und Reinigungserzeugnissen, und habe seit meiner Schulzeit auch keine einzige Zeile Lyrik mehr gelesen. Anstandshalber unterzog ich mich nun der Mühe, die beiliegenden Verse zu begutachten, als inkompetenter Stellvertreter eines fachlich vermutlich hochqualifizierten Geistes, der mir gänzlich abging. Meine Beziehung zu dem Taxifahrer beruhte auf dem gleichen Mißverständnis wie die zum Portier, da dessen Umschlag ebenfalls Gedichte barg, deren ästhetischen Wert ich ebensowenig abzuschätzen vermochte wie die des Taxifahrers. Handelte es sich um bisher verkannte Meisterwerke? Oder um dilettantisches Geschreibsel? Heutzutage kann ja nicht einmal mehr der Literaturfachmann die genaue Unterscheidung zwischen gut und schlecht treffen, wie man hört, so daß sich diese fachliche Unsicherheit bis hinein in die Region der aufstrebenden Talente fortgesetzt hat. Die Frage der Reinigungsmittel ist unkomplizierter, ihre Wirksamkeit durchaus meßbar, was mir bei Gedichten weniger der Fall zu sein scheint. Vor allen Dingen bezwecken die Reinigungsmittel einen raschen und äußerlichen Effekt mit der Bezeichnung »Sauberkeit«, während mir das Gedicht-Ergebnis unvorstellbar ist. Was wohl sollte denn folgen, sobald man sie sich Wort um Wort zugeführt hatte?

Ohne mir weitere Gedanken zu machen, wollte ich mich zur Ruhe begeben, als das Telefon läutete; ich vermutete den Anruf der Tagungsorganisation, die mich eingeladen hatte, um über flüssige Seifen zu referieren, doch am Apparat war der Portier. »Hüten Sie sich vor dem Zimmerkellner!« flüsterte er und legte sofort auf. Da klopfte es bereits an die Tür, und ich, halb entkleidet, öffnete diese einen Spalt, der von außen mit Nachdruck erweitert wurde, so daß ich, in Socken ohne rechten Halt auf dem glatten Boden, einfach in den Raum geschoben wurde. Da stand der mir warnend Avisierte. Auch er überbetont lächelnd, eine Hand auf dem Rücken, als wolle er etwas servieren, was ja auch der Fall war, bloß in einem anderen als dem erwarteten Sinne. Denn er übergab mir wortlos einen braunen Umschlag, meine Hand, mit der ich noch die Klinke umklammert hielt, kam seiner Geste wehrlos und ganz automatisch entgegen; als hätte ich seit meiner Ankunft nichts anderes erhofft, als diesen Umschlag an mich nehmen zu dürfen. Er schaute mich eindringlich an und sagte: »Vorsicht vor dem Portier! Er hat einen Revolver...« Anschließend deutete er eine Verneigung an, zog die Tür sacht ins Schloß und wünschte mir, schon vom Flur her, eine gute Nachtruhe, was mir wie Hohn in den Ohren klang. Wie denn schlafen, unter diesen bedrohlichen Umständen, wo von mir etwas erwartet wurde, dem zu genügen ich außerstande war. Unmöglich, diesen Leuten irgendeinen Rat, einen

Hinweis zu ihren Produkten zu geben oder ihnen klarzumachen, daß meine Kenntnisse auf einem ganz anderen Gebiete lägen, das ihren Aspirationen keineswegs entspräche. Um überzeugende Argumente für meine Inkompetenz, für den Irrtum um meine Person zu finden, würde ich mich schriftlich wappnen müssen, und ich nahm am Schreibtisch Platz, um auf dem Hotelbriefbogen meine Einwände zu formulieren. Kaum hatte ich die Schreibmappe aufgeschlagen, fiel mein entsetzter Blick auf ein Gedicht, dem weitere Gedichte folgten, bis als letzte Seite ein Schreiben der Direktion erschien, die mich aufforderte, vorliegende Erzeugnisse zu beurteilen. Es handele sich um eigenhändig verfaßte Arbeiten des Direktors, der mir außerdem die im Zimmer befindliche Mini-Bar zur kostenlosen Bedienung zur Verfügung stellte. Was für eine billige Bestechung und Einvernahme für eine Leistung, zu der ich gar nicht fähig war.

Meine anfängliche Verlegenheit verwandelte sich in Gekränktsein. Ich merkte, wie ich wütend wurde: mein Selbstwertgefühl war durch die Verwechslung beschädigt, und das ärgerte mich. Ich war doch selber wer, war selber eine Persönlichkeit, wie ich mit Recht behaupten durfte, und keinen Deut schlechter als der geheimnisvolle, jedenfalls für mich geheimnisvolle Unbekannte, dessen Rolle mir einfach aufgezwungen wurde. Früher, im Kino, habe ich mich über Verwechslungskomödien amüsiert, über »Charleys Tante« etwa, ohne jedoch den Abgrund von Tragik zu erkennen, über den da gespottet wurde und in den ich jetzt wie in einen Orkus hinabstürzte. Die Komik war mir vergangen. Ich trat vor den Spiegel, krampfhaft im Gedächtnis kramend, wem aus dem literarischen Bereich ich ähneln mochte, doch es fiel mir niemand ein. Daß meine Identität unverwechselbar sei, hatte ich immer ungeprüft angenommen, aber jetzt schwankte ich selber mir gegenüber, und es kam mir sogar die fatale Überlegung in den Sinn, ich sei möglicherweise wirklich nicht ich, sondern jener, der sein Gedächtnis verloren haben könnte, um sich für einen Reisenden in Reinigungs- und Pflegemitteln zu halten, was man ja ebenfalls aus vielen Filmen gelernt hat. Ich kam mir vor dem Spiegel so fremd vor, wie seit meiner Kindheit nicht mehr. Und obwohl ich das Angebot der Direktion zu ignorieren gedacht hatte, zog ich eine Flasche aus dem Kühlschränkchen und trank sie bis zur Neige und ohne abzusetzen leer. Dann warf ich mich aufs Bett. Wohin war ich nur geraten?! Hüten Sie sich vor dem Zimmerkellner! Der Portier hat einen Revolver! Was würde morgen sein, wenn ich zum Frühstück erschien, ausgesetzt inquisitorischen Nachforschungen, ob ich und mit welchem Ergebnis die Ergüsse besagter Personen gelesen hätte?!

Trotz beängstigender Phantasien, in denen ich zum Opfer rabiater Dilettanten wurde, die meine Verwechslungsgeschichte nur für die Verweigerung einer kritischen Aussage nehmen würden, schlief ich dann doch ein, geplagt von Träumen übelster Sorte: Ich hockte wieder auf der Schulbank und mußte hundertmal den »Erlkönig« abschreiben. »Wer reitet so spät durch Nacht und Wind...« Und jedesmal schlug ein Rohrstock aufs Pult, regelmäßig, rhythmisch, als klopfe wer an die Tür, bis ich erwachte, halb angekleidet, und tatsächlich an die Tür geklopft wurde. Blitzartige Vision! Der Kellner, ich soll mich vor ihm hüten! Der Portier mit dem Revolver! Vielleicht hat auch der Kellner eine Waffe?

Auf mein schwaches Rufen erklang draußen eine weibliche Stimme: Das Zimmermädchen! Gott sei Dank! Sie habe vergessen, die Handtücher zu wechseln...

Ich atmete auf. Endlich ein vernünftiges Wesen, und da war es auch schon und schob ein Wägelchen mit Handtüchern, Putzmitteln (natürlich ein Konkurrenzprodukt!) ins Zimmer. Ich schloß die Tür hinter ihr, und sie schritt mit einem erstaunlichen Hüftschwung und einem Arm voller Handtücher zum Bad. Zwischen den Badelaken auf dem Rollwagen stach etwas hervor, und als ich einen Zipfel lüftete, fand ich einen braunen Umschlag. Ich ließ den Zipfel los, mit einem bedenklichen Gefühl im Magen und leicht zitternden Händen. Sie kam aus dem Bad zurück und blieb dicht vor mir stehen, indem sie erklärte, sie würde mir gern etwas zeigen, und ich schäme mich noch heute, daß ich antwortete, ich würde auch sehr gerne etwas von ihr sehen. Es muß sich damals ein Fehlverhalten in der Reihenfolge ereignet haben, denn statt mir, wie ich vermutet hatte, den Umschlag zu offerieren, offerierte sie sich selber, indem sie die obersten Knöpfe ihres schwarzen Kittels zu öffnen begann. Ich bin ein schwacher Mensch. Und sie hätte meine wahre Identität doch sowieso bezweifelt: Ihre Annahme, daß ich sei, wer ich gar nicht war, saß viel zu fest, als daß mein Leugnen etwas bewirkt hätte. So nahm ich »die Gelegenheit wahr«, wie die Umschreibung dafür lautet, obwohl es sich ja um einen Beischlaf unter falschen Voraussetzungen handelte. Ich tat hingebungsvoll und genüßlich, was mir gar nicht zustand, und mein Vergnügen, das muß ich bedrückt gestehen, wurde durch das Wissen gesteigert, daß ich namens meines Doppelgängers erntete, was er unwissentlich gesät hatte: nämlich die Bereitschaft zur Hingabe im Tausch gegen Förderungshilfe. Ja, ich war außerordentlich stark in diesem Moment und von einer Maßlosigkeit, der Ewigkeitsdauer zu wünschen ein anderer schon vorweggenommen hatte. Der Begriff »Beischlafdiebstahl« besitzt eigentlich eine andere Bedeutung und meint das Delikt des Bestehlens nach dem Akt, Ausraubung des unaufmerksamen Freiers, doch mir erschien im Hotelbett die Bezeichnung für mein Tun viel angebrachter: Ich stahl etwas, und zwar die ausgeübte Sache selber. Und außerdem: Diebisch, und das ist das treffende Wort, diebisch freute ich mich, was dem Original, als dessen Kopie ich galt, bevorstand, würde ihm die Rechnung meiner Lust präsentiert. Am Ende behielt ich den braunen Umschlag, ihn zum Abschied durch die Luft schwenkend, als das Mädchen mich verließ, nicht ohne sich im Bad der Spuren unserer Vereinigung entledigt zu haben.

Nun kam ich mir gestärkt vor und ausreichend gewappnet, auch den anderen von Poesie Besessenen entgegenzutreten. Grüßte gnädig den Zimmerkellner im Flur, ihm im Vorbeigehen ein »Genial!« hinwerfend, das er dankbar und schmatzend aufschnappte. Beglückte den Portier mit dem Satz: »Druckbar im höchsten Grade!« und trat vor die Drehtür, um am Bordstein eine Taxe stehen zu sehen, halb an die Motorhaube gelehnt meinen Fahrer, in eine Zeitung vertieft, die er, da er mich erkannte, sinken ließ, mit strahlender Miene. Gleich zeigte er mir auf der Kulturseite mein Foto und meinen Namen und die Mitteilung, ich läse heute abend im Stadttheater aus meinem letzten Roman. »Ich werde dasein!« versicherte er mir, und, mit fragend hochgezogenen Augenbrauen: »Haben Sie schon ...?« Und selig grinsend, als ich bestätigte und meinte: »Stilistisch exzellent!«

Er würde mich fahren, ohne die Uhr einzuschalten und wohin auch immer es ginge, doch verstehe er »zutiefst«, wie er schon fast kollegial beteuerte, daß ich ein wenig zu Fuß gehen wolle, um »Eindrücke zu sammeln, nicht wahr?! Dessen bedürfen wir doch, wie?« Und ich spürte zwischen meinen Schulterblättern, daß er mir lange und dankbar nachsah, und schlenderte langsam weiter, ohne meine Schritte zu beschleunigen, und nahm erst zwei Ecken weiter eine Taxe, von der ich mich zum Bahnhof bringen ließ. Ich würde die Übernachtung mit einem Scheck bezahlen, vom Bahnhofspostamt abgesandt. Und brieflich bitten, mir meine Tasche an die obige Adresse zu schicken: Durch plötzliche Erkrankung verhindert, noch einmal ins Hotel zurückzukehren. Gleichermaßen würde ich meine Tagungsteilnahme absagen. Und dann überlegte ich lange, ob ich nicht vom Blumenkiosk durch Fleurop einen Strauß Rosen an das Zimmermädchen schicken solle, doch ich wußte ja nicht einmal ihren Namen, denn den Umschlag, wie auch die anderen Umschläge, hatte ich im Zimmer zurückgelassen, was ich jetzt doch bedauerte: Immerhin wäre ein Gedicht von ihr, egal wie schlecht, ein nettes Andenken an einen rosigen Morgen gewesen. Nur eines tat mir wirklich leid: daß jener, als dessen Double ich unfreiwillig aufgetreten, vermutlich in einem anderen Hotel untergebracht sein würde, so daß ihm die Folgen meines Verhaltens erspart blieben. Schade. Die hätte ich ihm gegönnt.

Die Witwe

Ein Telefonanruf. Eine Bitte um Rat. Frage, auf die Antworten durch den knisternden Draht verweigert werden: Komm nach Dienstschluß zu mir ins Krankenhaus, dann erzähle ich dir alles!

Am Nachmittag, im Anschluß an den Rundgang durch die überbelegten Zimmer und Säle, Begegnung mit Tod und Abschied, Angst, Niedergeschlagenheit, angesichts dahinkränkelnder Leben, die auf ihren Sinn zu befragen seelischer Selbstschutz verbietet, entpuppte sich jenes »Alles« als Bericht über eine Patientin. Sie läge nur wenige Zimmer weiter auf der Unfallstation, wo sie den jetzt über sie sprechenden Arzt in Ratlosigkeit versetzt hätte, aus welcher ihm der geneigte Zuhörer, also Du, den er telefonisch zu sich gebeten habe, heraushelfen möge. Gib mir einen Rat, ja?!

Anfangs unsicher, leicht fassungslos, wird der Arzt, je weiter sein Bericht fortschreitet, beherrschter und ruhiger: Die Patientin, Arnhauser wolle er sie nennen, wäre von einem Auto angefahren und kurz darauf hier ins Krankenhaus eingeliefert worden. Eine Mittsechzigerin, beschönigend gesagt; dürr, fast hager. Trotz offenkundiger Schmerzen habe sie sich gegen die Absicht, sie zu untersuchen, gewehrt, und erst als sie die Nutzlosigkeit jeden Widerstandes erkannte, diesen aufgegeben und sich entkleiden lassen. Dabei bäumte sie sich noch einmal auf der Bahre hoch, und zwar als es an die Unterwäsche ging, kniff dann die Augen zu wie ein Kind, das glaubt, nun würde es nicht mehr gesehen, da es selbst nichts mehr erblicke, und stellte sich einfach tot. Leblos. Schlaff. Wie ein Leichnam.

Denn die Patientin – und ein schwacher Widerschein der vorigen Verwunderung überflackerte die Miene des Berichterstatters – erwies sich als Patient. Statt einer alten Frau lag da nackt ein alter Mann, die Arme hängend, ohne, was sie sonst tun, den Versuch, das ohnehin nicht sehenswerte Geschlecht vor unberufenen Blicken zu verbergen. Auf Ansprechen reagierte Frau respektive Herr Arnhauser nicht, gab über schmerzende Körperstellen keine Auskunft und ließ sich stumm abtasten. Erst als man solcherweise die Rippenfraktur feststellte, verzog er heftig das Gesicht und atmete hastig, wahrscheinlich um nicht zu stöhnen. Auf meine Verantwortung habe ich ihn in ein Einzelzimmer bringen lassen, weil ich ihn mir unter vier Augen vornehmen wollte. Um ihn zum Sprechen zu bringen, habe ich ihm Angst gemacht. Malte ihm seinen Zustand als Unfallopfer in schwärzesten Farben aus, ja, ich tat vielleicht des Drohenden zuviel, indem ich ungewollt, vielleicht ungewollt, ich weiß nicht mehr, in dem Sprachlosen den Eindruck erzeugte, eventuell ein Todeskandidat zu sein.

Ich bedaure es, aber sein Schweigen hat mich provoziert. Ich wollte ihn aus seiner unverständlichen Reserve locken. Und es tat mir gleich leid, die Ermahnungen wirkten sich fatal aus, er begann nämlich zu stöhnen, aber nicht so, als ob es ihm weh täte, bis er hervorkrächzte, wenn es so schlecht um ihn stehe, wolle er beichten, warum er in Frauenkleidern herumliefe und auch eine Perücke trage. Sein Geheimnis drücke ihn schon lange, aber nicht aus moralischen Gründen, das habe er durch langes und intensives Nachdenken in sich ausgeforscht, sondern einfach weil es durch Verschweigen, durch Unausgesprochensein von Jahr zu Jahr angewachsen wäre, wie ein Gewächs, wie ein Tumor, falls solch ein Vergleich einem Laien gestattet sei: Jetzt sei er bis zum Bersten davon ausgefüllt, und einmal müsse er es ja doch irgend jemand offenbaren, und da wäre wohl ein Doktor noch der beste Beichtvater. Also: Er sei nämlich seine eigene Frau!

Nun gibt es, wie Du weißt und wie die Medizin ebenfalls

weiß, sexualpathologische Komplexe seltsamster Art in zahllosen Varianten in diesem Fall war jedoch keine Rede von Abartigkeit, sondern von einem Verbrechen, weit zurückliegend, nahezu geschichtsnotorisch bereits mit historischer Patina überzogen.

Damals nämlich, in jener versunkenen Epoche nach Kriegsende, kehrte der einstige Obergefreite Arnhauser aus der Gefangenschaft heim zu seiner Frau. Bereits vordem war ihm ein zeittypisches Geschick zuteil geworden. Er jünger, sie älter, da schon viele Männer ihrer Generation gefallen waren; er lebenshungrig, sie wohlhabend, Villa mit beachtlichem Grundstück, einiger Schmuck, Wertgegenstände, schlauerweise vor der Geldentwertung erworben, Sparbücher; soweit die verlockenden Accessoires einer begüterten Bürgerstochter. Hastige Kriegstrauung vorm Abmarsch an die Front, wo Arnhauser insofern Glück hatte, als er umgehend und unverletzt in Gefangenschaft geriet, sogar bis Wisconsin, USA, gelangte, wo er fern von allen Schüssen Farmarbeit leistete, Englisch lernte und auf der Bühne des Lagertheaters (wie Sigmund Freud in seiner Schülerzeit) ausschließlich Frauenrollen spielte, geschminkt, gepudert, mit blonder Perücke und fistelnder Stimme. Das hätte ihm ein gewisses Vergnügen während des eintönigen Lagerlebens bereitet, und er habe auch, obwohl ohne je homosexuelle Neigungen zu zeigen, Anträge von Kameraden erhalten. Ob er solche akzeptiert habe? Hier und da, doch nur aus Weibermangel, wie er sagte, und man möge ihn deswegen nicht vorschnell verurteilen. Wer geschlechtliche Not nie erlebt hätte, würde nie begreifen, wie man vom Trieb überwältigt würde, wie das Verlangen die Erscheinungen der Außenwelt veränderten, Gesichter, vordem unbeachtet, reizvoll würden, nackte Gestalten unter der morgendlichen Dusche solche Anziehungskraft erhielten, daß sich die Berührung von ganz alleine ergäbe, kurz: Bloß ein Steinklotz bliebe da dem andern Geschlecht treu. Analverkehr jedoch habe er immer verweigert. Aus gesundheitlichen Gründen. Nun kehrte er also eines düsteren Herbstabends unversehens aus dem lichtdurchfluteten Milwaukee zurück, fand die Gartenpforte und tappte über den knirschenden Kies zur Haustür. Klopfte. Sah die Tür sich öffnen, umarmte die durch Gegenlicht schattenhafte Figur vor sich, doch wie er sich auch anstrengte, die jenseits des Atlantik ins Gigantische aufgepäppelte Vorstellung vom Glück des Heimkehrens wollte nicht Wirklichkeit werden. Seine Frau war eine Fremde. Ob das an der übereilt geschlossenen Kriegsehe lag, ob der Unterschied des Alters oder der sozialen Herkunft jene unüberwindliche Entfernung herstellten, das war nicht zu klären. Vielleicht traf alles zusammen. Vielleicht hatte nur die Todesangst der Bombennächte sie zusammengeführt, vielleicht war das die einzige Gemeinsamkeit gewesen, aber Angst ist wohl die denkbar schlechteste Grundlage fürs Zusammenleben, vor allem, wenn die Voraussetzungen, die Luftangriffe, wegfielen.

Eigentlich hätte er an dem gleichen Abend umkehren und den Kies in entgegengesetzter Richtung erneut überqueren müssen. Aber da leuchtete die Wohnzimmerlampe so anheimelnd. Die Zentralheizung durchwärmte den Raum wohlig. Auf dem weißen Tischtuch, und das sei einer der stärksten und nachhaltigsten Eindrücke geblieben, in die Erinnerung eingeätzt wie auf fotochemischem Wege, stand eine blaue Glasschale mit Äpfeln, sorgfältig poliert und hochrot, als wollten sie jede Sekunde platzen. Da sei er schwach geworden. Und alles Weitere resultierte aus ebendieser Schwäche. Denn während seine Frau ihm etwas zu essen bereitete und ihm, als er die Hand ausstreckte, auf die Finger schlug, aber nicht scherzhaft, sondern wütend, und ihm den Griff nach den Äpfeln untersagte, habe sie bereits davon gesprochen, daß, nun er unvermutet heil zurück sei, wohl Scheidung das vernünftigste wäre. Heute nacht könne er bleiben, morgen werde man weitersehen. Schließlich befahl sie ihm noch, im Keller den Heizkessel zu schüren, und während er da unten im Keller gestanden, wäre ihm nichts von dem eingefallen, was gleich geschehen sollte. Erst auf den Kellerstufen und fast schon wieder in der Diele, hätte er bemerkt, daß er immer noch das Schüreisen in der Faust halte. So sei es passiert, fast wie in einem Zustand von Abwesenheit, wie in Trance, ohne etwas dabei zu empfinden. Und auch der Vorgang selber sei nicht das eigentlich Unangenehme, wie er jetzt wisse, sondern die beiläufigen Begleitumstände, Geräusche etwa, die dabei entstünden. Aber an der Front waren auch schlimme Dinge vorgekommen und hinter der Front sogar schlimmere. Davon standen einem die Bilder noch vor Augen und deckten das eigene Tun ab, schwächten und versachlichten es.

Durfte man es nicht Schicksalsfügung heißen, daß im Keller alles Benötigte parat war: Holzklotz, Axt, einige Blecheimer, ein großes scharfes Messer, wahrscheinlich zum Abspalten von Spänen, Brennholz, Koks und ein fauchender, glutverströmender Moloch, dem schon in fernsten Vergangenheiten Menschen Opfer dargebracht hatten. Insofern auch dies kein einzigartiger Akt, womit weitere Beruhigung erreicht wurde. Und sind erst einmal jene besonderen Teile verschwunden, an denen wir noch am ehesten jemand zu identifizieren vermöge, Kopf voran, dann bleibt ein Rest, zwar ein großer Rest, so doch einer, dem gegenüber man sich fremd fühlt. Etwas Massiges und Zerstörtes, das einen nichts mehr angeht. Es dauerte aber einige Tage, bis auch der weg war und als allerletztes der feucht gewordene Koksstaub hinterher. Keine Spur von Schlafstörung, falls Sie das interessiert, Doktor, nichts Derartiges. Eher kam mir die ganze Angelegenheit wie ein Traum vor, aber wie einer vor der Heimkehr, der nicht zu dem neuen Leben gehörte, das ich anzufangen gedachte.

Aus meinem amerikanischen Tornistern holte ich meine Requisiten, eigentlich zur Erheiterung meiner verstorbenen Frau gedacht, für die ich eine Sondervorstellung geplant hatte, fand die Perücke im Farbton ähnlich und brauchte das Haar nur ein bißchen zu stutzen. Vor dem Frisierspiegel probiert, das Make-up der Hingeschiedenen zu kopieren. Dabei auf ihrem Toilettentisch ein Mittel zur Entfernung lästiger Körperbehaarung entdeckt, das sogleich gute Dienste leistete und das nach längerer Anwendung dazu führte, daß im Gesicht überhaupt keine Stoppeln mehr sprossen. Nur die Kleidung der so schnell Entschlafenen mußte passend gemacht werden, was leichtfiel, erwies sich doch die einstige Schule der Nation, die Wehrmacht, auch als Haushaltsschule, in der man nähen und flicken gelernt hatte. Dem folgte das Lauftraining in den Schuhen mit Stöckelabsätzen, vermutlich für einen Mann das schwierigste: Tag für Tag, bis die Waden weh taten und bis er glaubte, sich auf die Straße wagen zu können.

Zuerst immer nur abends hinaus, ins Dämmerlicht früh einfallender Nacht, mäßig von Gaslaternen durchglommen, unter denen er hin und wieder einem Nachbarn begegnete, gleichgültige Grüße erwidernd, indem er durch Hüsteln seiner Stimme einen Erkältungsklang gab. Merke: Das Komplizierteste ist die Nachahmung einer Stimme. Mittels eines mächtigen, mehrfach um den Hals gewundenen Schals täuschte er eine Halsentzündung vor, durfte leise, fast flüsternd reden, doch da er, oder vielmehr: sie in der Gegend kaum beliebt gewesen war, kam er selten in die Verlegenheit, einige Worte mit irgendwem wechseln zu müssen.

Als sämtliche Vorräte im Hause aufgezehrt waren, zwang ihn der Hunger zur nahe gelegenen Bäckerei: Endgültiger Test, vor dem er sich fürchtete, und den er schwitzend und aufatmend bestand, wobei ihn das gravitätische, nahezu hoheitsvolle Benehmen des Meisters zugute kam. Damals hatten die Einzelhändler, Ladeninhaber, Geschäftsleute, alle, durch deren Hände, die sehr wohl wußten, was sie taten, die Verteilung der Nahrungsmittel lief, außerordentliche Privilegien, und sie verhielten sich dementsprechend: erhaben über der Masse hungernden Volkes. Kein Blick traf Arnhauser. Und die Nachbarn, Mitbürger, Nebenmenschen hatten ebenfalls andere Sorgen, als sich um den biologischen Status eines Volksgenossen zu kümmern.

Mit jeder Woche wuchs die Sicherheit in der Rolle, begleitet von zunehmendem Desinteresse am andern Geschlecht, an der Sexualität überhaupt. Arnhauser empfand sich immer mehr als Femininum und wurde, zumindest psychisch, zu einer »sie«, was so weit ging, daß er oder sie beim Urinieren die gewohnte Handhabung unterließ, um sitzend dieses Geschäft zu verrichten. Beim abendlichen Zubettgehen vermied es Arnhauser, obgleich es ihm gar nicht bewußt wurde und erst später auffiel, sich vor dem ovalen Spiegel des Schrankes zu entkleiden. Unwillkürlich entzog er sich dem Blickfeld, das das Glas ihm bot, warf die Sachen über eine Sessellehne, und dann, nachdem er das Nachthemd übergestreift, trat er auf die Bühne zurück, wo er gleichermaßen als Akteur und Zuschauer fungierte. Doch der Zuschauer in ihm verflüchtigte sich mit der Zeit, in welcher sich das weibliche Verhalten einschliff und durchsetzte, bis die Spaltung überwunden und er seine Frau geworden war. Ganz selten ertappte er sich verwundert, sei es in der Küche beim Abwasch, im Wohnzimmer unter der Stehlampe, wenn er, einem Konzert oder einem Vortrag lauschend und dabei Maschen aufnahm, manchmal bei der Gartenarbeit, da er, besorgt um fremde Blicke, sich nervös den Rock tiefer über die Schenkel zupfte, wie sehr seine Gesten und Bewegungen ihm nicht mehr entsprachen, oder dem entsprachen, wozu er sich gezwungen hatte. Dann probierte er die frühere, wie er meinte: männliche Gestik vor sich selber aus, schlaksig und mit weiten Schritten zu gehen, fester zuzugreifen, unbekümmert um Rock und Bluse mit dem Spaten zu hantieren, aber es wollte ihm nicht mehr so recht gelingen. Weil zu beabsichtigt, mißlang es, dem Körper die ehemalige Natürlichkeit abzufordern. Es schien ihm, wie sie sich bewege, müsse übertrieben und fahrig wirken, auch machte sich ein Unbehagen bemerkbar, als unternähme sie etwas, das ihr nicht angeboren sei und das ihr nicht zustände. So lebte sie zurückgezogen ihr Leben weiter, bestritt alle Ausgaben vom Erlös des Schmuckes, wertvoller Gobelins, bei Beginn der Luftangriffe zusammengerollt und in der relativen Sicherheit des Kellers aufbewahrt, bis die Währungsreform das angehäufte Geld entwertete. Es blieb ihr nichts anderes übrig, als eine Stelle als Verkäuferin anzunehmen, was sie auch tat, nachdem sie ihren Gatten Ernst Hermann Arnhauser hatte für tot erklären lassen: Aus dem Krieg nicht zurückgekehrt. Trotzdem mußte sie bald die Villa verkaufen, die Unkosten ließen sich vom Lohn nicht bestreiten, und merkwürdigerweise machte ihr der Umzug in eine Wohnstube mit Küche, wo sie immer hauste, wenig aus. Sie nahm den sozialen Abstieg an: Eine Witwe ohne Ernährer, ohne festes Einkommen, ohne erlernten Beruf hatte keine Wahl. So sei ihr Dasein verlaufen, eintönig, durchschnittlich, jedenfalls äußerlich. Innerlich jedoch habe sich der Wunsch, vom eigenen, außerordentlichen Schicksal zu sprechen, sich in einen drängenden Zwang verwandelt und ihrem Gerede etwas Seiltänzerisches verliehen. Vermutlich hätten die anderen Verkäuferinnen sie für nicht ganz richtig im Kopf gehalten, weil sie wohl oft eigenartige Reden geführt, von der Verwandlung der Geschlechter gesprochen, die hemmungslosen, einem kaum zu zügelnden Automatismus unterworfenen Lippen mit der Hand habe bedecken müssen, ihre verschlüsselten Geständnisse zu verhindern. Unter den Fingern sei das Zucken und Bekundenwollen eines Mundes weiter spürbar gewesen, anfallsweise, so daß sie auf der Angestelltentoilette eine Weile brauchte, um sich wiederzufinden. Sich wiederfinden war leicht gesagt, wenn man nicht wußte, wer man war. Aber jetzt sei alles heraus, eine starke innere Ruhe spürbar, keine Angst mehr, auch keine vorm Ende, dem sie gefaßt entgegensähe. Eigentlich könne man von Glück reden, daß dieser Druck noch von ihr genommen worden sei, obschon viel zu spät.

Nach einem längeren Schweigen, währenddessen ich mich meiner immerhin medizinisch untermauerten Täuschung schämte, überlegte ich, wie ich diesem Menschen da beibringen sollte, daß er außer einigen Prellungen und der Rippenfraktur keinerlei Verletzungen aufwies und in wenigen Tagen in sein Leben, was für ein Leben, zurückkehren konnte. Und als zusätzliches Problem: Er hatte ja seine Frau umgebracht, ein Mord immerhin, zu dem man als Arzt, moralisch zur Lebenserhaltung verpflichtet und auch von dieser Verpflichtung überzeugt, eine Einstellung gewinnen müsse. Wäre man denn nicht gezwungen, die Polizei zu unterrichten? Auch wenn der Fall über dreißig Jahre zurückliegt? Verjährt Mord überhaupt? Was soll man tun? Wie sich verhalten? Zugleich bildete sich als Gegenargument die Tatsache aus, daß dieser Mann zwar seine Frau umgebracht hat, um als seine Frau weiterzuleben, daß er aber damit, da sie bedeutend älter als er gewesen, ungewollt ihre irdische Existenz verlängert habe. Metaphysik? Oh nein, ganz im Gegenteil. Ganz im Sinne unserer Theorie vom sozial determinierten Bewußtsein. Schließlich ist er ganz in ihre Lebensweise geschlüpft, hat ihre materiellen Umstände übernommen und existiert, wie sie es eben getan haben würde; allem, was sie geprägt hat, unterwarf er sich willig, bis er mit ihr identisch wurde, daß von seiner eigenen Persönlichkeit keine Spur mehr geblieben war und eigentlich er der Beseitigte wäre. Es gibt keinen Ernst Hermann Arnhauser, sondern nur seine Frau. Also – was würdest du mir raten?

Das einzige, was der Zuhörer dem Arzt vorschlagen kann, um dessen beunruhigtes Gewissen, schwankend zwischen hippokratischem Eid, staatsbürgerlichem Ordnungsdenken, Mitleid und einer recht individuellen Hypothese materialistischer »Seelenwanderung« zu beschwichtigen, besteht darin, sich der skeptischen, menschenkundigeren Ansicht des Ratgebers anzuschließen. Der nämlich meint, Arnhauser habe seinen Fall erfunden. Weil er nicht gewagt habe, zuzugeben, daß er wirklich das ist, was er ist. Man betrachte das Ganze als Phantasmagorie einer labilen Person, erzeugt von Scham. Manch einer gesteht lieber eine große Untat als eine kleine Schwäche, die jedoch zuzugeben ihn um die Selbstachtung brächte. Die Untat, als reine Fiktion hingegen, unbegangen, nur ausgedacht, läßt dieses arme Ich unbeschädigt. Menschen sind nun einmal so, nicht wahr?

Gut: Der Arzt erhebt sich, nickt: Gut, gut, reicht seinem geduldigen Zuhörer und zeitweiligem Berater die Hand zum

Abschied: Menschen sind aber auch so, daß sie lieber kleine Schwächen glauben, von denen sie hören, als die großen Untaten, von denen sie ebenfalls hören, und an denen sie immer zweifeln, aus Mangel an Phantasie, aus Vergeßlichkeit, aus der Unfähigkeit, fremde Erfahrung sich zu eigen zu machen, und bin ich nicht ein Mensch wie alle?!

Frage, auf die zu antworten sich offenkundig erübrigt.

Der Sonntagsausflug

Immer am Sonntag nach dem Essen. Das war bei uns schon zur Tradition geworden. Beschleunigt nahm man den Nachtisch zu sich, durch eine gespannte Unruhe gehindert, die Mahlzeit recht zu würdigen. Womit wir diese sonst leeren Stunden des Sonntagnachmittags hätten füllen sollen, ich weiß es nicht. Mir schien, es wären früher lauter überflüssige Momente gewesen, eine unübersehbare Anzahl, die es hinter sich zu bringen galt. Wie im Märchen vom Hirsebreiberg, so fraß man sich durch ein Gebirge ereignisloser Zeit, nicht um jenseits dieser überwundenen Sphäre glücklich an ein Ziel zu kommen, sondern nur um gegen Abend kapitulierend ins Bett zu flüchten oder vor den Fernseher.

Sybille jedenfalls brühte regelmäßig den Kaffee auf und füllte ihn in eine Thermoskanne um, während ich belegte Brote zubereitete. Hätten wir ein Kind gehabt, einen Sohn eventuell oder sehr wahrscheinlich, würde dieser Moment der Vorbereitung auch der Vorbereitung auf sein späteres Leben gedient haben. Er fehlte mir; das muß ich gestehen. Jemand, dem man ein Beispiel geben konnte. Eine andere Art der Vermittlung gab es ja nicht. Vorleben: Das war es. Ich würde dir vorleben, mein Sohn, wie immer du heißt, wie man das Leben, das Sybille und ich dir geschenkt haben, meistern kann.

Aus solchen Vorstellungen brachte mich Sybille in meine sohneslose Gegenwart zurück, indem sie, bereits in Hut und Mantel, eintrat, die Thermoskanne unter dem Arm, die Augenbrauen kritisch emporgezogen, den Blick auf meine Hand, die über dem Verstreichen der Butter zur Ruhe gekommen war.

Sobald wir jedoch den S-Bahnhof hinter der Stadtgrenze verließen, war die Unstimmigkeit vergessen. Denn uns überwältigte aufs neue jenes seltsame und kaum wiederzugebende Gefühl verbotenen Tuns, das, obschon unerlaubt, vom Strafrecht unbeanstandet sich jeden Sonntag vollzog und nun erneut vollziehen sollte.

Sobald man den Bahnhofsvorplatz hinter sich gelassen hatte und auf das Ziel zustrebte, auf eine fast längliche Siedlung älterer Einfamilienhäuser, erkannte man voller Genugtuung das Wirken des Gemeinschaftsgeistes, das zu erleben, ja, beinahe hätte ich gesagt: zu genießen, man diesen Ausflug überhaupt unternahm. Trotz der Gewöhnung war es ein großer Augenblick, wenn, nachdem einige Unbeteiligte ausgeschert und davongegangen waren, alle anderen in sicherem Abstand voneinander und ohne jeden engeren Kontakt gemächlich in die gleiche Richtung zogen. Rundum bekannte Gesichter. Verstohlenes Grüßen. Auch hier und dort ein Augenzwinkern, ein gewagtes Lächeln: die Zeichen unausgesprochener Übereinstimmung.

Zuerst galt es, eine Hauptstraße zu durchschreiten, deren sonntägliche Ruhe von unserem Erscheinen nicht im mindesten gestört wurde. Nirgendwo jemand an einem Fenster, keiner hinter einem der Vorgartenzäune, trotz des milden Wetters und der angenehm lauen Luft. Waren die Einwohner hier des ständig selben Schauspiels überdrüssig? Oder fürchteten sie, vom Anblick unserer unauffälligen Prozession in deren Sog gezogen zu werden, was für sie als Anrainer allergrößte Komplikationen zur Folge gehabt hätte?

Jedesmal die gleiche Überlegung, ohne jedoch darauf eine Antwort zu finden. Noch nach dem Abbiegen in den ungepflasterten Seitenweg, an dem sich rechts und links der fehlenden Bürgersteige einige mittelmäßige architektonische Produkte aus den zwanziger Jahren reihten, beschäftigte mich der Gedanke an die Umwohnenden. Doch sobald man bereits von weitem die erwartete Szenerie erblickte, endete alles Grübeln. Da stand das Auto mit den drei Zivilisten wie eh und je vor der Gartenpforte, als handele es sich um einen unablöslichen Bestandteil des einstöckigen Walmdachhauses. Mir kam es vor, als wäre das Haus ohne den vorgeschobenen Posten auf dem schmutzfarbenen, von Unkräutern durchwucherten Sand unvollständig gewesen. Die Stille des Vorortes schien hier unnatürlich komprimiert, beinahe meßbar, was wohl daran lag, daß unser aller Schritte wegen des fehlenden Pflasters plötzlich geräuschlos wurden. Unwillkürlich verlangsamte sich das Dahinwandern, und das nicht allein, weil man ohnehin gekommen war, um einen möglichst langen Blick auf das Objekt des Ausfluges zu werfen, sondern vor allem: weil eine gewisse Schwäche sich der Beine bemächtigte. Kein Zeichen von Angst, beileibe nicht, und doch stand das Schlafferwerden der Kniegelenke im Zusammenhang mit dem Walmdachhaus, mit seinem berühmten Bewohner und dem Wagen davor. Mit Kino ließ sich dieses Empfinden überhaupt nicht vergleichen, hier war ja alles »live«, eine bedrohliche Spannung in der reglosen Atmosphäre, von der eine Gefährdung der eigenen Existenz ausging.

Aus den Augenwinkeln meine Mitbürger unauffällig musternd, kam mir vor, als gingen alle auf Zehenspitzen; Assoziationen zu Friedhof und Begräbnis stellten sich ein: Die Ruhe der Toten nicht stören, aber wo waren denn hier die Verstorbenen, wenn nicht als wiedererweckte Funktionsträger in ihrem sarkophagähnlichen Auto.

Und ich merkte, daß meine eigenen Füße ähnlich vorsichtig auftraten. Wir näherten uns dem Grundstück im Schneckentempo, das ich jedoch auf simple Weise zu legitimieren gewußt hatte. Bei früherem Nachdenken über die Chancen, das Haus möglichst zeitlupenhaft zu passieren, ohne den permanent befürchteten Konfliktfall auszulösen und doch mehr als nur einen Schatten hinter der Gardine von dem Belauerten zu erkennen, war mir eine glänzende Idee gekommen. Sogleich hatte ich mir einen Krückstock mit Gummizwinge beschafft und diesen weiß lackiert. Außerdem hatte Sybille mir auf eine gelbe Armbinde drei große schwarze

Punkte genäht: Ein armer Blinder, von seiner Frau geführt, durfte sich, ohne Zeitnot und ohne Verdacht hervorzurufen, am Hause vorbeibewegen. Hinzufügen will ich nicht nur, daß ich selbstverständlich meine Ausrüstung vor Beginn des Ausfluges anlegte, ich muß auch eingestehen, daß mein Einfall kein ganz originaler gewesen ist.

Unter den auffällig vielen Unauffälligen, die sich in der scharf kontrollierten Schneise zu drängeln pflegten, gab es einen erstaunlich hohen Prozentsatz Behinderter. Mir kam vor, als gingen die meisten am Stock, an Krücken, hätten ein Bein geschient oder sogar beide, würden von Anverwandten geführt, gestützt oder – und das waren die besonders Raffinierten – im Rollstuhl gemütlich am geheimen Blickpunkt aller vorbeigefahren. Stets hielten sie vor dem besagten Haus inne, sich die Stirn zu trocknen, den Verband zurechtzurücken oder auf eine andere, völlig natürliche und dem vorgetäuschten Leiden entsprechende Art im Fortschreiten innezuhalten. So fanden die drei Herren im Auto keinen Anlaß zum Eingreifen, und darum vollzog sich die Promenade der Bresthaften nach wie vor unbehindert. Anerkennen muß man, bei wie vielen der Ausflügler schauspielerische Talente sichtbar wurden, die sie unter anderen Umständen wohl kaum entwickelt hätten. Die Kunst der Verstellung ist die führende Kunst in unserer Gesellschaft. Wir akzeptierten unsere Rolle, die uns zu einer Notwendigkeit und zu einem Stimulans geworden war. Sich blind zu stellen, um alles sehen zu können, wirkte auf mich stärker und belebender als eine dreiwöchige Kur in einem Heilbad. Eine Drogenwirkung ohne Zweifel. Kann man, wenn man sich wiederholt einem Risiko aussetzt, nach diesem süchtig werden? Wenn es gar nichts mehr gibt, ist die Verlockung der Gefahr das letzte und einzige, was uns die Gesellschaft noch zu bieten hat. Von welchem Hochgefühl mußten einst wirkliche Verschwörer erfüllt gewesen sein?! Sie durften sich als Herren ihres Schicksals fühlen!

Mit einigen der Mitakteure hatten wir Bekanntschaft geschlossen, tauschten außerhalb des besuchten Areals an Wochenabenden unsere Erfahrungen und Meinungen aus, deren zentraler Gegenstand jener einsame, niemals eindeutig sichtbar gewordene Mann war. Als wir zum ersten Male und noch als Neulinge hinausfuhren, waren wir dabei einer Empfehlung unseres Nachbarn gefolgt:

»Haben Sie schon mal den Dissidenten besucht?!«

Wir gaben zu, dies bisher verabsäumt zu haben, und wurden aufgeklärt, wie wir uns zu verhalten hätten. Den Namen des zu Besuchenden hätte ich zwar gern gewußt, aber der Nachbar zuckte nur die Achseln.

»Und was hat er geschrieben? Wie heißen seine Werke?«

Der Nachbar schüttelte über soviel Unwissenheit den Kopf:

»Sie können alles mit den Menschen machen – nur glücklich machen können sie sie nicht! Das ist sein Werk!«

»Ist das alles?«

»Reicht es denn nicht?«

Wir bogen nach der Besichtigung stets rechtsseitig in einen Waldweg ab, wo wir nach einer Weile an einen Baumstumpf gelangten, dessen Benutzung genauso zum Ritual gehörte wie alles Sonstige. Mit dem Rücken aneinandergelehnt saßen wir auf der unregelmäßig gerundeten Platte und verzehrten die Brote und tranken Kaffee. Während solcher Minuten der Geruhsamkeit vor der Rückkehr habe ich mir ausgemalt, was ich meinem Sohn sagen würde, wenn ich einen hätte und er mit uns hier hockte. Vielleicht wirst du später einmal diesen Weg allein gehen müssen, mein Junge. Das, was wir heute tun, hat auch für deine Zukunft Gültigkeit, vergiß das nie. Ich hinterlasse dir hiermit nicht nur meinen Krückstock, die Armbinde und die Sonnenbrille, sondern damit und darüber hinaus eine Aufgabe. Nur anhand eines Beispiels kann der Mensch sich über die Niederungen seiner selbst erheben. Denke daran, daß, wenn du bei Sonnenschein oder Schneegestöber an *seinem* Haus vorbeischreitest, dir kein anderer diesen Weg gewiesen hat als dein eigener Vater. Ich erwarte keine Dankbarkeit. Aber – bei dem »Aber« angelangt, stieß mich Sybille an, die leere Thermoskanne mit der Öffnung nach unten haltend: Es ist Zeit zur Heimkehr.

Als wir auf dem Rückweg in den von vielen Schuhen zertretenen Weg erneut einbogen, wußte ich sogleich, daß sich etwas verändert hatte. Unruhe schlug uns entgegen. Die üblichen Gestalten regten sich mit befremdender Schnelligkeit, und auch ich, der arme Blinde, nahm die Beine in die Hand, um auf das Haus zuzueilen, vor dem das Auto verschwunden war. Eine wachsende Schar aufgeregter Menschen umlagerte die Gartenpforte, hinter der jetzt ein alter Mann stand, eine erloschene Tabakspfeife im Mundwinkel, die Hände in den Taschen einer abgetragenen, aber seinem Status durchaus angemessenen Jacke. Erregt drängte ich mich durch die Gruppe und hörte gerade noch die falsettierende Stimme einer Frau:

»Aus dem Auto gestiegen, auf mein Wort! Alle drei! Und dann haben sie mit ihm gesprochen, wirklich und wahrhaftig, und ihm sogar die Hand gegeben! Die Hand! Und sind weggefahren! Daß ich das noch erleben durfte ... Jetzt wird alles anders ...« Die Stimme erstickte in Schluchzen.

Endlich und unter nachdrücklichster Anwendung meiner Ellenbogen hatte ich die Sperre aus unverhofft gesundeten Leibern durchstoßen und stand – nur durch die kreuzweise genagelten Latten und einen geringen Abstand von ihm getrennt – direkt vor demjenigen, dem ein umfassender Teil meines Denkens und Fühlens gewidmet war. Sein Gesicht, sonst vom Schleier der Gardine fast alterslos gehalten, zeigte den realen biologischen Stand. Ich erschrak. Eine andere Stimme fragte über die Köpfe hinweg:

»Was ist geschehen? Was hat man Ihnen gesagt? Beginnt jetzt endlich eine neue Ära ...?«

Der alte Mann nahm die Pfeife aus dem Mundwinkel, wobei der fast absolute Mangel an Zähnen sichtbar wurde:

»Sie haben sich entschuldigt!« erklärte er, und während Beifall aufklang, wies er mit dem Pfeifenstil in die Himmelsrichtung, in welche die Autoinsassen mit ihrem Fahrzeug verschwunden waren:

»Sie haben sich verabschiedet!«

»Daß ich das noch erleben durfte. Jetzt wird alles anders.«

Mir war, als müsse ich mich ausgiebig räuspern. Und ich nahm mir vor, für meinen nicht existierenden Sohn ein Dokument zu verfassen, des Inhalts, daß ich Zeuge eines historischen Augenblicks gewesen und darum mein Leben nicht verfehlt sei. Schließlich konnten wir ein Kind adoptieren.

»Sie haben sich nämlich geirrt!« sprach der Alte und kicherte schwach: »Von Anfang an! Ich bin der Falsche gewesen!«

Und als die Erstarrung nachließ und eine heftige Bewegung einsetzte, weg von der Gartenpforte, weg von diesem Grundstück, rief der Alte aus:

»Sie können alles mit den Menschen machen – nur glücklich machen können sie sie nicht!«

Nun, soviel hatte man schon selber gewußt. Das war kein Grund, sich länger in dieser öden Gegend aufzuhalten.

Die Erfindung

Nach einem kurzen, wohl eher pflichtgemäßen Rundgang durch die Halle und vorbei an mir rätselhaften Maschinen führte mich der »Große Konstrukteur«, wie man ihn zu nennen pflegte, vor jenes Gerät, dessentwegen ich gekommen war. Ungefragt bezeichnete er es sogleich als den Höhepunkt kreativer Wissenschaft und zudem als das erste voll funktionsfähige Modell seiner Art. Wir standen vor einer ungefähr wohnzimmerhohen Rotunde, die mich an eine verkleinerte romanische Kapelle gemahnte; nur bestand sie hier nicht aus Backstein und Ziegel, sondern aus Aluminium und Plexiglas. Wie ein Künstler nach Vollendung eines Werkes es selber bald darauf als fremdgeworden erfährt, als eine Leistung, nur noch lose mit dem eigenen, schöpferischen Ich verbunden, so erweckte der »Große Konstrukteur« den Eindruck von Bewunderung, dem ein schweigendes Versunkensein in den Anblick des eigenen Produktes folgte.

Mit aufkeimender Ungeduld, da ich ja heute noch über das Gerät berichten sollte, fragte ich ihn, ob er es denn schon ausprobiert habe. Zögernd kehrte er aus tiefer Abwesenheit zurück, um bestätigend vor sich hin zu nicken. Es funktioniere einwandfrei. Es handele sich im Grunde um ein ganz einfaches Prinzip, welches nur diverse technologische Methoden geschickt kombiniere, um den angestrebten Effekt zu erzielen. Das klang bescheiden. Doch die Haltung seines Kopfes, das mühsam unterdrückte Lächeln verrieten einen vermutlich maßlosen Stolz. Ich kramte meinen Notizblock hervor, um seine Erklärung wortwörtlich aufzuschreiben, und erkundigte mich dabei beiläufig, worin dieser Effekt eigentlich bestehe, und vernahm mit größter Verwunderung den Satz: In der Simulation von Leben. Triumphierend und wie eine ihm gebührende Opfergabe nahm er meine stumme Verblüffung auf. Doch als ich spontan meinte, da könne man ja also tatsächlich eine Heißluftballonfahrt über den Ozean absolvieren, ohne sich realen Gefahren auszusetzen und dennoch das Abenteuer ungestraft genießen, reagierte er gekränkt. Für solche Rummelplatzsensationen sei ihm seine Erfindung zu schade, bekannte er, so daß mir weitere Fragen in Richtung Abenteuer selber abgeschmackt vorkamen. Meine Verlegenheit erkennend, fuhr er begütigend und gelassener fort: Schließlich sei sein Gerät imstande, ein ganzes menschliches Dasein für den Benutzer zu simulieren. Geburt und Adoleszenz, Krankheiten und Unfälle, Karriere und Mißerfolge, Ehe und Scheidung, Elternschaft und Vergreisung – alles das und noch viel mehr, was einem zustoßen könne, aber eben ohne die unangenehmen Konsequenzen der Wirklichkeit. Außerdem wäre das Gerät umschaltbar auf das jeweilige Geschlecht, da man wohl kaum einem männlichen Benutzer spezifisch weibliche Eigenarten zumuten könne und natürlich auch nicht vice versa.

Mir fiel leider nichts Klügeres ein, als anzumerken, daß dann wohl Heterosexualität die strikte Voraussetzung für den Gebrauch wäre. Was er mit einem prüfenden Blick erwiderte, als hege er auf einmal einen bestimmten Verdacht, wobei er jedoch konziliant blieb und bemerkte, es habe sich bisher keine Notwendigkeit ergeben, technisch Vorsorge für Abartigkeiten – er verbesserte sich übrigens sofort – für Zwischenstufen zu treffen. Ob ich nun endlich einen Versuch unternehmen wollte?

Er berührte einen Schalter, und die Kabinentür der Rotunde, ähnlich einem Schiffsschott, öffnete sich. Sofort flammte drinnen Licht auf und zeigte einen kreisförmigen, fast unmöblierten Raum, im Zentrum nur eine gepolsterte Sitzgelegenheit, die durch fingerdicke Kabel mit dem Boden verbunden war. Unbehagen meine erste Empfindung. Ja, sogar Widerwille, Widerstreben, dieses Gerät zu betreten und mich ihm auszuliefern. Das Innere ließ mich drohend an Fotografien von amerikanischen Todeszellen denken, wo dem Delinquenten mittels des elektrischen Stuhls eine Erfahrung zuteil wurde, deren Simulation wohl niemals möglich sein dürfte. Um den Augenblick des unvermeidlichen Eintretens hinauszuzögern, erkundigte ich mich mit bewußt unpassender Scherzhaftigkeit, woher denn der Apparat eigentlich wisse, was Leben sei.

Doch der »Große Konstrukteur« überhörte die Ironie und entgegnete absolut ernsthaft, er habe schließlich das Gerät selber programmiert. Daß daraufhin mein Unbehagen sich in Angst verwandelte, ist gewiß verständlich. Um mich in Sicherheit zu bringen und eine rasche Verabschiedung zu bewirken, fragte ich mit höhnischem Unterton, woher er, der Konstrukteur, denn wissen wolle, was Leben wäre? Doch er schien gegen Unverschämtheiten taub und die Unterstellung von gründlicher Lebensunkenntnis gar nicht wahrgenommen zu haben, da er freundlich meinte:

»Nun, mein Lieber, Sie sind ja auch ein Laie. Ich hingegen bin aufs streng Wissenschaftliche vorgegangen, exakt und experimentell. Die Ausgangsbasis der Simulation bildet ein Synchronizer, die die biologisch-genetische Konditionierung des Menschen mit der Wahrscheinlichkeitsrechnung und der Statistik permanent in Einklang hält. Das Gerät ist die Frucht einer umfassenden interdisziplinären Leistung ... Ich selber bin nur der Initiator und Koordinator gewesen ...« Und er schlug heuchlerisch die Augen nieder, während ich intensiv überlegte, wie ich dem mir dringlich empfohlenen Versuch entgehen könnte. Ablenkung war die einzige Lösung:

»Dann würde ich also ein Durchschnittsleben durchmachen, Herr Professor?«

Und er gleich darauf ungeduldig:

»Keineswegs. Es sind auch extreme Schicksalsmöglichkeiten eingespeist, die auf Sie zukommen, sobald Sie sozusagen das Lenkrad Ihrer Existenz nicht entsprechend beherrschen. Alles hängt von Ihrer Reaktionsfähigkeit ab. Und wie Sie die gegebenen äußeren Umstände meistern. Lebensbahn, mein Lieber, Lebensbahn! Dieser Begriff stellt unmißverständlich das Paradigma her. Bitte nun einzutreten!«

Meinerseits eine zweite Ablenkung: nämlich eine Erkundigung, ob er durch den Apparat sein Dasein habe problemfreier gestalten können. Er antwortete geradezu emphatisch:

»Absolut! Ich darf Ihnen verraten, daß ich sowohl unverheiratet wie auch kinderlos bin. Außerdem Nichtraucher und Antialkoholiker. Ich schwimme nur in Strandnähe und wandere in den Bergen ausschließlich auf ausgeschilderten Wegen. Ich fahre kein Auto und benutze nie ein Flugzeug.«

Man sah ihm die Befriedigung an, mit welcher er das Geständnis abschloß. Inzwischen war mir eine indiskret klingende Erkundigung eingefallen, derzufolge er das Gespräch empört hätte abbrechen müssen:

»Und die Frauen? Und was ist mit den Frauen?«

Enttäuschenderweise keine Spur von Beleidigtsein. Im Gegenteil. Er lachte laut und rief:

»Bestens, mein Lieber, bestens! Alle ausprobiert. Habe mir alle Sorten und Charaktere simulieren lassen. So bin ich auf den mir bekömmlichsten und ungefährlichsten Typ gestoßen, an den ich mich bei Bedarf halte. Überhaupt habe ich meine Freundschaften und Bekanntschaften nach eingehendem Simulatorgebrauch ausgewählt und bin daher nie enttäuscht worden. Ich schleppe keinen Ballast unerledigter Affären mit mir herum, keine Last ambivalenter Empfindungen, keine Sorgen um mein Verhältnis zu anderen Personen. Durch Simulation ist es mir gelungen, jeden nur denkbaren Konflikt zwischenmenschlicher Art auszusondern und solchermaßen zu vermeiden.«

»Und das Glück, Herr Professor? Wie steht es mit dem Glück?«

Nun endlich drehte sich der »Große Konstrukteur« um und drückte den Sicherungshebel in die Ausgangsposition zurück. Das Licht in der Kabine erlosch, während sich die Tür mit einem sanft zischenden Geräusch schloß, als atme jemand erschöpft aus. Danach ergriff er wortlos meinen Arm und führte mich durch die Halle zum Tor, durch das man beim Näherkommen die graue Betonfläche davor erblickte und ein langgezogenes Himmelsrechteck voller Nieselregen.

»Als nächstes gehen wir das Wetter an«, sagte er dozierend und beschleunigte seinen Schritt, so daß auch ich mich sputen mußte. »Das Wetter kann nicht so bleiben, wie es ist – derart unwägbar und sich selbst überlassen ... unberechenbar ...«

Vor dem Tor, just in der Sekunde, da er sich abzuwenden anschickte, seine weltumspannende Pläne weiter auszuarbeiten, hielt er inne und raunte mir zu:

»Das ist die Schwachstelle.« Ich begriff nicht gleich, wovon die Rede war, doch er sprach schon erregt davon, daß er mit Hochdruck und »Dampf«, wie er beteuerte, an diesem Problem arbeite. Über den Modus selber bestünde immerhin vollständige Klarheit. Es habe sich nämlich erwiesen, daß die Hauptschwierigkeit bei der Abgrenzung liege. Unerwartet kippe das, was ich »Glück« nenne, in Unglück um, als handele es sich bloß um eine dissipative Struktur, wo eben scheinbar aus dem Nichts heraus ein gänzlich anderer Aggregatzustand eintrete, ein unvorhersehbarer Umschwung, was man verhindern müsse, um Glück überzeugend simulieren zu können:

»Die Stabilität, mein Lieber, die Stabilität! Wenn wir die erreichen, vermögen wir uns auch in der Wirklichkeit an die Bedingungen der Simulation zu halten. Wie der Pilot lernt, alle Fehler und Irrtümer zu vermeiden, um ruhig am Himmel seine Bahn zu ziehen, so soll jedermann durch den Simulator das gleiche mit dem Glück erreichen. Für ein erschwingliches Entgelt, versteht sich. Um die Entwicklungskosten hereinzubringen.«

Mein Ausdruck muß wohl eher skeptisch gewesen sein, denn er wurde unvermittelt lauter:

»Ich weiß, was Sie einwenden wollen: Dauerhaftes Glück

gäbe es nicht. Und wenn, dann werde es bald unerträglich. Falsch. Ganz falsch! Nichts als jämmerliche Selbsttröstung. Noch hat ja niemand die Erfahrung dauerhaften Glücks gemacht, doch ich, doch wir, wir werden sie wissenschaftlich herstellen, als menschlichen Normalzustand!«

»Und wenn der Benutzer des Gerätes nicht alles in demselben Erlernte in der Realität anzuwenden vermag? Schließlich stürzen auch immer noch Flugzeuge ab«, gab ich zu bedenken, doch er zuckte nur die Achseln und hob den Zeigefinger:

»Der Wissenschaftler ist für die Lernfähigkeit des Individuums nicht verantwortlich. Immerhin – wenn es einer im Leben nicht schafft, dann mag er meinetwegen den Rest seiner Tage im Simulator verbringen. Ein für jeden Haushalt geeignetes Gerät läßt sich ja ohne weiteres entwickeln ...«

Er versuchte, meine Hand zu ergreifen, um durch absichtsvollen Körperkontakt etwas wie Komplizenschaft zu wecken, durch diese Konformismus fordernde Geste Übereinstimmung sowohl anzubieten wie zu verlangen. Doch ich behielt die Hand in der Tasche, obschon mir diese Verweigerung kindisch vorkam. Aber in einer tieferen Schicht meiner Seele oder meines Hirns, was ja doch auf eines hinausläuft, regte sich jene aus längst zerfallenen Märchenbüchern überkommene Weisheit, daß man niemals seinen kleinen Finger jemandem reichen solle, weil der sonst die ganze Hand nähme und alles, was daran hänge – ohne daß mir jedoch einfiel, welcher Jemand eigentlich damit gemeint gewesen war.

Begräbnis in Blech

Ironie des Schicksals: das gibt es. Gibt es das wirklich? Eine außermenschliche existierende Macht, begabt mit schwarzem Humor, mit finsterem Witz, vor Lachen bellend, sobald es ihr gelingt, einen Menschen zu düpieren? Ich glaube es nicht; glaubhafter ist, daß sich unter Umständen Zufälle an einem Punkt treffen oder überschneiden und solcherart zustande kommt, was wir für das sichtbare Wirken verborgener Kräfte zu halten geneigt sind, weil das die Erklärung darstellt, die unser Gehirn am wenigsten beansprucht. Wir sind geneigt, immer den leichtesten Weg einzuschlagen. Daher rührt unser Unglück. Stellen wir uns den Schauplatz eines solchen vor: ein Hinterhof mit einer Remise, in der Remise eine Autoreparaturwerkstatt und in der Werkstatt wiederum ein einzelner Mechaniker, gleichzeitig Besitzer der Werkstatt, Roggenkamp soll er heißen, der unter einer grellen Deckenlampe über eine Drehbank gebeugt steht und ein Metallteil bearbeitet; die Jahreszeit Herbst, die historische auch schon herbstlich, vorletztes Kriegsjahr vielleicht, Abend, leichter Regen, Pochen an die Werkstattür: so leise, daß Roggenkamp vor seiner laufenden Maschine nichts hört. Erst in einer Arbeitspause vernimmt er das Klopfen, glaubt an einen verspäteten Kunden und blendet das Licht ab, ehe er die Tür öffnet: Verdunkelung herrscht, und schnell gerät man in Verdacht, feindlichen Fliegern Zeichen geben zu wollen, mißachtet man das strenge Gesetz. Roggenkamp sieht vor sich eine undeutliche Gestalt, packt ihren Ärmel und zieht sie hinein, worauf er, nachdem er sorgfältig die Tür wieder geschlossen, das Licht aufdreht: da steht eine abgerissene, verkommen wirkende Figur vor ihm; früher hätte man sowas »Penner« genannt: regendurchweicht, unrasiert, kränklich, leise schwankend – der wollte bestimmt keinen Wagen reparieren lassen!

»Erkennst du mich denn nicht?« fragt der Fremde, und Roggenkamp kann sich nicht erinnern, bis ihm der andere auf die Sprünge hilft. Sportverein Fichte, na? und später Autobushof als Monteure, vorm Krieg, na?! Ich bin doch dein alter Kumpel Franz...

Wie sich der Mensch verändern kann: unglaublich. Setz dich erst mal hin. Zigarette? Wie geht's denn immer so? Was Dümmeres konnte man nicht fragen, denn wie es dem da ging, der da auf dem alten Korbstuhl in sich zusammenschrumpfte, das konnte man deutlich genug sehen. Der »alte Kumpel« zieht an seiner Zigarette. Roggenkamp mustert ihn, und plötzlich kommt ihm ein Verdacht: »Sag mal, pennst du in Ruinen?«

Der unerwartete Gast nickt. »Hör mal...« fängt Roggenkamp an, doch der andere läßt ihn gar nicht erst zu Worte kommen, sondern gibt sofort zu, er halte sich versteckt: Desertiert! Abgehauen! Und jetzt käme der Winter, und er wisse nicht mehr, wohin. Da sei ihm sein alter Kumpel Roggenkamp eingefallen, der... Doch nun schneidet der dem Flüchtling das Wort ab: »Hör mal, ich bin ›uk‹ gestellt, unabkömmlich, solange ich hier die Wagen von Bonzen repariere, und ich habe mich hier eingeigelt und werde, falls mir nicht das Haus überm Kopf zusammenfällt, die Scheiße überstehen. Das setze ich nicht aufs Spiel. Tut mir leid!«

Der Bittsteller behauptet, er sei krank: das Herz, er könne nicht weiter im Freien vegetieren... »Tut mir leid!« ist die Antwort; und das einzige, was Roggenkamp überhaupt noch interessiert, ist, ob irgend jemand vorhin seinen Besucher gesehen hat. Der ist inzwischen aufgesprungen. Das nennst du Kameradschaft, früher haben wir immer einander geholfen, ja, früher ist vorbei, Mensch? und stützt sich auf Roggenkamps Drehbank, muß sich sogar daran festhalten, während ihm sichtlich schlecht wird, übel, und sinkt auf den

Zementboden, was Roggenkamp für eine ganz besonders infame Art hält, Hilfsbedürftigkeit zu demonstrieren.

»Komm, spiel hier kein Theater«, fordert Roggenkamp den am Boden zum Aufstehen auf, doch der stöhnt nicht einmal, sondern liegt ganz still. Roggenkamp rührt den schlaffen Körper an und erkennt zu seinem Erstaunen: Dieser Mensch ist für alle Zeiten Mensch gewesen. Mausetot. Wie'n Stück Holz. Und Roggenkamp hat ihn auf dem Hals.

Und während Roggenkamp überlegt, daß er wohl zur Polizei müsse, meldet sich Angst: Würde man ihm denn glauben, daß der Deserteur schon wenige Minuten nach seinem Auftauchen gestorben sei und nicht erst nach Tagen oder Wochen des Sichverstecktholtens in der Werkstatt? Ihre frühe gemeinsame Mitgliedschaft in einem linken Sportverein kriegten die sofort heraus, und eine Empfehlung war das ja nun auch nicht grade; das Ergebnis hieße: Gestapo! Wen die verhörten, der gestand sogar, seine Mutter vor der eigenen Geburt umgebracht zu haben. Es empfahl sich also eine andere Lösung: ewig konnte die Leiche ja nicht auf dem Boden liegen bleiben, und weg mußte sie, bloß wohin?

Hin- und hergehen. Zigarette auf Zigarette wegpaffen. Die häufig verdammte Verdunkelung erweist sich in diesem Falle als Glücksumstand, denn keiner kann sehen, wie der Mechaniker aus der dunklen Werkstatt schleicht und einen der leeren Treibstoffbehälter vor seiner Tür, deren Blech er zum Ausflicken von Karosserien benutzt, in die Werkstatt trägt; keiner, wie drinnen der Tote hochgewuchtet und in die Blechtonne gestellt wird, in der er zusammensackt; sein Kopf und seine Arme müssen mit Gewalt unter das Niveau der Öffnung gepreßt werden, damit der runde Deckel, hastig aus anderem Blech geschnitten, flach aufliegt. Auch der grelle Schein vom Schweißgerät, mittels dessen der Behälter dicht verschlossen wird, dringt nicht nach außen, und nach kurzer Zeit befindet sich die Tonne wieder unter den anderen, benzinleeren vor der Tür. Da wartet sie in Sonne und Regen und bald im Schnee, der ihr eine konische Kappe aufsetzt; Roggenkamp blickte überhaupt nicht mehr hin, was er die ersten Wochen immer getan, wenn er frühmorgens zur Werkstatt kam und mit klammen Fingern die Tür aufschloß. Bißchen komisch ist es schon, wird man beim Erscheinen von solchem stummen Wächter begrüßt.

Eines Morgens aber ist die Tonne verschwunden. Gestohlen, vermutlich. Ein Dieb, der wahrscheinlich nachts von Hof zu Hof zog auf der Suche nach Verwertbarem, hatte, sie anhebend, gemerkt, sie sei gefüllt, und dann einfach weggerollt. Der wird sich wundern, wenn er sie öffnet, denkt Roggenkamp, aber zum Lachen bringt ihn diese Vorstellung nicht. Seine Stimmung verdüstert sich sogar noch mehr, als ihn Tage später die Portiersfrau im Hof abpaßt und mit geweiteten glitzernden Augen fragt, ob er schon wisse, gestern sei eine Leiche in einer Tonne gefunden worden, hier ganz in der Nähe, Herr Roggenkamp, was sagen Sie dazu?

Was nicht alles passiert?! kann man da nur sagen, und: Weiß man schon Näheres? Oh ja, Herr Roggenkamp: es handelt sich um einen furchtbaren Mord. Unmöglich! ruft Herr Roggenkamp aus, doch die Portiersfrau weiß es besser: Man hat herausgekriegt, der Mörder hat seinem Opfer das Genick gebrochen und es dann in die Tonne gesteckt! Ein grausiger Fund, ist das nicht furchtbar?!

Mehr als furchtbar, findet Roggenkamp, obschon aus anderen Gründen: ein grauenvoller Irrtum der Polizei, über den man zu niemand sprechen kann. Es war doch eindeutig Herzschlag!

Und indes Roggenkamp noch grübelt, wie er bei einer möglichen Konfrontation den Irrtum aufklären könnte, klopft es schon energisch und keinen Widerstand duldend ans hölzerne Pförtchen; zwei Ledermäntel und Schlapphüte, gefüllt mit anthropomorphen Spürhunden; eine Messing-Marke wird mit geübter Geste hervorgezogen; und ehe Roggenkamp überhaupt zum Reden kommt, heißt es: »Haben Sie noch mehr Leichen auf Lager, Roggenkamp, oder war das die einzige ...?«

Ich weiß von nichts! Stumpfsinnige Antwort, auf die hin

der eine Beamte seine Faust ausstreckt und öffnet: auf der Handfläche eine abgedrehte Metallspirale gleich denen auf der Werkbank, auf dem Zementboden in alle Ecken: »Das hatte der Ermordete in der Hand, Roggenkamp, es ist wohl besser, Sie ziehen sich jetzt Ihren Mantel an ...«

Untersuchungshaft: Roggenkamp leugnet jede Tötungshandlung. Doch das Beweismaterial ist erdrückend. Als letzter Ausweg fällt Roggenkamp etwas ein, was vielleicht seine Strafe verringern könnte, was ihn vielleicht vor dem Schlimmsten bewahrt: Er legt ein falsches Geständnis ab.

Ja, er habe diesen Mann, dessen Identität er nun aufdeckt, wirklich totgeschlagen, aber doch nur, weil der ein Deserteur gewesen, fahnenflüchtig und zu feige, die Heimat zu verteidigen! Aus Zorn habe er das getan, im Affekt, nicht wahr, und während seine Aussage protokolliert wird, bemerkt er zu seiner Beruhigung, wie der Untersuchungsrichter verständnisvoll und gütig nickt: also war diese Taktik doch richtig!

Am Nachmittag jedoch erscheinen in seiner Zelle zwei andere Ledermantelträger, um ihn abzuholen, zu überführen: ins Gefängnis der Geheimen Staatspolizei in der Prinz-Albrecht-Straße. Roggenkamp knicken die Beine weg: Wieso denn um Gottes Willen, wo er doch sogar dem Reich einen Dienst erwiesen, indem er den Deserteur mit eigener Hand ...?

Roggenkamp sollte nicht solchen Unsinn reden, erwidert man ihm, der Mann in der Tonne sei an einem Herzschlag gestorben.

Roggenkamp atmet auf: Dann habe er doch überhaupt nichts mehr im Gefängnis zu suchen ...

Der Tote stehe auf der Fahndungsliste: nicht nur wegen Fahnenflucht, auch wegen Hochverrat und illegaler politischer Betätigung; er habe bei Roggenkamp gehaust und sei auch dort gestorben und habe Roggenkamp gewiß über seine Komplizen informiert, aber das werde Roggenkamp schon alles noch selber erzählen ...

Als Roggenkamp mit seinen beiden Begleitern in die schwarze Limousine steigt, um zum letzten Male in seinem Leben durch die schon halbzerstörte Stadt zu fahren, kann er nicht fassen, wieso er jetzt für etwas leiden soll, das er unterlassen hat, um gerade diesen Leiden zu entgehen. Er hält es für Schicksal, wir nicht, weil wir längst die Erfahrung gemacht haben, daß wir gerade durch das geschlagen werden, dem wir in unserer begreiflichen menschlichen Schwäche auszuweichen suchen.

Kein Mord für mich

Paragraph Nummer eins des Grundgesetzes aller Ehen besagt: Auseinandersetzungen werden von Nichtigkeiten ausgelöst.

Was lange schwelte, flackert beim winzigsten Luftzug auf und wächst manchmal zur Feuersbrunst an, in der jegliche gegenseitige Zuneigung zu Asche zerfällt. Aber keineswegs heißt das, der gesamte Zündstoff habe sich ausschließlich in der Zweisamkeit, in der unvollständigen *Keimzelle des Staates* angesammelt. Unbemerkt, meist jedenfalls, wird er von außen geliefert und dem unaufmerksamen Partner von einem Quacksalber, einem vielnamigen Monstrum, das sich nebulos Gesellschaft nennt, implantiert.

»Geh vom Fernseher weg. Du verstehst nichts davon!«

Befehl wie Disqualifikation mögen noch ruhig, mit verhaltener Stimme gesagt worden sein, von Mann zu Frau, von Gatten zur Gattin, vermutlich während der Abendbrotzeit, der therapeutischen Stunde, da die Spannung des durchstandenen Tages sich löst, lösen sollte, und doch nur ein neues Ansteigen ebendieser Spannung bewirkt. Die Summation mühsam gebremster Energie, etwas wie ›Quanteln‹ der Mißstimmung und Wut, setzt sich aus der Masse sonst ignorierter Details zusammen. Beim Beispiel: die Quarkspeise. Nie hat er die gemocht. Nun steht sie vor ihm.

Wie weißer Kot, pampig, labbrig. Und zusätzlich muß er die ihm mittels weniger Worte zugeeignete Lebensgefährtin erdulden. Lebenslang ist natürlich übertrieben, Notausgänge gibt's immer: Wie dieses ungeschickte Geschöpf mit steifgemachten Fingern den Farbkontrast des Fernsehbildes zu regeln sucht ... Nutzloses Unterfangen. Von Technik keinen Schimmer und trotzdem immer wieder magisch davon angezogen, wie ein Kind, das sich die Finger verbrannt hat und mit dem Kokeln nicht aufhören kann.

»Du sollst das seinlassen, du begreifst das doch nie, ich regle es ja gleich ...«

Entweder ist sie plötzlich ertaubt oder diese durchsichtige Isolierwand wieder einmal zwischen ihnen vorhanden; sobald einer von ihnen sich eigenwillig einer Tätigkeit zuwendet, die zu meistern er selbst nicht ganz überzeugt ist – darum schon nervös auf den höhnischen, jedenfalls Überlegenheit bekundenden Kommentar des anderen wartet und sich gegen den wappnet, panzert durch Taubstellen, Weghören –, scheint es, eine höhere Macht habe unsichtbares Polystyrol zwischen sie gegossen.

Das Gesicht des Nachrichtensprechers rötet sich indianisch, dann apoplektisch. Sein Schlips grünt grausig. Brummen ertönt aus dem Lautsprecher, die Klage überanstrengter Elektronik. Aufschnellender Zorn verwandelt die Optik gänzlich: An der polierten Mahagoniholzkiste, gefüllt mit lauter zwanzigstem Jahrhundert, steht eine Fremde, die einem den Rücken zuwendet. Was heißt: den Rücken? Das Gesäß. Den Hintern. Ach was, den Arsch. Platt und eingezwängt in Gummischlüpfer. Das hintere Rockende zipfelt sich böse empor. Aus den Kniekehlen treten krause Adern ans Abendbrotlicht, als wollten sie teilnehmen an der Gemeinschaft, frech und uneingeladen. Es könnte sich um eine Fremde handeln. Es handelt sich um eine Fremde. Frauen: die fremde Rasse. Ewig unbegreiflich. Mit diesen Strümpfen – unbegreiflich. Mit diesen Kniegelenken, rund nach innen wie nach außen gewölbt, während, wo die Schenkel sich konisch aufwärts verbreitern sollten, zuerst eine neue Einschnürung, eine läppische Verengung auftritt, bevor der spitze Winkel sich nach oben mühsam verbreitert. Ein Geheimnis, trotz tausendfacher, vermutlich nur scheinbarer Übereinstimmung, das man zu lösen gar keine Lust hat. Keine Lust. Unmöglich, daß man mit solchem Weibsstück auf Dauer zu tun gehabt hat. – War man denn blind gewesen, verblendet, verblödet, sich sowas ins Haus zu holen, plump, begriffsstutzig, mit einem Wort, unfähig zu den simpelsten Verrichtungen:

»Hör sofort auf damit!«

Köpckes Kopf leuchtet wie eine Signallampe: Alarm!

Die Quarkspeise, wie die ihm in die Hand gekommen, wer will das rekonstruieren. Jedenfalls hatte er das Porzellannäpfchen mit der schleimig-gipsigen Masse geworfen, meinetwegen: geschleudert, und sie natürlich verfehlt. Mangelnde Zielsicherheit. Das einzige Ergebnis schon damals beim Schulsport, dann beim Wehrdienst bestand in Hohn: Mensch, du hast wohl zielen jelernt, als treffen noch nich Mode war! Entsprechend dem katastrophalen Wurf, katastrophal nicht in Hinsicht auf seine sportliche Talentlosigkeit, vielmehr auf die unbeabsichtigten Folgen, zerschellte das Schüsselchen direkt am Bildschirm. Köpcke verstummte und verschwand, als wäre er beleidigt worden. Allerschlimmstes jedoch – wie sich der Fehlwerfer später erinnerte, Erinnerung, die den Rotz verstärkte, die alle Gesichtsquellen überfließen ließ – war das Lachen, ihr Lachen, das nach kurzer Verblüffung erschallte. Sie hatte tatsächlich laut gelacht. Sowas intensiviert die Wut des Belachten, Verlachten, Ausgelachten, indem es sie um ein wesentliches Ingrediens bereichert: um Hilflosigkeit. Daß er damals daran nicht erstickt war?!

Doch dann war sie beim Umdrehen auf dem Quark ausgerutscht und hingefallen, und jetzt hatte er gewiehert, schadenfroh, so daß er es im Munde zu schmecken meinte: ein besonderes Aroma, schwer beschreibbar, vor allen Dingen speicheltreibend, so daß man dauernd schlucken muß. Wie wenig Abstand hatte er zu der unerwarteten Slapstick-Szene gehabt, daß er die Tragik darin nicht bemerkte. Dergleichen geschah sonst nur in alten, als Zeitfüller vom Fernsehen verbrauchten Stummfilmen, deren Ablauf man meist amüsiert verfolgte. Cremetorten in entsetzte Mienen, Figuren, über Treppen abwärts purzelnd, in gefüllte Wassertonnen plumpsend, durch Falltüren verschwindend: Gag um Gag. Doch seit seinem Quarkspeiseattentat fand er an den verregneten Streifen kein Vergnügen mehr.

Glück, was ist das? Unter bestimmten Voraussetzungen: daß eine Bildröhre unbeschädigt bleibt, bloß eine Lötstelle, ein Kontakt unterbrochen ist. Freilich ein Glück, das umgangssprachlich die Bezeichnung ›Schwein‹ trägt. Das jedoch hatte nicht die Quarkspeise hervorgerufen, sanftere Geschosse sind ohnehin kaum denkbar, sondern wurde dadurch verursacht, daß die Lachende beim Lachen, Ausrutschen und Hinfallen mit der oberen Schädelhälfte gegen das Gerät schlug: Mein Gott! Sein erster Gedanke: Jetzt ist der Apparat hinüber. Drei, vier oder mehr Tage ohne Kojak, ohne Derrick, ohne Carrell: eine Kette öder Abende, farblos und stumm, ausgeliefert einem Denken, in dem die Tristesse des Tages noch einmal aufgewärmt wurde, ohne dadurch bekömmlicher zu werden.

Abbrechendes Gelächter, ziemlich abrupt, aber kein Schrei, kein Ausruf des Schreckens, des Schmerzes, dazu ging es wohl zu schnell. Ein dröhnendes Geräusch, Schlag an hölzernen Hohlraum, dumpf, nicht sehr laut, Ursache seiner rasenden Überlegung, wo so schnell einen Reparateur auftreiben, dann ein eher seufzender Laut, und sie hatte ausgestreckt dagelegen, wie aus dem Fenster gefallen. Zur Ruhe gekommen, endgültig. Er hingegen noch ganz außer sich, zu sehr ein Irgendwer, da nicht allein sie ihm, sondern er auch sich selbst vorkam wie jemand, der er doch im Ernst gar nicht sein konnte. So überwältigt von einem Affekt, in dem er sich nicht wiedererkannte. Woher solch cholerischer Anfall, dieses befriedigende Wüten, begleitet von schneidender Gleichgültigkeit gegenüber allem außerhalb der eigenen Haut. Mochte sofort alles in Stücke gehen, in Bruch und Scherben, ihm war es recht. Und zugleich wußte er, daß der Verlust von Selbstkontrolle ihn in einen Alptraum entführte, in dem er sich selber als Monster erschien. Aufwachen, bloß aufwachen, aber das Aufwachen unterblieb, so, wie die Hingestürzte weiter auf den Dielen verharrte, in Rückenlage, den Kopf zur Seite gewandt, von ihm fort, tonlos und in einer von der seinen gänzlich getrennten Dimension.

Die Schärfe seiner augenblicklichen Wahrnehmung verstörte ihn: Mitleidslos musterte er die Spitzen der Büstenhalterkonstruktion, die durch den Kleiderstoff stachen, darunter die Brüste, weggesackt oder in den reglosen Leib eingesunken, Rock und Schürze hochgerutscht, eine in die Strumpfhosen eingefüllte und von ihnen notdürftig geformte Masse unbekannter Konsistenz; die in jeder Hinsicht spröden Lippen halb geöffnet, das Haar ohne Glanz, insgesamt ein überdeutliches Indiz für das Mißlungensein der Schöpfung. Damit soll Gott zufrieden gewesen sein?!

»Komm, steh auf, spiel nicht die Märtyrerin!« Mehr dahingesagt als ausgesprochen adressiert, die eigne schwerfällige, müde gewordene Gestalt erhebend, um dem Anblick seiner Verfehlung, wie dem eines einstmals idealisierten Organismus, ein Ende zu machen. Doch hemmte ihn, daß sie durch das Ungewöhnliche ihrer Lagerstätte, ihrer Körperhaltung einem Gegenstand ähnelte. Ja, sie war ein Gegenstand, im Moment so unbrauchbar und so überflüssig wie der erstorbene Fernseher, wie auf der polierten Anrichte der holzgeschnitzte Kerzenhalter mit den niemals angezündeten Schmuckkerzen, wie das Bild darüber, das ebenfalls eine liegende Frau zeigte, die jedoch, obwohl viel zu fleischfarben und impressionistisch zerfasert, lebendiger erschien als ihre Geschlechtsgenossin weit unter ihren rosigen Füßen. Gerade weil sie wie ein umgefallenes Ding dalag, wurde einem unheimlich zumute. Zugleich hörte man eine besondere Stille ohne Atemzüge. Wenn doch draußen wenigstens ein Moped vorbeiknattern würde, träger Donner eines Düsenflugzeugs, irgend etwas, den Bann aufzuheben. Die völlige Abwesenheit des akustischen Signalements von Umwelt rückte die Szene in eine Art Niemandsland, wo das Gesichertsein durch Realität aufgehört hat.

Um ihr Handgelenk greifend, zog er an der schlaffen

Gestalt, doch ohne jede Unterstützung seines Mühens ihrerseits gelang es ihm nicht, den ihm angetrauten Gegenstand auch nur ein Stück fortzubewegen. Ohnmächtig vermutlich. Schwächere Natur der Weiber. Vertragen halt nix und beklagen sich noch über Männerherrschaft! Ja, meine Damen, wer nicht mal in der Lage ist, einen kleinen Puff zu vertragen, der soll nicht nach Gleichberechtigung schreien. Wollten wir Männer bei jeder Gelegenheit umfallen, dann: Gute Nacht! Dann liefe nichts mehr. Selbsttröstung, die kaum die wachsende Angst überdeckt.

»Komm schon, ist ja gut, tut mir leid ...«

Und während er sich solchermaßen erniedrigte, großherzig seine Schuldlosigkeit an der Situation erst einmal hintanstellte, probierte er, einem oft gesehenen Rezept gehorchend, mit energischem Wangentätscheln, fast schon Backenstreichen, die Ohnmächtige in den ganz und gar versauten Abend zurückzurufen. Die ausbleibende Reaktion zwang ihn, sich noch tiefer über sie zu beugen. Sein Ohr an ihrem Mund: nichts. Kein Hauch. Was sonst als Panik stellt sich in solcher Sekunde ein; entsetztes Zurückweichen, verbunden mit aufkeimendem Ekel. Aufspringen und automatisch die ausgebeulten Hosenknie abklopfen. Als hätte man nicht stets – wie sie selber stolz zu erklären pflegte – von ihrem gebohnerten Fußboden essen können.

Was er auf dem endlosen Wege zur Wohnzimmertür dachte oder empfand, ließ sich nicht mehr rekonstruieren. Schwarzfilm. Eine Gedächtnislücke. Sogar der höchst widerwillig unternommene Versuch, sich in die damalige Lage zurückzuversetzen, brachte kein Ergebnis. Sein Verdrängungsmechanismus schien hervorragend zu funktionieren. Oder wie die Schockwirkung nach einem Autounfall den Moment des Entsetzens, des Zusammenkrachens auslöscht. So ähnlich mochte sein Gehirn sich während der wenigen Schritte geweigert haben, seinen Gang zur Tür, weil verbunden mit dem übermächtigen Bedürfnis, einfach davonzulaufen, wahrzunehmen und aufzunehmen. Erst nachdem seine

Hand die Klinke berührte, nahm das Gedächtnis die Arbeit wieder auf und lieferte ihm sogleich ein Gelächter, das hinter seinem Rücken erklang. Ein weiteres Lachen, obgleich weniger spontan, weniger belustigt als vorher.

Als er herumfuhr, saß sie aufrecht auf dem Boden, von den Armen seitlich gestützt, und fragte, wohin er denn so eilig wolle, stand auch ohne Hilfe auf, allein, da er ohnehin wie festgemauert in der Erden und wie aus Lehm gebrannt vor sich hin ragte, überzeugt, sein Mund imitiere das sprichwörtliche Scheunentor: so weit offen.

»Nicht mal 'ne Beule!« stellte sie verwundert fest, an der Schläfe herumtastend, wobei sie trotzdem das Gesicht schmerzlich verzog.

»So kann man Leute erschrecken!« Und weidete sich an seinem Nichtbegreifen ihrer Rache: »Indem man einfach die Luft anhält, ist doch klar!«

Da atmete er auf, verbarg die Regung aber sogleich und entschloß sich, jedmöglichen Kommentar zu unterlassen.

Für die Fortsetzung ihres Streites hatte sich seine Position zu sehr verschlechtert. Nicht, daß er sich im Unrecht wähnte, Herrgott, wenn man gereizt wird, reagiert man halt heftig, man ist ja kein Stein, aber er fürchtete die Qual einer Diskussion der Schuldfrage, von der kein Ergebnis, nur eine Verhärtung ihrer konträren Standpunkte zu erwarten war. Und als ob seine Gedanken telepathische Kraft besäßen, vermied auch sie, auf das eben Gewesene zurückzukommen, wischte schweigend den Bildschirm sauber, nahm den weißen sämigen Fleck und die ebenso weißen Porzellansplitter mit einem Lappen auf.

Was an Unterhaltung folgte, während sie taten, als äßen sie konzentriert ihr Abendbrot, bestand aus dem Hervorbringen leerer und beziehungsloser Worte, näher dem Geräusch verwandt als der Kundgabe sinnvoller Bedeutung. Wahrscheinlich äußerten sie, jeder in seine, dem anderen verborgenen Gedanken verstrickt, nebensächliche Sätze: über die Frische des Brotes, Lebensmittelpreise, meteorologische Aspekte des heutigen wie morgigen und künftigen Wetters, hingesagte Banalitäten, zwischen denen kein Kontakt entstand. Nicht an dem rühren, was passiert war. Aber was eigentlich war denn passiert?

Hatte nicht bereits die Rückkehr zum geregelten Dasitzen, zum Herumrühren in der Tasse, Kauen, Schlucken, Abbeißen und so ad finitum dazu geführt, daß der Alptraum schon als solcher erschien, schon verblaßte, schon überlagert wurde von der kleinen Realität des gedeckten Tisches, des Messergeklappers, der trotz allem ausgezeichnet schmeckenden Leberwurst? Nicht mal 'ne Beule, wie sie selber gesagt hat. Bewies nicht gerade solche Erläuterung den fiktiven Charakter des Traumes, für den es kennzeichnend ist, daß er Unwahrscheinliches rational begründet, aber keine Spuren hinterläßt?

Er ertappte sich dabei, daß er mehrfach zum Fernseher hinüberschielte, in der aufquellenden Annahme, nur der Strom wäre ausgeschaltet, und für Sekundenbruchteile kam es ihm sogar vor, als stünde der Schaltknopf in der ›Aus‹-Position; als hätten die vergangenen zehn Minuten, vielleicht auch bloß fünf, überhaupt nicht stattgefunden. Kein Nachklang von durchlebtem Zorn und Schrecken, vom Selbstverdacht, ein Untäter zu sein; einzig die übliche Unlust, Müdigkeit, Folge eines trostlosen Arbeitstages. Doch diese Stimmung besaß nun keinerlei Neuigkeitswert. In der Dunkelheit des Schlafzimmers aber, nach hastigem Gutenachtwunsch, kehrte das eben Vergangene wieder, ein unerwartetes, unabweisbares Gespenst, beängstigend durch die vollkommene Finsternis rundum, auf die der Vorgang noch einmal und überdimensional projiziert wurde. Und dann sagte dazu noch ihre Stimme neben ihm leise:

»Wie konntest du das nur tun?!« – ohne Vorwurf, ohne Anklage, und er brach sofort in Tränen aus, als hätte er nur darauf gewartet, seit Jahren, seit Jahrzehnten, sein Leben lang möglicherweise. Schluchzen und Schlucken, Winseln, Wimmern und Seufzen: Urtümliches Esperanto, das trotz der klaren Bedeutung, Symptom psychischen Leidens zu sein, der Übersetzung bedarf, und meist ist der Leidende sein eigener mittelmäßiger Dolmetsch. Unüberwindliche Kluft, wie er auf einmal merkte, zwischen Gefühl und Gesagtem; mangelhafte Wiedergabe einer inneren Wahrheit, die nur zu bald in sich selber erstickt, weil es nicht gelingen will, sie vollständig Wort werden zu lassen. Am direktesten noch das unartikulierte Gestammel, das hilflose Tasten nach verbalem Ausdruck dessen, was sich, aufgestört vom Schmerz der Reue, in vergessenen Schichten zu regen beginnt, vergessene, verschüttete Niederlagen, Versagungen, Versäumnisse, Entwürdigungen, Erniedrigungen, lauter Pfeile, von denen der anonyme Sankt Sebastian niemals befreit worden ist. Wie er merkt, stecken noch alle Spitzen in ihm, durch Widerhaken gehalten; jetzt blutet er, das meint er körperlich zu spüren.

Doch ließen sich für den Quarkspeisenwurf auch entschuldigende Faktoren und Umstände anführen, noch dazu, da man gelernt hatte, einen Teil seiner persönlichen Verantwortung, sagen wir mal 51 Prozent, der Gesellschaft zu übertragen. Als ihr Produkt produzierte man sich eben entsprechend.

Hatte ich eine Wahl? Je eine gehabt? Keine Alternativen. Was einem gnädig angeboten wurde, danach mußte man greifen. Sonst hätte es nichts gegeben. Gar nix. Ich wäre auch lieber Künstler geworden, doch mit einer Fünf im Zeichnen? Flugzeugkommandant – ohne Vorkenntnisse, ohne ein As in Mathematik zu sein? Mir wird auf dem Rummel schon beim Zusehen übel, wie die da mit der Achterbahn rauf- und runterrasen. Die gute Fee stand nicht an meiner Wiege. Wünsche, oh ja, aber das allein bringt nichts zuwege. Wenn man in einem unsichtbaren Käfig geboren wird, kann man nicht ausbrechen, weil man die Gitter nicht erkennt. Oder doch erst viel zu spät. Dann bleibt man hocken. Weder nach Meinung noch Einverständnis gefragt worden sein – da durfte auf die verächtlich unterlassene Frage zumindest mit einem Wurf als Antwort gerechnet werden. Nur das Ziel war leider falsch gewesen. Und der richtigen Ziele hätte er noch viele mehr aufzählen können, die ganze Nacht hindurch, eine Kette, eisern, die seine Energien und seinen Lebensmut fesselte und ihn zu einem unwirschen Irgendwer gemacht hatte. Zog man ihre einzelnen Glieder ans Funzellicht unklarer Überlegungen, wurde sie immer länger und länger und verlor sich fern in der Geschichte, die man nie gelernt hatte.

Wie damals, als die Leute ihr Mütchen an den Juden kühlten, hielt man sich an die verkehrten Objekte. Dem Haß freien Lauf lassen: mal gegen die Franzosen, mal gegen die Polen, mal gegen die Russen, immer gegen die Falschen. Ihm schien dieser Gedanke eine große Entdeckung, und beschämt dachte er: Ob diese fehlgerichteten Ausbrüche wohl mit seiner Nationalität zusammenhingen? Niemals vorher war ihm diese telegrammkurze, aber fatalistische Ursachenbezeichnung derart ins Bewußtsein gedrungen, nicht einmal, wenn er sie früher vernommen hatte: Typisch deutsch! Weil er ein Deutscher wäre, was denn sonst, sollte er die Quarkspeise …? Das konnte nicht sein. Das glaubte er nicht. Diese Erklärung lehnte er ab. Alle Völker hatten ihre Fehler, gewiß, manche waren faul, manche fleißig, manche kriegerisch und manche feige. Aber bis in die Privatsphäre reichten diese Charakterzüge nicht, oh nein! In der Ehe waren alle Menschen gleich, bis auf den Gegensatz von Mann und Frau! Das war von unwiderstehlicher Logik.

Nur schade, daß er diese einleuchtenden Einfälle seiner Bettnachbarin wegen der augenblicklichen Verstimmung, wegen ihres lautlosen Schweigens, sie schlief wohl schon oder tat nur so, nicht mitteilen konnte; es hätte seine Stimmung gehoben. Gut: Das mochte nun ihre Strafe für ihn sein, ihn jetzt einfach sich selbst zu überlassen. Er akzeptierte es. Damit waren sie aber quitt. Morgen früh würde alles wieder seinen geregelten Gang gehen: Beruhigende Vorstellung, da er sich zum Schlafen herumdrehte, zwei-, dreimal kräftig schniefte, akustischer Ausklang, der seinen Schwächezustand beendete.

Er erwachte früher als sonst, ohne eigentlichen Grund, vielleicht nur, weil er irgend etwas vermißte, worüber er sich zuerst nicht klar war, bis er neben sich die Frau tot fand. Er schüttelte den Kopf und konnte damit nicht aufhören: Wo war denn der Anlaß für dieses heimliche Verschwinden ins Nichts?

Die Quarkspeise konnte es nicht sein. Und nicht mal 'ne Beule! Wahrscheinlich war der Grund historischer Natur und lag außerhalb jeder menschlichen Einflußnahme. Ich bin kein Mörder! Logisch: Da ihm weder Absicht noch Aktion unterstellt werden konnten. Wie war so etwas nur möglich? Wie mochte das geschehen sein? Sein Gedächtnis führte ihm einen Mann vor, aufgerichtet im Bett, den Kopf schüttelnd, den Schlafanzug halb aufgeknöpft, um sich unter der Achsel zu kratzen, während die Stirn eine Ansammlung dichter und tiefer Falten bildete. Keine Rodin-Pose und trotzdem bildhafte Metapher angestrengten, aussichtslosen Grübelns.

Ja – seitdem hatte er immer wieder nachgegrübelt, ohne zu einer Lösung zu gelangen. Es gab eben tragische Vorkommnisse. Damit mußte man sich abfinden. Es würde noch lange dauern, bis aus dem Objekt ein Subjekt würde, frei genug, in Kenntnis aller Determinanten, über sie zu verfügen.

Bis dahin jedoch hieß es, sich mit dem Vorhandenen, mit der eigenen Person, so, wie sie war, unabänderlich eben, zu bescheiden.

Lorenz

Wirklich nichts Außergewöhnliches. Im Vorübergehen der Blick in ein anderes Augenpaar – mehr nicht. Eine gleitende Sekunde, kaum registriert, schon vergangen, so wie alles unaufhaltbar vergeht. Danach das unverhoffte Aufmerken, ein panisches Sicherinnernwollen: Wer war das eben? Kenne ich ihn? Wo bin ich diesen Augen schon begegnet? Und wann?

Während die Beine selbständig weiterstelzen, in die ihnen zugewiesene Richtung, überschlagen sich die Gedanken. Unwillkürlich drängt die Muskulatur den Oberkörper zu einer halben Drehung, zu einer Rückwärtswendung. Anhalten. Stehenbleiben. Und Lorenz sieht gerade noch, wie der andere, der ihm plötzlich bekannt vorkam, hinter der nächsten Ecke verschwindet.

Soll man dem folgen? fragt sich Lorenz. Das war doch jemand von früher, von drüben, wie man den östlich gelegenen, amputiert gewesenen und noch nicht wieder recht angewachsenen Landesteil immer noch nennt. Das hat sich eingebürgert und hört nicht auf. Mit Geographie hat das nichts zu tun.

Lorenz ist beunruhigt. Er verspürt ganz stark die Versuchung, hinter dem anderen herzurennen, um sich Gewißheit zu verschaffen. Ein Irrtum würde seinen Nerven guttun. Hätte er jedoch recht gehabt und käme es zu einem tatsächlichen Wiedersehen, wie sollte er sich verhalten, was sagen, erklären, erläutern, erkennen? Welche Konsequenz ergäbe sich für Lorenz? Vielleicht ist die Ungewißheit tröstlicher; besser die Begegnung in der Schwebe lassen, im vagen, nicht dran rühren. Weitergehen, Lorenz, das Büro wartet, die Arbeit, die Zeitgeschichte, wenn auch zum Glück eine gewesene, der keine Besorgnisse, keine schmachvollen Spekulationen mehr entsteigen.

Lorenz folgt dem Pflaster der schmalen Gasse, buchstabiert längst nicht mehr den Namen »Ölmühlengang«, und passiert Sankt Laurentii, dessen überdimensionaler Turm die Kleinstadt hoch überragt. Trotz seines anderthalbjährigen Aufenthaltes im Ort hat er die Kirche noch nie betreten, zu der er doch zumindest durch den Heiligen eine oberflächliche Beziehung hat. Lorenz weiß nur, daß Laurentius ein Märtyrer gewesen ist, von Heiden auf dem Rost gebraten, weil er den Kirchenschatz nicht herausrücken wollte. Dickschädel, eigensinniger.

Ob der andere, wie Lorenz ein Einfall zuraunte, sich im Moment des aneinander Vorbeigehens verstellt hat, um ihn, Lorenz, in Sicherheit zu wiegen? Um aus dem Unsichtbaren heraus das anzustiften, wovor sich Lorenz fürchtete? Jetzt, als er die paar Stufen des Verwaltungsgebäudes hinaufsteigt, wird ihm überraschend klar, daß er insgeheim mit solchem Zusammentreffen gerechnet hat. Der Umzug in die Anonymität einer Großstadt wäre nun auch kein Hineinschlüpfen in einen Laurinsmantel gewesen, aber in einer Kleinstadt, logo, ergaben sich allein von der Statistik her weitaus mehr Möglichkeiten, auf eine Person aus der eigenen Biographie zu stoßen. Das hatte er damals, als er von drüben nach hüben wanderte, nicht bedacht.

Der Schreibtisch mit der handhohen Figur Kaiser Karls, die Regale mit den bunten Ordnern, der Farbdruck einer Düne, gelber Klumpen zwischen hellem Blau oben und dunklerem unten, redeten ihm die Befürchtungen aus. Nur ein reiner Reflex von Überwachsamkeit. Ein Fremder, auf den Lorenz unbewußt eine Ähnlichkeit projiziert hatte. Und nach der ersten Tasse Kaffee umfing eine wenig aufregende regionale Historie den Herrn Archivar Lorenz und schirmte ihn gegen weitere Phantastereien ab. Die Beschäftigung mit dem Grundriß der nahezu zerstörten Stadtmauer wirkte sedierend. Man hat eben immer Mauern gebaut, nicht wahr? Man konnte nicht so einfach hopplahopp seine Stadt verlassen oder betreten, hingehen, wohin das Sehnen zog. Die Regel bestand in der bewachten Umgrenzung städtischen Raums. Bestand in der Überwachung der Bürger. In der Kontrolle von Handel und Wandel. Dafür bot die Stadt Sicherheit und Schutz. Von Anfang an, von Jericho, wo die Bauleute offenkundig gepfuscht hatten, da ein paar Trompetenstöße den Wall einstürzen ließen, bis Troja, Rom, Berlin. Stets dieselbe Konstruktion. Wären die damaligen Vorgesetzten von Lorenz bloß etwas gebildeter gewesen, sie hätten auf den Limes verweisen können, die befestigte Grenze gegen anstürmende Barbaren. Zu spät. Der Limes innerhalb seines Vaterlandes war gefallen, die Völkerwanderung hatte eingesetzt, und Lorenz, Geschichtskundler von hohen Graden, überzeugt von den Wiederholungszwängen aller menschlichen Unternehmungen, war rechtzeitig vor dem großen Desaster aus der Heimat entwichen. Um einen stillen Unterschlupf und Lohn und Brot und Jahresurlaub und Aussicht auf Verbeamtung zu finden. Da erwies sich die Randlage fern den urbanen Anhäufungen als richtige Wahl.

An den Sitzungen der Stadtverwaltung nahm Lorenz selten teil. Einzig wenn es die Planung für besondere Präsentationen verlangte, trat er mit Tabellen, Dokumenten und Urkunden in Erscheinung, meist zur allgemeinen Zufriedenheit. Natürlich enthielt auch die örtliche Geschichte die bekannten Schönheitsfehler jener Vergangenheit, von der immer noch als zu »bewältigende« die Rede war. Doch Lorenz, geschult durch ehemalige Archivtätigkeit und geschichtsbedingte Umstände, wußte instinktiv, was bei Vorgesetzten, bei manchen Mitbürgern Unbehagen hervorriefe, und das ließ man am besten im Kasten. Selektive Geschichtsaufbereitung, entsprechend der zu erzielenden Wirkung. Geschichte war vielschichtig, man konnte sich und andere daraus bedienen, ohne sie zu vergewaltigen. Oder doch nur ein bißchen, indem man spezifische Aspekte betonte. Das fiel Lorenz leicht.

Manchmal kam es ihm sogar vor, als hätte diese seine Fähigkeit den Ausschlag für seine Anstellung gegeben. Ohne daß übrigens je darüber verhandelt worden war. Bereits beim ersten Bewerbungsgespräch nahm er zufriedene Mienen, Kopfnicken und schweigende Zustimmung wahr. So fing Lorenz ein neues Leben an, jenseits der alten Probleme; auch der Mensch vermag sich zu häuten, redete er sich ein, entschlossen den alten Adam abgestreift, den neuen Göttern Lippendienst erwiesen, man mußte ja nicht unbedingt an sie glauben, das verlangte gar keiner, so war es in Jericho gewesen, in Troja, in Rom, in Berlin, und so würde es auch künftig bleiben.

Auf einmal aber schien die zweite Existenz bedroht. Die flüchtige Begegnung verweigerte das Vergessenwerden. Insbesondere wenn Lorenz mit etwas gänzlich anderem beschäftigt war, Akten ordnete, bräunliche Fotos registrierte, stand er erneut im »Ölmühlengang«, Auge in Auge mit wem bloß, und spekulierte, ob es sich möglicherweise um jenen Filmwissenschaftler gehandelt haben könnte, der Mann, der, wie andere zu tief ins Glas schauen, zu tief in die Akten, die Lorenz einst hütete, Einblick genommen hatte. Oder der Redakteur vom Kulturmagazin, von dem man nicht wußte, was er mit seinen frisch erworbenen Kenntnissen treiben würde? Lorenz versuchte, sich die Gesichter seiner einstigen »Kunden« vorzustellen. Zwar wurde ihnen Einsicht in Dokumente und Schriften besonderer Art gewährt, doch er, Lorenz, kannte nie die dahinterstehenden Zwecke. Er verwaltete nur, trug Namen ein, sicherte Papiere, schloß weg, versperrte Material und vermochte sich doch nicht an das Gesicht zu erinnern, von dem er meinte, daß die dazugehörige Gestalt mit ihm, mit seinem Schicksal verquickt sei.

Als könne er die Wirklichkeit magisch beeinflussen, ging er fortan täglich zur selben Uhrzeit, auf die Minute genau, durch die Gasse, der erneuten Begegnung entgegenlauernd, voller Hoffnung und Angst jeden Passanten musternd. Dann an der Kirche entlang. Heiliger Laurentius, meine Qualen sind ähnlicher Art, nur ins Seelische transformiert. Ich liege auf dem

Rost der Vergangenheit, gepeinigt von Gespenstern aus abgelebtem Gestern, die mich ans Messer liefern wollen. Lügenhaft zu behaupten, Vergessen sei ein müheloser, natürlicher Vorgang; ich dagegen strenge mich damit an, und es mißlingt mir andauernd. Gerade der Aufwand an Energie, das Erinnern abzuschalten, zeugt fortgesetzt Erinnern. Die Umwelt ist ausstaffiert mit Andeutungen, Fingerzeigen, Symbolen, deren einzige Aufgabe es ist, Vergessen zu verhindern. Ich hätte dem Mann doch nachlaufen sollen. Man betrügt sich selber, wenn man Nichtwissen dem Wissenwollen vorzieht.

Zufall, nicht Fatum, führte den Mann durch die Gasse. Er konnte doch gar nicht ahnen, wo ich jetzt lebe. Ich muß etwas gegen die Bedrückung, gegen die innere Spannung unternehmen.

Als ihm, schlaflos wie neuerdings, im Dunkel einfiel, es könne eventuell schon ein Schreiben in seiner Angelegenheit unterwegs sein, stand er sofort auf, um bei Lampenlicht hin und her zu wandern, den Kopf gesenkt, murmelnd, in einem Selbstgespräch, das ihn erleichterte. Den Erstschlag führen, bevor das Unheil losbricht. Angriff ist die beste Verteidigung. Den Gegner nicht zum Zuge kommen lassen, ihn taktisch und strategisch im voraus mit den gleichen Waffen schlagen. Besteht nicht alle Kriegskunst darin, in einer Vorwärtsbewegung dem Feind zuvorzukommen, indem man seine Absichten durchschaut und konterkariert?

Lorenz entwickelte einen Plan, um der unsichtbaren Bedrohung zu entgehen. Er würde einfach eine Denunziation schreiben, anonym selbstverständlich, und sich selber bei der Verwaltung anzeigen. Genial!

Ein Schrieb, sogleich als Wisch erkennbar. Des Inhalts, daß Lorenz Spitzel gewesen sei, Mitarbeiter des Ministeriums für Staatssicherheit und nun ein Maulwurf im demokratischen Rosengarten, ein Unterwanderer der Verfassung, dem es die Larve vom Antlitz zu reißen gelte! Jeder Satz müßte gemein und hinterhältig klingen, fragwürdige Bezichtigungen, plumpe Behauptungen, als solche sogar für westliche Gehirne lächerlich. Man würde Lorenz zu einem klärenden Gespräch bitten, dem er sich sorglos stellen könnte.

Wie lange sind Sie schon bei uns tätig, Herr Lorenz, über ein Jahr, wie doch die Zeit vergeht, die Verwaltung war und ist mit Ihrer Tätigkeit absolut zufrieden, wir würden nur ungern auf einen hochqualifizierten Mitarbeiter verzichten, es scheint, daß hier noch einige Fragen offen sind, Ihre vormalige Anstellung betreffend, bei der es Kontakte zur Geheimpolizei gegeben haben dürfte, wenn Sie bitte dazu Stellung nehmen könnten ...

Und Lorenz, ohne Erröten, ohne Verlegenheit, ohne Anzeichen von Schuldbewußtsein, für das er sowieso keinen Anlaß erkannte, hätte Gelegenheit, sich zu entlasten. Zugegeben, daß er eine sogenannte »Quelle« gewesen sei, aber nicht mehr als das. Alle Archive hätten damals dem Innenminister unterstanden, auch das seine, wo er von Offizieren befragt worden wäre, welche Individuen in welche Dokumente Einsicht gehabt hätten. Da ohnehin jeder in der Kartei eingetragen gewesen sei, wie auch bei uns üblich, und er hob das »uns« leicht hervor, um seine aktuelle Amtszugehörigkeit anklingen zu lassen, wäre es ohnehin unsinnig gewesen, Namen und Daten nicht nennen zu wollen. Die hätten doch bloß selber nachzusehen brauchen, waren aber zu faul, die Bande! Das wußte jeder Mitarbeiter des Archivs. Und da ich nichts zu verbergen hatte, bin ich wahrscheinlich bei diesen kurzen Informationsgesprächen beobachtet worden. Meines Wissens habe ich niemandem geschadet ...

Man sei zur Nachfrage verpflichtet gewesen, würde es heißen, man hätte sich ja denken können, daß Lorenz eine reine Weste habe, und er zöge sich anschließend an seinen Schreibtisch zurück, um die Ausstellung »Unsere Stadtmauer im Wandel der Epochen« vorzubereiten und künftighin ungestört zu bleiben. Jetzt könnte derjenige, der ihm begegnet war, sonstwas verraten. Lorenz war dem Mann zuvorgekommen und hatte sich im voraus als Opfer eines Neiders deklarieren können. Selbst wenn der andere die Wahrheit schriebe, daß Lorenz ihn wegen verdächtiger Studien gemeldet habe, Studien, bei denen einem die Typen untergekommen waren, die vor und nach 1945 Parteikarriere machten, obgleich jedesmal in einer anderen Partei, das würde nichts mehr bringen, kein Interesse amtlicherseits mehr hervorrufen. Und bedachte man es genauer, war es Lorenzens Pflicht gewesen, die Parteigrößen vor Schaden zu bewahren. Hatte er somithin nicht Datenschutz geübt, wenn auch verfrüht?

Ja – dieser Blick! Es war der Filmwissenschaftler gewesen, der bald darauf in der Provinz Hilfsarbeiter wurde. Nein – der Historiker, den sie in die Dorfbücherei versetzten ... Oder doch der Journalist, der Trinker geworden war?

Nun schlenderte er gleichgültig durch den »Ölmühlengang«, blicklos für die Fußgänger, nur vor Sankt Laurentii blieb er häufiger stehen: Wir Märtyrer einer guten Sache, die gescheitert ist. Auch das Christentum hat sich nicht durchgesetzt, eine Marginalie am Rande unserer unendlichen Geschichte. Und Tag für Tag erwartete er die Gesprächseinladung, erbangte sie gar bald, ohne daß ihn der Ruf erreichte. Er fing an, sich um den Posteingang zu kümmern, obwohl sein Brief bestimmt längst eingetroffen war. Jawohl, Herr Lorenz, die Post ist schon vor einer halben Stunde verteilt worden ... Für Sie war nichts dabei ... Nichts ...

Ihm wurde unheimlich zumute. Warum kein Echo? Keine merkbare Veränderung innerhalb der Besprechungen mit Kollegen, mit Vorgesetzten; nicht der geringste Ausschlag der emotionalen Bebenskala, kein leisestes Anzeichen, kein verstohlener Blick zwischen den anderen, keine distanzierende Kühle beim Umgang mit ihm – es war zum Verzweifeln. Sie mußten es doch gelesen haben! Oder war seine Anzeige erst nach der des anderen eingetroffen? Also verspätet und daher nutzlos? Nachfragen konnte man ja wohl kaum.

Lorenz hatte ein Signal gesetzt, ohne daß sich daraufhin etwas ereignet hatte. Das war, wie er sich nachts eingestand, schlimmer als die vorherige Situation. Die Ungewißheit, das Fragwürdige seiner hiesigen Anwesenheit, war geblieben und hatte sich sogar verstärkt. Das Eis unter seinen Füßen schien ihm dünner geworden. Denn jetzt wußte er immerhin, daß die anderen etwas über ihn wußten, was sie vordem wohl nicht vermutet hatten. Und sie schwiegen, steinern, wie die Skulpturen im Tympanon über dem Portal, durch das es ihn jetzt jeden Sonntag trieb, ohne daß er Erleichterung erfuhr. Dieser verdammte Protestantismus! Abschaffung der Ohrenbeichte! Und während er in der Bank niederkniete, die Stirn gegen die Rückwand der Vorderbank gepreßt, haßte er sich dafür, nicht nach Regensburg oder Landshut oder an einen anderen dieser Plätze umgesiedelt zu sein, wo man das ausschütten konnte, was man für sein Herz hielt, und das doch nichts weiter als eine Mördergrube war.

An der Saale hellem Strande

Orte, die man nie vergißt, kennt jeder. Unabhängig von ihrer kulturellen Bedeutung, von ihrer architektonischen Besonderheit, prägen sie sich durch bestimmte Anlässe ein, deren Arrangement zufällig ist und doch wie beabsichtigt wirkt.

»Hören Sie auf«, sagte ich, »das klingt mir zu mystisch, zu verallgemeinernd. Hand des Schicksals oder ähnliches. Unsere Erfahrungen enthalten nicht mehr als unsere Erfahrungen. Kennen Sie Gertrude Stein: Eine Rose ist eine Rose ist eine Rose. Höchstens Zufälle konzediere ich Ihnen. Obschon wir in unserer eigenen schulischen Frühzeit gelernt haben, es gäbe gar keine, was wir so nennen, sei nur der Schnittpunkt objektiver wie subjektiver Entwicklungslinien. Weil wir nicht alle Ursachen erkennen, sind wir im Moment, da sie ein unerwartetes Ergebnis zeitigen, verblüfft und erschüttert. Im Grunde gibt es aber keinen rechten Grund für solche Verblüffung und Erschütterung. Alles ist logisch determiniert und rational erklärbar. Ich glaube nicht an Zeichen, von denen wir uns beeinflussen lassen sollten!«

»Waren Sie jemals an der Saale?« fragte er, und ich erwiderte so prompt wie ein ausgesuchter Teilnehmer in einem Fernsehquiz:

»Halle!«

»Nicht Halle. Überhaupt keine Stadt. Ich meine Rudelsburg, Saaleck, die Reste ehemaliger Fortifikationen«, und ich schüttelte den Kopf, während er mit dem seinen nickte, als versuche er mittels dieser energischen Bewegung Ordnung in das Kaleidoskop seiner Erinnerungen zu bringen, die Splitter zu einem Bilde zusammenzufügen, damit es der gewesenen Realität so genau wie möglich entspreche. Zweimal sei er dort gewesen. Sein Blick, blind für sein Gegenüber, wählte aus dem Bestand kodierter Moleküle jene, welche das Mitteilenswichtigste enthielten. Auf einem jetzt in diesem Augenblick vorgenommenen Enzephalogramm schlüge der Schreibstift weiter über die Linie aus, da er ausrief:

»Siebenundvierzig!« Ja, neunzehnhundertsiebenundvierzig, als ganz jungen Mann, Jüngling, altertümlich ausgedrückt, mit nahezu lockigem, immerhin vollständigem Haar, schickten ihn die Ärzte seines Asthmas wegen in einen kleinen thüringischen Kurort, wo er, was jedoch für seinen Bericht unwesentlich sei, in einem künstlich erzeugten Nebel im Kreis herumtappen mußte, mit anderen kaum erkennbaren Gestalten, die nur durch Husten, Räuspern, Spucken ihre materielle Existenz bewiesen, bis er sich gelangweilt und Abwechslung gesucht habe.

In der Umgebung gelangte er zu den zwei senkrechten, weithin sichtbaren grauen Riesenwalzen auf einer Felserhöhung, miteinander verbunden durch zwei parallele, jeweils seitlich von den Rundungen einander entgegengestreckte Mauern, so daß zwischen den beiden Türmen ein länglicher Raum, eine Art innerer Hof lag – etwa so müsse man sich die Burg Saaleck vorstellen. Über Laub und durch Büsche, den Weg mißachtend, möglicherweise hatte er ihn auch verpaßt, ging es zu dem Riesenpaar empor. Keine Leistung für den Achtzehnjährigen, der ich damals gewesen bin. Die leichte Luft des Frühsommers trug mich hinauf, die Atembeschwerden hatten sich im heilenden Dampf des Kurhauses verloren, der Geruch des Bodens, modrig, faulig, intensiv, wirkte wie eine Droge, so daß, als ich unter dem undeutsch blauen Himmel am Fuße des einen Turmes stand, den Kopf weit im Genick, in der fast völligen Lautlosigkeit der Natur, etwas Künstliches, Irreales und Unvergeßliches vor mir sah. Und ich habe den Anblick ja auch nicht vergessen. An den Quadern hing eine Tafel, deren Inschrift besagte, hier seien die beiden Mörder Walther Rathenaus, des Außenministers der ersten deutschen Republik, gestellt worden.

»Interessant«, unterbrach ich ihn ungeduldig, weil ich längere Zeit geschwiegen hatte und nun einem übermächtig gewordenen Wortdruck nachgab, einem Bedürfnis, diese geschichtlich grundierten Erlebnisse durch Erwähnung eines gleichwertigen, falls nicht sogar beeindruckenderen zu übertreffen.

»Das bestätigt, daß man häufig an obskuren Plätzen außerordentliche Denkmäler findet. Zum Beispiel bin ich in einer abgelegenen Nebengasse in Florenz, da, wo es sich schon in die hüglige Umgebung zu verlieren gedenkt, auf eine Marmorplatte über einer Haustür gestoßen, dort ist ja alles Marmor, selbst die Straßenschilder an den Hauswänden«, und weil er offenkundig nicht zuhörte, fern in seiner Vergangenheit vor der Burgruine weilte, endete ich ziemlich abrupt, daß auf dieser Platte stehe: Hier hat James Fenimore Cooper seinen Lederstrumpf geschrieben. Vermutlich kannte er weder Buch noch Autor, da er – ohne das Außerordentliche, nahezu Sensationelle dieser Mitteilung zu würdigen – in seiner vorherigen, zögernden Weise einfach fortfuhr, als hätte ich nur gehustet oder geniest und er höflich die Unterbrechung ignoriert:

»Durch eine kleine offene Tür konnte man den Burghof betreten, dessen Mitte ein niedriger Brunnen bildete, aus den gleichen schweren grauen Granitklötzen aufgemauert. Auf dem Brunnenrand saß eine Frau, vollschlank will mir heute scheinen, das Haar glatt zurückgekämmt, vielleicht von einem Knoten im Nacken gehalten. Sie verkaufte Ansichtskarten von der Burg (1140 zum ersten Male urkundlich erwähnt), und als sie meine Euphorie bemerkte, es war die erste wirkliche Burg für mich Großstädter, der zwar genügend Ruinen kannte, aber doch nur die kürzlich hergestellten, da bot sie mir Platz auf dem Brunnenrand an und erzählte dem einzigen Besucher dieses Vormittags, wie sie zu der Burg gekommen sei: denn sie gehörte eigentlich ihr und sie wohnte auch darin. Der eine Turm war ausgebaut, und in den winzigen Fenstern, umrahmt von tonnenschwerem Steingebälk, hingen hinter offenen, weißlackierten Flügeln weiße Gardinen. Der Turm gegenüber jedoch eine innerlich kahle Röhre, nur mit dem Skelett einer provisorischen hölzernen Treppenkonstruktion versehen, damit Besucher bis zum Söller hinaufsteigen und ihre ›schöne deutsche Heimat‹ bewundern konnten.

Ihr Mann, Historiker und Archäologe, verstorben kurz nach Kriegsende, habe sein gesamtes Vermögen, alle Ersparnisse seines Lebens in seine Liebhaberei, eben in diese Burg gesteckt, und sie damit praktisch erworben. Den Wohnturm habe er für sie beide herrichten lassen, den Besucherturm, einst halb verfallen, restauriert, wie auch die beiden, die Außenwelt abgrenzenden Mauern. Doch wäre noch viel zu tun, weitere Wiederherstellungsarbeiten auszuführen, das Werk ihres Mannes fortzusetzen ihre Aufgabe, ihr Unterhaltsanspruch gering, so daß, was vom Verkauf der Ansichtskarten und vom Eintrittsgeld übrigbleibe, für diesen Zweck verwendet werden solle, sobald die Zeiten günstiger würden. Vitalität ging von ihr aus, Zufriedenheit, Einverständnis mit ihren Daseinsbedingungen, als sie, weil die Schließzeit gekommen, aufstand, um hinter dem jungen Mann die Pforte zu verriegeln, rohe Bohlen übrigens, mit Karbolineum gegen die Witterung getränkt und dem Bauwerk durchaus entsprechend.

»Finden Sie nicht«, unterbrach ich ihn erneut, da ausschließliches Zuhören unangenehme Spannungszustände verursacht, gegen die nur Selberreden hilft, »daß gerade in unserem Lande zwischenmenschliche Beziehungen leichter entstehen als anderswo? Bei uns sind die Menschen kommunikationsfreudiger, noch nicht einander entfremdet, distanziert, reserviert, wenn ich da an New York denke, kein Gruß, kein Wort, wie geht's, wie steht's ...« Diesmal jedoch und noch ehe ich eine Darstellung durchschnittlichen Verhaltens, in der Subway zum Beispiel, liefern konnte, reagierte er auf meinen Einwurf:

»Nicht siebenundvierzig. Siebenundvierzig gab es noch nicht *unser* Land. Oder anders gesagt: Unser Land war Niemandsland. Die beiden ersten und schweren Nachkriegsjahre überlebt, überstanden. Jetzt glaubte man, am Horizont den sprichwörtlichen Silberstreif zu erkennen. Siebenundvierzig war das hoffnungsvollste Jahr. Eigentlich das beste in der ganzen deutschen Geschichte. Weil noch keiner wieder die Macht über seine Mitbürger hatte ...«

Was für eine leicht lesbare Miene: Wechsel von sentimentaler Sehnsucht über Resignation zur Verachtung. Solche unkontrollierte mimische Ausdrucksfähigkeit zwingt eigentlich zum Tragen einer Maske. Um möglichem weiteren Lamentieren vorzubeugen, brauchte ich nur das Wörtchen »Saaleck« wie eine Trumpfkarte auszuspielen, gleich bediente er mich wie erwartet mit dem Fortlauf seiner Geschichte, die, einen Zeitsprung von ungefähr zwanzig Jahren eingeschlossen, wieder an Ort und Stelle einsetzte. Aus einer Laune heraus sei er erneut hingefahren, möglicherweise auf der Suche nach der verlorenen Zeit, zu der jeder irgendwann einmal aufbricht, um sich die notwendige Enttäuschung zuzuziehen. Diesmal wäre er mit dem eignen Wagen aufgebrochen, ein erwachsener Mann in gesicherter Position, wie man das oberflächlich nennt, Kulturwissenschaftler mit Aussicht auf eine Dozentur an der Universität, aber es war eben nicht mehr siebenundvierzig. In Camburg, einem Nest, an das er *glücklicherweise* nahezu jede Erinnerung eingebüßt habe, hätte er in einem Gasthaus ein Zimmer bekommen, so daß er nach Unterbringung seines Koffers gleich zur Burg weiterkonnte.

Schotterstraße, mehr Weg als Straße, nur im Kriechgang zu befahren, eingeengt von dichtem Gebüsch, aber ob diese Strecke schon siebenundvierzig dagewesen – keine Ahnung! Endlich die Burg, grau und starr wie je. Doch die Pforte war verschlossen, verrammelt, ohne daß ein Schild Schließzeiten vermerkte oder sonst ein Hinweis sich zeigte. Auch die Erinnerungstafel an die Mörder Rathenaus, zwei Jugendliche übrigens mit Namen Kern und Fischer, wie ihm jetzt einfalle, die, als ihr Versteck umstellt war, sich das Leben nahmen, vorweggenommenes Terroristenschicksal, nicht wahr, habe er vergeblich gesucht. Nur den Fleck, wo sie mit vier Haken befestigt gewesen war, hätte er wiederentdeckt, nämlich durch vier tiefe Löcher im grobbehauenen Stein. Nachdem er solcherart die Burg umkreist, erkannte er plötzlich, weswegen sie geschlossen gehalten wurde. Alle Scheiben im Wohnturm zerbrochen. Aus dem untersten, ebenfalls zerschlagenen Fenster hing eine verwaschene blaue Fahne mit stilisierter aufgehender Sonne.

Einige Krähen, von dem einsamen Besucher aufgestört, flatterten protestierend auf, umkreisten den stummen Turm und verschwanden in ihren verborgenen Nestern. Ein menschenleerer Nachmittag, Sonnenschein, unstilisiert und auch weniger gelb; kein Windhauch, Stimmung von Herbst, ein Augenblick, der, wie Bernstein die Fliege, Ewigkeit eingeschlossen hielt, so daß sie als etwas Regloses und schon immer Dagewesenes erfahren wurde.

Nach einer Weile ungeduldigen Aufenthalts kletterte er in den Wagen zurück und rollte auf dem Schotterpfad die andere Abhangseite herunter, doch gleich darauf stoppte er erneut. Dunkelgestrichen und mit der Rückseite in Gebüsch gepreßt, harrte eine Andenkenbude der Kundschaft, völlig hoffnungslos, denn außer dem seinen Wagen entsteigenden Herrn in grauem Anzug befand sich kilometerweit kein potentieller Kunde. Die Verkäuferin im Halbdunkel des gleichgültig zusammengenagelten Kastens war niemand anders als die Burgfrau von siebenundvierzig. Ihr Gesicht kaum verändert, nur leicht aufgedunsen, was aber die Falten glättete und ihr wahres Alter verheimlichte. Das Haar weißlichgrau, strähnig und einige Zentimeter unter den Ohrläppchen glatt abgeschnitten: ein ungepflegter Bubikopf. Ein alter farbloser Mantel umhüllte sie, und er wußte nicht, was er über diese unvermutete Begegnung denken sollte. Ganz sinnlos, auf ein Wiedererkennen zu bestehen; den Jungen von einst hatte sie vermutlich so rasch aus dem Gedächtnis verloren wie alle sonstigen Besuchergesichter. Es blieb bloß nachzufragen, warum sie nicht mehr im Turm hause. Das immerhin belebte die schwerfällige Figur und auch ihre reglosen Züge, als habe man ihr ein Anregungsmittel gespritzt, das sofort Wirkung zeigte. Eine Stimme, deren Tonfall eher noch als ihre Worte bekundete, was sich ereignet hatte, gab an, man habe sie exmittiert, ihr ein Zimmer im Dorf zugewiesen, den Turm zum Jugendklub gemacht, der nach seiner Einweihung rasch verödete. Ob dies einzig zu dem Zweck veranstaltet worden wäre, sie aus dem Bau zu vertreiben, blieb ungesagt. Überhaupt drückte sie sich sehr vorsichtig aus, sprach in Andeutungen, vermutlich aus Sorge, durch allzugroße Offenheit auch noch die Anstellung als Verkäuferin für den Kitsch zu verlieren, den sie vor sich ausgebreitet hatte. Sie stand da und war jetzt wahrscheinlich längst tot, aber auch damals war sie schon auf eine bedrückende Art erstorben gewesen. An ihren Augen, einer schleimigen Trübung der Pupille, ließ sich das Leiden diagnostizieren, das durchaus epidemisch ist.

»Und weiter?« wollte ich wissen, nachdem er seinen Monolog abgebrochen hatte, seine Brille blankrieb, eine Geste ratlosen Verstummens, hilflos und konventionell: »Wo ist nun das Besondere? Der ›Finger Gottes‹ oder wie immer man es nennen will?«

»Weiter ist nichts«, meinte er, nur noch die Rückfahrt nach Camburg, das inzwischen im Dämmerlicht versank und wo, so kam es ihm vor, nur eine einzige Laterne brannte über der zentralen Kreuzung des Ortes, als existiere nur ein Geschäft mit häßlichen entfärbten Schuhen, wie von den Füßen Verstorbener abgezogen, sowie eine Anzahl Betrunkener in einer Gaststätte, wo er zu essen versuchte, was ihm jedoch nicht gelang. Hastig und entschlossen habe er das Zimmer gekündigt und bezahlt, den Koffer auf den Rücksitz geworfen, Vollgas: Nur weg! Um niemals mehr in jene Gegend zurückzukommen. Es war eine Flucht, die eigentlich viel, viel weiter hätte führen müssen.

Und sonst wäre nichts gewesen, erkundigte ich mich verwundert, und er hob die Achseln, und ich wollte noch wissen, wie es denn gegenwärtig mit der Burg stehe, ob sie, wie die meisten, inzwischen Feudalmuseum geworden sei, letztlich also kulturgeschichtlicher Didaktik diene, entsprechend seinen eigenen Intentionen und Aufgaben, doch er bewegte ein zweites Mal die Schultern:

»Ich bin nicht mehr Kulturwissenschaftler«, wobei er sich erhob, »ich bin jetzt Korrektor bei einer Fachzeitschrift für Bauwesen... Es gibt keine Kulturgeschichte, aus der etwas wie ein heilsamer Einfluß auf unsere Gegenwart ausginge... Nur fragwürdige Nachrichten mit ebenfalls fragwürdigen Folgen...«

Dagegen wollte ich Einwände erheben, auch gegen seine resümierenden Andeutungen, gegen die Unklarheit solcher Formulierungen, deren Widerspruch zur offen vor uns liegenden Historie evident war, doch er hatte sich schon von mir abgewandt und die Brille aufgesetzt, hinter der sich sein früheres Aussehen wiederherstellte, als hänge es vom Kunststoffgestell und den geschliffenen Gläsern ab und weniger von ihm selber.

Selbstporträt im Gegenlicht

Sich selbst darstellen: Paradoxie; denn wie schlüpft man unter das eigene Gesicht, ohne sich vorher des eigenen Gesichtes als Maske bewußt zu werden, die ja danach nicht länger mehr das eigene, ursprüngliche Gesicht sein kann. Reflexion entfremdet es. Welche Komplikation – noch dazu für einen, dem alles Biographische nur als gesellschaftliches Beispiel denkbar ist und widerfährt; der die sogenannte Persönlichkeit für ein Nebenprodukt prägnanter Umstände hält, deren Gewalt sich keiner entzieht, nicht einmal, der dies klar zu erkennen vermeint.

Gelänge mir, was die klassische Gruselliteratur von Robert Louis Stevenson bis Gustav Meyrink oft genug beschrieb, nämlich mich von mir selber zu lösen und mich voller Staunen zu betrachten: wie ich da an einem hellholzigen Arbeitstisch sitze, Krimskrams in Griffnähe, jungfräuliches Papier unter der Hand, den runden Schädel stark entlaubt, schnurrbärtig, so erschiene mir diese Gestalt mit der melancholischen Physiognomie eines Seehundes fremder als ohnehin schon. Wenn ich ihn mir ansähe, diesen Kunert, müßte ich gestehen, daß ich, recht überlegt, wenig vom Kern seines Wesens und in der Hauptsache bloß von seinen äußeren Lebensumständen Kenntnisse habe und daß ich mich daher fragen sollte, ob vielleicht etwa die Äußerlichkeiten sein eigentliches Wesen ausmachen oder ob, wie ich inständig hoffe, das ganz und gar Private an ihm von den keineswegs privaten Verhältnissen seiner Existenz verdrängt wird. Im Zweifelsfalle immer für den Angeklagten urteilend, will ich das letztere zu seinen Gunsten annehmen.

Weiterhin fragte ich mich, sähe ich ihn da hinter dem Tisch über linierte Blätter gebeugt, als sei er kurzsichtig, was er aber nicht ist, ob er denn überhaupt selbständig lebe oder ob er nicht einfach eine sichtbar gewordene Metamorphose dieses linierten Papiers ist, da alle Wege seines Tagesablaufs, seines Lebenslaufes zu den Papierblättern hinführen, deren Menge jeweils nach der Begegnung mit Kunert abnimmt: Verwandlung von DIN-A4-Bogen in so etwas Ähnliches wie einen Menschen durch die Katalyse des Schreibens auf ebendiese Bogen. Der Vorgang des Schreibens jedoch verwandelt nicht allein Papier in einen Kunert, es verwandelt auch Kunert in etwas, das zu begreifen, zu erklären, zu umschreiben und damit exakter zu benennen er immer aufs neue Papier mit Wörtern bedeckt, in einer Handschrift, die zu entziffern ihm oftmals selber solche Mühe macht, als handele es sich um Runen, so daß er lieber neue Dechiffrierungen herausfiltert. Aber das geschieht erst später, nach der Verwandlung, in der die ungewisse Psyche des Schreibenden sich mit der Außenwelt glückselig wiedervereint und jene Totalität und Deckungsgleichheit von Zeit, Raum, Dasein, Denken, Empfinden sich herstellt, wie sie ausschließlich den Göttern bekannt gewesen sein soll. Es ist ein Zustand, in dem das beängstigende, zermürbende, verzweiflungschaffende Abschnurren der Zeit aufzuhören scheint; in dem sie beinahe stillsteht; am Rande des unsäglichen Abgrundes, in den zu stürzen das Schreiben verhindert. Schreiben ist Rettung vorm Tode, solange es anhält. Das ist der Augenblick der Wahrheit, da sich das Individuum seiner Individualität begibt und sich aufs innigste mit dem unsterblichen Ich menschlicher Allgemeinheit verquickt, das wiederum, sonst zu Gesichtslosigkeit und Abwesenheit verdammt, selber das am Tisch hockende, übers Papier geneigte, haarloser werdende Individuum braucht, um sich zu manifestieren und sichtbar zu sein.

Wesentlicheres ließe sich über Kunert kaum mitteilen, bestenfalls Fragebogenantworten, Lebensdaten, Bertillonsche Maße, Kragenweite, Hutgröße, Schuhnummer. Was bedeuten für andere die Frau, mit der er verheiratet ist, Freunde, nützlich zum Sprechen und Trinken, Katzen, gewisse leere Räume auszufüllen; Lieblingsgerichte und Lieblingslektüre, Spaghetti mit Petersilie, Knoblauch, Parmesan und Arno Schmidt erklären nichts an diesem Schriftsteller, der ich bin, aber das bloß, insoweit das Spezifikum unspezifisch erscheint: Günter Kunert als Günter Jedermann.

Inhalt

Rekonstruktionsversuch eines fernen Augenblicks 7
Wenn die Not am größten 12
Volksmärchen 27
Der Hai 35
Fahrt mit der S-Bahn 57
Alltägliche Geschichte einer Berliner Straße 63
Geschichte einer Neurose 67
Irrtum ausgeschlossen 80
Eine Geschichte, die ich nicht schreiben konnte 84
Abfall 94
Tatort 104
Schwimmer 113
Die Beerdigung findet in aller Stille statt 120
Grabrede 130
Die Überraschung 140
Heimboldt hat Kopfschmerzen oder
   Der Tod in Kaisersaschern 149
Nachricht vom Volk der Dichter und Denker 178
Die Witwe 185
Der Sonntagsauflug 195
Die Erfindung 202
Begräbnis in Blech 208
Kein Mord für mich 214
Lorenz 225
An der Saale hellem Strande 233
Selbstporträt im Gegenlicht 241

Günter Kunert
im Carl Hanser Verlag

Warum schreiben?
Notizen zur Literatur
304 Seiten. 1976

Verlangen nach Bomarzo
Reisegedichte
120 Seiten mit 12 Abbildungen. 1978

Camera obscura
Kleine Prosa
140 Seiten. 1978

Abtötungsverfahren
Gedichte
96 Seiten. 1980

Diesseits des Erinnerns
Aufsätze
256 Seiten. 1982

Zurück ins Paradies
Geschichten
176 Seiten. 1984

Vor der Sintflut
Das Gedicht der Arche Noah
Frankfurter Vorlesungen
120 Seiten. 1985

Berlin beizeiten
Gedichte
128 Seiten. 1987

Auf Abwegen und andere Verirrungen
304 Seiten. 1988

Fremd daheim
Gedichte
128 Seiten. 1990

Die letzten Indianer Europas
Kommentare zum Traum,
der Leben heißt. Essays
288 Seiten. 1991

Im toten Winkel
Ein Hausbuch. Erzählungen
224 Seiten. 1992

Der Sturz vom Sockel
Feststellungen und Widersprüche
152 Seiten. 1992

Baum. Stein. Beton
Reisen zwischen Ober- und Unterwelt
216 Seiten. 1994

Mein Golem
Gedichte
96 Seiten. 1996

Erwachsenenspiele
Erinnerungen
448 Seiten. 1997

So und nicht anders
Ausgewählte und neue Gedichte
EDITION AKZENTE
176 Seiten. 2002

Die Botschaft des Hotelzimmers an den Gast
352 Seiten. 2004